莎士比亚
全集²

[英] 威廉·莎士比亚 著

朱生豪 译

中国文史出版社

图书在版编目（CIP）数据

莎士比亚全集：全 8 册 /（英）威廉·莎士比亚著；朱生豪译 . — 北京：中国文史出版社，2013.8
（2018.6 重印）

ISBN 978-7-5034-4200-1

Ⅰ . ①莎… Ⅱ . ①威… ②朱… Ⅲ . ①莎士比亚（Shakespeare, William 1564-1616）—全集 Ⅳ . ① I561.13

中国版本图书馆 CIP 数据核字（2018）第 089838 号

责任编辑：刘　夏
封面设计：李四月

出版发行：中国文史出版社
网　　址：www.wenshipress.com
社　　址：北京市西城区太平桥大街 23 号　　邮编：100811
电　　话：010-66173572　66168268　66192736（发行部）
传　　真：010-66192703
印　　装：三河市天润建兴印务有限公司
经　　销：全国新华书店
开　　本：880×1230　1/32
印　　张：88.5　　字数：1800 千字
版　　次：2013 年 9 月北京第 1 版
印　　次：2018 年 8 月第 3 次印刷
定　　价：528.00 元（全 8 册）

目　录

William Shakespeare
COMPLETE WORKS

错误的喜剧

朱生豪　译

莎士比亚
全集

剧中人物

索列纳斯　以弗所公爵

伊勤　叙拉古商人

大安提福勒斯 ⎫
小安提福勒斯 ⎬ 伊勤及爱米利娅的孪生子

大德洛米奥 ⎫
小德洛米奥 ⎬ 侍奉安提福勒斯兄弟的孪生兄弟

鲍尔萨泽　商人

安哲鲁　金匠

商人甲　大安提福勒斯的朋友

商人乙　安哲鲁的债主

品契　教师兼巫士

爱米利娅　伊勤的妻子，以弗所尼庵中住持

阿德里安娜　小安提福勒斯的妻子

露西安娜　阿德里安娜的妹妹

露丝　阿德里安娜的女仆

妓女

狱卒、差役及其他侍从等

地　点

以弗所

第一幕

第一场　公爵宫廷中的厅堂

公爵、伊勤、狱卒、差役及其他侍从等上。

伊　勤　索列纳斯,快给我下死刑的宣告,好让我一死之后,解脱一切
烦恼!

公　爵　叙拉古的商人,你也不用多说。我没有力量变更我们的法律。
最近你们的公爵对于我们这里去的规规矩矩的商民百般仇视,因
为他们缴不出赎命的钱,就把他们滥加杀戮;这种残酷暴戾的敌
对行为,已经使我们无法容忍下去。本来自从你们为非作乱的邦
人和我们发生嫌隙以来,你我两邦已经各自制定庄严的法律,禁
止两邦人民之间的一切来往;法律还规定,只要是以弗所人在叙
拉古的市场上出现,或者叙拉古人涉足到以弗所的港口,这个人
就要被处死,他的钱财货物就要被全部没收,悉听该地公爵的处
分,除非他能够缴纳一千个马克,才能赎命。你的财物估计起来,
最多也不过一百个马克,所以按照法律,必须把你处死。

伊　勤　等你一声令下,我就含笑上刑场,从此恨散愁消,随着西逝的
残阳!

公　爵　好,叙拉古人,你且把你离乡背井,到以弗所来的原因简单告
诉我们。

伊　勤　要我说出我难言的哀痛，那真是一个最大的难题；可是为了让世人知道我的死完全是天意，不是因为犯下了什么罪恶，我就忍住悲伤，把我的身世说一说吧。我生长在叙拉古，在那边娶了一个妻子，若不是因为我，她本可以十分快乐，我原来也能使她快乐，只可惜命途多舛。当初我们两口子相亲相爱，安享着人世的幸福；我常常到埃必丹农做买卖，每次都可以赚不少钱，所以家道很是丰裕；可是，后来我在埃必丹农的代理人突然死了，我在那边的许多货物没人照管，所以不得不离开妻子的温柔怀抱，前去主持一切。我的妻子在我离家后不到六个月，就摒挡行装，赶到了我的身边；那时她已有孕在身，不久就做了两个可爱的孩子的母亲。说来奇怪，这两个孩子生得一模一样，全然分别不出来。就在他们诞生的时辰，在同一家客店里有一个穷人家的妇女也产下了两个面貌相同的双生子，我看见他们贫苦无依，就出钱买下了孩子，把他们抚养大，侍候我的两个儿子。我的妻子生下了这么两个孩子，把他们宠爱异常，每天催促我早作归乡之计，我虽然不大愿意，终于答应了她。唉！我们上船的日子，选得太不凑巧了！船离开埃必丹农三英里，海面上还是波平浪静，一点看不出将有风暴的征象；可是后来天色越变越恶，使我们的希望完全消失，天上偶然透露的微弱光芒照在我们惴惴不安的心中，似乎只告诉我们死亡已经迫在眼前。我自己虽然并不怕死，可是我的妻子因为害怕不可免的厄运在不断哭泣，还有我那两个可爱的孩子虽然不知道他们将会遭到些什么，却也跟着母亲放声号哭，我见了这一种凄惨的情形，便不能不设法保全他们和我自己的生命。那时候船上的水手们都已经跳下小船，各自逃生去了，只剩下我们几个人在这艘快要沉没的大船上；我们没有别的办法，只好效法航海的人们遇到风暴时的榜样，我的妻子因为更疼她的小儿子，就把他缚在一根小的桅杆上，又把另外那一对双生子中的一个也缚在一起，我也把大的那一个照样缚好了，然后我们夫妻两人各自把自己缚在桅杆的另外一头，每人照顾着一对孩子，此后就让我们的船随波漂流，向着我们认为是科林多的方向顺流而去。后来太阳出来了，把我们眼前的阴霾暗雾扫荡一空，海面也渐渐平静下来，我们方才望见远处有两艘船向着我们开来，一艘是从科林多来的，一艘是从埃必道勒斯来的；可是它们还没有行近——啊，我说不下去了，以后的事情，你们自己去猜度吧！

公　爵　不，说下去，老人家，不要打断话头。我们虽然不能赦免你，却可以怜悯你。

伊　勤　啊！天神们要是能够在那时可怜我，那么我现在也不会怨恨他们的不仁了！我们的船和来船相距还有三十英里的时候，我们却在中途遇着了一座巨大的礁石，迎面一撞，就把船撞碎了，我们夫妻和孩子们，都被无情地冲散；命运是这样的安排着，使我们各人留下一半的慰藉，哀悼那失去了的另外一半。我那可怜的妻子因为她的一根桅杆尽管负荷着同等的痛苦，但是重量较轻，被风很快地吹往远处去，我望见他们三人大概是被科林多的渔夫们救起来了。后来另外一艘船把我们救起，他们知道了他们所救起的是些什么人之后，招待我们十分殷勤，他们原来还打算赶上渔船把我的爱妻和娇儿夺回，只可惜他们的船只航行太慢，因此最后只好掉转船头驶回家去。这就是我怎样被幸福所遗弃的经过，留下我这苦命的一身，来向人诉说我自己悲惨的故事。

公　爵　看在你所悲痛怀念的人们的份上，请你把你儿子们和你自己此后的经历详细告诉我吧。

伊　勤　我的大儿子①在十八岁时就向我不断探询他母弟的下落，要求我准许他带着他的童仆出去寻找，那童仆也和他一样有一个不知踪迹的同名的兄弟。我因为思念存亡未卜的妻儿，就让我这唯一的爱子远离膝下，到如今也不知他究竟在哪处存身。五年以来，我走遍希腊，直达亚洲的边界，到处搜寻他们，虽然明知无望，也不愿漏过一处有人烟的地方。这次买棹归来，才到了以弗所的境内；可是我的一生将在这里告一段落，要是我这迢迢万里的奔波能够向我保证他们尚在人间，我也就死而无怨了。

公　爵　不幸的伊勤，命运注定了你，使你遭受人间最大的惨痛！相信我，倘不是因为我们的法律不可破坏，我自己的地位和誓言不可逾越，我一定会代你申辩无罪。现在你已经被判死刑，我也无法收回成命，可是我愿意尽我的力量帮助你；所以，商人，我限你在今天设法找寻可以援救你的人，替你赎回生命。你要是在以弗所有什么亲友，不妨一个个去恳求他们，乞讨也好，借贷也好，凑足限定的数目，就可以放你活着回去；要是筹不到这一笔款子，那就只好把你处死。狱卒，把他带下去看守起来。

狱　卒　是，殿下。

伊　勤　纵使把这残生多留下几个时辰，这茫茫人海，何处有赎命的恩人！（同下。）

第二场　市　场

大安提福勒斯、大德洛米奥及商人甲上。

---

①　原文此处作"小儿子"，唯上文云："我的妻子因为更疼她的小儿子，"则小儿子应当和他母亲在一起。

商人甲　所以你应当向人说你是从埃必丹农来的,免得你的货物给他们没收。就在今天,有一个叙拉古商人因为犯法入境,已经被捕了;他缴不出赎命的钱来,依照本地的法律,必须把他在太阳西落以前处死。这是你托我保管的钱。

大安提福勒斯　德洛米奥,你把这钱拿去放在我们所停留的马人旅店里,你就在那里等我回来,不要走开。现在离开吃饭的时候不到一个钟头,让我先在街上蹓跶蹓跶,观光观光这儿的市面,然后回到旅店里睡觉,因为赶了这么多的路,我已经十分疲乏了。你走吧。

大德洛米奥　要是别人,他们一定巴不得你说这句话呢!口袋里揣着这么多钱,他们准愿意一走了之。(下。)

大安提福勒斯　这小厮做事还老实,我有时心里抑郁不乐,他也会常常说些笑话来给我解闷。你愿意陪着我一起走走,然后一同到我的旅店里吃饭吗?

商人甲　请你原谅,有几个商人邀我到他们那里去,我还希望跟他们做成些交易,所以不能奉陪了。五点钟的时候,请你到市场上来会我,我可以陪着你一直到晚上。现在我可要走了。

大安提福勒斯　那么等会儿再见吧,我就到市上去随便走走。

商人甲　希望你玩个畅快。(下。)

大安提福勒斯　他叫我玩个畅快,我心里可永不会有畅快的一天。我像一滴水一样来到这人世,要在浩渺的大海里找寻自己的同伴,结果未能如愿,到处扑空,连自己也迷失了方向;我为了找寻母亲和兄弟到处漂流,不知哪一天才会重返家园。

　　　　　小德洛米奥上。

大安提福勒斯　这不是那个生辰八字和我完全一样的家伙吗?怎么?你怎么这么快又回来了?

小德洛米奥　这么快回来!我已经来得太迟了!鸡也烧焦了,肉也炙

枯了,钟已经敲了十二点,我的脸已经给太太打过。她大发脾气,
因为肉冷了;肉冷因为您不回家;您不回家因为您肚子不饿;您
肚子不饿因为您已经用过点心,可是我们却像悔罪的人一样为了
您而挨饿祈祷。

大安提福勒斯　别胡说了,我问你,我给你的钱你拿去放在什么地方了?

小德洛米奥　啊,那六便士吗?我在上星期三就拿去给太太买缰绳
了。钱在马鞍店里,我没有留着。

大安提福勒斯　我没有心思跟你开玩笑。干脆回答我,钱在哪里?异
乡客地,你怎么敢把这么多的钱随便丢下?

小德洛米奥　大爷,您倘要说笑话,请您留着在吃饭的时候说吧。太
太叫我来请您火速回去,您要是不回去,我的脑壳子又该晦气啦。
我希望您的肚子也像我一样,可以代替时钟,到了时候会叫起来,
那时不用叫您,您也会自己回来了。

大安提福勒斯　算了吧,德洛米奥,现在不是说笑话的时候;把这些话
留给今后更开心的场合吧。我给你看管的钱呢?

小德洛米奥　您给我看管的钱吗?大爷,您几时给我什么钱?

大安提福勒斯　狗才,别装傻了,究竟你把我的钱拿去干什么了?

小德洛米奥　大爷,我只知道奉命到市场上来请您回店吃饭,太太和
姑太太都在等着您。

大安提福勒斯　老老实实回答我,你把钱放在什么地方了?再不说出
来,我就捶碎你的脑壳;谁叫你在我无心斗嘴的时候跟我要贫?
你从我手里拿去的一千个马克呢?

小德洛米奥　您在我头上凿过几拳,太太在我肩上捶过几拳,除此之
外,你们谁也不曾给过我半个铜钱。我要是把您给我的赏赐照样
奉还,恐怕您就不会像我这样默然忍受了。

大安提福勒斯　太太!你有什么太太!

小德洛米奥　就是大爷您的夫人,也就是凤凰商店的女老板;她为了等您回去吃饭,到现在还没有吃过东西哩。请您赶快回去吧。

大安提福勒斯　啊,说过不许你胡闹,你还敢当着我这样放肆无礼吗? 我打你这狗头!（打小德洛米奥。）

小德洛米奥　大爷,您这是什么意思? 看在上帝的面上,请您收回尊手,否则我可要拔起贱腿逃了。(下。)

大安提福勒斯　这狗才一定上了大家的当,把我的钱全给丢了。他们说这地方有很多骗子,有的会玩弄遮眼的戏法,有的会用妖法迷惑人心,有的会用符咒伤害人的身体,还有各式各种化装的骗子,口若悬河的江湖术士,到处设下了陷阱。倘然果有此事,我还是赶快离开的好。我要到马人旅店去追问这奴才,我的钱恐怕已经不保了。(下。)

第二幕

第一场　小安提福勒斯家中

阿德里安娜及露西安娜上。

阿德里安娜　我的丈夫到现在还没有回来,叫那奴才去找他,也不知找到什么地方去了。露西安娜,现在已经两点钟啦!

露西安娜　他也许在市场上遇到什么商人,被请到什么地方吃饭去了。好姊姊,咱们吃饭吧,你也别生气啦。男人是有他们的自由的,他们只受着时间的支配;一到时间,他们就会来的。姊姊,你耐点儿心吧。

阿德里安娜　为什么他们的自由要比我们多?

露西安娜　因为男人家总是要在外面奔波。

阿德里安娜　我倘这样对待他,他定会大不高兴。

露西安娜　做妻子的应该服从丈夫的命令。

阿德里安娜　人不是驴子,谁甘心听人家使唤?

露西安娜

　　桀骜不驯的结果一定十分悲惨。

　　你看地面上,海洋里,广漠的空中,

　　哪一样东西能够不受羁束牢笼?

　　是走兽,是游鱼,是生翅膀的飞鸟,

　　只见雌的低头,哪里有雄的伏小?

> 人类是控制陆地和海洋的主人，
> 天赋的智慧胜过一切走兽飞禽，
> 女人必须服从男人是天经地义，
> 你应该温恭谦顺侍候他的旨意。

阿德里安娜　正因为怕这种服从，你才不结婚。

露西安娜　不是怕这个，而是怕其他的纠纷。

阿德里安娜　你若是出嫁了，准也想当家作主。

露西安娜　我未解风情，先要学习出嫁从夫。

阿德里安娜　你丈夫要是变了心把别人眷爱?

露西安娜　他会回心转意，我只有安心忍耐。

阿德里安娜

> 真好的性子！可也难怪她这么说，
> 没碰见倒霉事，谁都会心平气和。
> 听见别的苦命人在厄运折磨下，
> 哀痛地呼喊，我们说:"算了，冷静些吧!"
> 但是轮到我们遭受同样的欺凌，
> 我们的呼天抢地准比他们更凶;
> 你可没有狠心的丈夫把你虐待，
> 你以为什么事都可以安心忍耐，
> 倘有一天人家篡夺了你的权利，
> 看你耐不耐得住你心头的怨气?

露西安娜　好，等我嫁了人以后试试看吧。你丈夫的跟班来了，他大概也就来了。

　　　小德洛米奥上。

阿德里安娜　你那位大爷可真有一手,这么慢腾腾地。这回他该回来了吧?

小德洛米奥　什么有一手? 他的两手都有劲着呢,这点我的两只耳朵可以作证。

阿德里安娜　你对他说过什么话没有? 你知道他的心思吗?

小德洛米奥　是,是,他把他的心思告诉我的耳朵了,我的耳朵现在还热辣辣的呢。我真不懂他的意思。

露西安娜　他说得不大清楚,所以你听不懂吗?

小德洛米奥　不,他打了我一记清脆的耳刮子,我懂是不懂,痛倒很痛。

阿德里安娜　可是他是不是就要回家了? 他真是一个体贴妻子的好丈夫!

小德洛米奥　哎哟,太太,我的大爷准是得犄角疯了。

阿德里安娜　狗才,什么话!

小德洛米奥　不是犄角疯,我是说他准得了羊角疯了。我请他回家吃饭,他却向我要一千个金马克。我说:"现在是吃饭的时候了。"他说:"我的钱呢?"我说:"肉已经烧熟了。"他说:"我的钱呢?"我说:"请您回家去吧。"他说:"我的钱呢? 狗才,我给你的那一千个金马克呢?"我说:"猪肉已经烤熟了。"他说:"我的钱呢?"我说:"大爷,太太叫您回去。"他说:"去你妈的太太! 什么太太! 我不认识你的太太!"

露西安娜　这话是谁说的?

小德洛米奥　大爷说的。他说:"我不知道什么家,什么妻子,什么太太。"所以我就谢谢他,把他的答复搁在肩膀上回来了,因为他的拳头就落在我的肩膀上。

阿德里安娜　不中用的狗才,再给我出去把他叫回来。

小德洛米奥　再出去找他,再让他把我打回来吗? 看在上帝的面上,
　　　请您另请高明吧!

阿德里安娜　狗才! 不去,我就打破你的头。

小德洛米奥　他再加上一拳,我准得头破血流。凭你们俩人一整治,
　　　我脑袋就该成为破锣了。

阿德里安娜　快去,只晓得唠叨的下流坯! 把你主人找回来!

小德洛米奥　难道我就是个圆圆的皮球,给你们踢来踢去吗? 你把我
　　　一脚踢出去,他把我一脚踢回来。你们要我这皮球不破,还得替
　　　我补上一块厚厚的皮哩。(下。)

露西安娜　哎哟,瞧你满脸的怒气!

阿德里安娜

　　　　　　他和那些娼妇贱婢们朝朝厮伴,
　　　　　　我在家里盼不到他的笑脸相看。
　　　　　　难道逝水年华消褪了我的颜色?
　　　　　　有限的青春是他亲手把我摧折。
　　　　　　难道他嫌我语言无味心思愚蠢?
　　　　　　是他冷酷的无情把我聪明磨损。
　　　　　　难道浓妆艳抹勾去了他的灵魂?
　　　　　　谁教他不给我裁剪入时的衣裙?
　　　　　　我这憔悴朱颜虽然逗不起怜惜,
　　　　　　剩粉残脂都留着他薄情的痕迹。
　　　　　　只要他投掷我一瞥和煦的春光,
　　　　　　这朵枯萎的花儿也会重吐芬芳;
　　　　　　可是他是一头不受羁束的野鹿,
　　　　　　他爱露餐野宿,怎念我伤心孤独!

露西安娜　姊姊,你何必如此,妒嫉徒然自苦!

阿德里安娜

> 人非木石,谁能忍受这样的欺侮?
> 我知道他一定爱上了浪柳淫花,
> 贪恋着温柔滋味才会忘记回家。
> 他曾经答应我打一条项链相赠,
> 看他对床头人说话有没有定准!
> 涂上釉彩的宝石容易失去光润,
> 最好的黄金经不起人手的磨损,
> 尽管他是名誉良好的端人正士,
> 一朝堕落了也照样会不知羞耻。
> 我这可憎容貌既然难邀他爱顾,
> 我要悲悼我的残春哭泣着死去。

露西安娜　真有痴心人情愿作妒嫉的俘虏!（同下。）

第二场　广场

大安提福勒斯上。

大安提福勒斯　我给德洛米奥的钱都好好地在马人旅店里,那谨慎的奴才出去找我去了。听店主所说的,再按时间一计算,我从市场上把德洛米奥打发走之后,仿佛没有可能再碰见他。瞧,他又来了。

大德洛米奥上。

大安提福勒斯　喂,老兄,你要贫的脾气改变了没有? 要是你还想挨打,不妨再跟我开开玩笑。你不知道哪一家马人旅店? 你没有收到什么钱？你家太太叫你请我回去吃饭？我家里开着一个什么凤凰商店？你刚才对我说了这许多疯话，你是不是疯了？

大德洛米奥　我说了什么话，大爷？我几时说过这样的话？

大安提福勒斯　就在刚才，就在这里，不到半点钟以前。

大德洛米奥　您把钱交给我，叫我回到马人旅店去了以后，我没有见过您呀。

大安提福勒斯　狗才，你刚才说我不曾交给你钱，还说什么太太哩，吃饭哩；你现在大概知道我在生气了吧。

大德洛米奥　我很高兴看见您这样爱开玩笑，可是这笑话是什么意思？大爷，请您告诉我吧。

大安提福勒斯　啊，你还要假作痴呆，当着我的面放肆吗？你以为我是在跟你说笑话吗？我就打你！（打大德洛米奥。）

大德洛米奥　慢着，大爷，看在上帝的面上！您现在把说笑话认真起来了。我究竟做错了什么事您要打我？

大安提福勒斯　我因为常常和你不拘名分，说说笑笑，你就这样大胆起来，人家有正事的时候你也敢捣鬼。无知的蚊蚋尽管在阳光的照耀下飞翔游戏，一到日没西山也会钻进它们的墙隙木缝。你要开玩笑就得留心我的脸色，看我有没有那样兴致。你要是还不明白，让我把这一种规矩打进你的脑壳里去。

大德洛米奥　您管它叫脑壳吗？请您还是免动尊手吧，我要个脑袋就够了；要是您不停手地打下去，我倒真得找个壳来套在脑袋上才行；不然，脑袋全打烂了，只有把思想装在肩膀里了。可是请问大爷，我究竟为什么挨打？

大安提福勒斯　你不知道吗？

大德洛米奥　不知道，大爷，我只知道我挨打了。

大安提福勒斯　要我讲讲道理吗？

大德洛米奥　是，大爷，还有缘由；因为俗话说得好，有道理必有缘由。

大安提福勒斯　先说道理——你敢对我顶撞放肆；再说缘由——你第
　　二次见了我还要随口胡说。

大德洛米奥　真倒霉，白白地挨了这一顿拳脚，道理和缘由却仍然是
　　莫名其妙。好了，谢谢大爷。

大安提福勒斯　谢谢我，老兄，谢我什么？

大德洛米奥　因为我无功受赏，所以要谢谢您。

大安提福勒斯　好，以后你做事有功，我也不赏你，那就可以拉平了。
　　现在到吃饭的时候没有？

大德洛米奥　没有，我看肉里还缺点佐料。

大安提福勒斯　真的吗？缺什么？

大德洛米奥　青椒。

大安提福勒斯　再加青椒，肉也要焦了。

大德洛米奥　要是焦了，大爷，请您还是别吃吧。

大安提福勒斯　为什么？

大德洛米奥　您要是吃了，少不得又要心焦，结果我又得领略一顿好打。

大安提福勒斯　算了，你以后说笑话也得看准时候；不管做什么都应
　　该有一定的时间。

大德洛米奥　要不是您刚才那么冒火，对您的这句话我可要大胆地表
　　示异议。

大安提福勒斯　有什么根据吗，老兄？

大德洛米奥　当然有，大爷；我的根据就和时间老人的秃脑袋一样，是
　　颠扑不破的。

大安提福勒斯　说给我听听。

大德洛米奥　一个生来秃顶的人要想收回他的头发，就没有时间。

大安提福勒斯　他难道不能用赔款的方法收回吗？

大德洛米奥　那倒可以,赔款买一套假发;可是收回的却是别人的毛。

大安提福勒斯　时间老人为什么对毛发这样吝啬？它不是长得很多
很快吗？

大德洛米奥　因为他把毛发大量施舍给畜生了;可是他虽然给人毛发
不多,却叫人脑筋更聪明,这也足以抵偿了。

大安提福勒斯　不然,也有许多人毛发虽多,脑筋却很少。

大德洛米奥　不管怎么少,也足够染上花柳病,把毛发丢光。

大安提福勒斯　照你这一说,头发多的人就都是傻瓜了。

大德洛米奥　越傻,丢得越快;可是不要头发的人也有他的一套打算。

大安提福勒斯　有什么理由？

大德洛米奥　有两个理由,而且是顶呱呱的理由。

大安提福勒斯　咳,别提顶呱呱了。

大德洛米奥　那么就叫它们可靠的理由吧。

大安提福勒斯　丢都丢完了,还讲什么可靠。

大德洛米奥　可信的理由吧,这总成了。

大安提福勒斯　你说给我听听。

大德洛米奥　第一:头发少了,免得花钱修饰;第二,吃起饭来,不会
一根一根地往粥碗里掉。

大安提福勒斯　说了半天,你是想证明并非做什么事都要有一定的时间。

大德洛米奥　不错,这不是证明了吗？生来把头发丢掉的人是没有时
间收回的。

大安提福勒斯　可是你的理由不够充分,不能说明为什么没有时间收回。

大德洛米奥　且听我的解释,你就明白了;时间老人自己是个秃顶,所
以直到世界末日也会有大群秃顶的徒子徒孙。

大安提福勒斯　我早就知道你的理由也是光秃秃的。且慢,谁在那边
朝我们招手？

阿德里安娜及露西安娜上。

阿德里安娜　　好,好,安提福勒斯,你尽管皱着眉头,假装不认识我吧;你是要在你相好的面前,才会满面春风的;我不是阿德里安娜,也不是你的妻子。想起从前的时候,你会自动向我发誓,说只有我说的话才是你耳中的音乐,只有我才是你眼中最可爱的事物,只有我握着你的手你才感到快慰,只有我亲手切下的肉你才感到可口。啊,我的夫,你现在怎么这样神不守舍,忘记了你自己?我们两人已结合一体,不可分离,你这样把我遗弃不顾,就是遗弃了你自己。啊,我的爱人,不要离开我!你把一滴水洒进了海洋里,若想把它原样收回,不多不少,是办不到的,因为它已经和其余的水混合在一起,再也分别不出来;我们俩人也是这样,你怎么能硬把你我分开,而不把我的一部分也带了去呢?要是你听见我有了不端的行为,我这奉献给你的身子,已经给淫邪所玷污,那时你将要如何气愤!你不会唾骂我,羞辱我,不认我是你的妻子,剥下我那副娼妇的污秽的面皮,从我不贞的手指上夺下我们结婚的指环,把它剁得粉碎吗?我知道你会这样做的,那么请你就这样做吧,因为我的身体里已经留下了淫邪的污点,我的血液里已经混合着奸情的罪恶,我们两人既然是一体,那么你的罪恶难道不会传染到我的身上?既然这样,你就该守身如玉,才可保全你的名誉和我的清白。

大安提福勒斯　　您是在对我说这些话吗,嫂子?我不认识您;我到以弗所来不过两个钟点,对这个城市完全陌生,对您的话也莫名其妙;虽然您说的每一个字我都反复思索,可是仍然听不出一点道理来。

露西安娜　　哎哟,姊夫,您怎么完全变了一个人呢?您几时这样对待过我的姊姊?她刚才叫德洛米奥来请您回家吃饭。

大安提福勒斯　叫德洛米奥请我？

大德洛米奥　叫我请他？

阿德里安娜　叫你请他，你回来却说他打了你，还说他不知道有什么家、什么妻子。

大安提福勒斯　你曾经和这位太太讲过话吗？你们谈些什么？

大德洛米奥　我吗，大爷？我从来不曾见过她。

大安提福勒斯　狗才，你说谎！你在市场上对我说的话，正跟她说的一样。

大德洛米奥　我从来不曾跟她说过一句话。

大安提福勒斯　那么她怎么会叫得出我们的名字？难道她有未卜先知的本领吗？

阿德里安娜

> 你们主仆俩一吹一唱装傻弄诈，
> 多么不相称你高贵尊严的身价！
> 就算我有了错处你才把我回避，
> 也该宽假三分！给我自新的机会。
> 来！我要拉住你的衣袖紧紧偎依，
> 你是参天的松柏，我是藤萝纤细，
> 藤萝托体松柏，信赖他枝干坚强，
> 莫让野蔓闲苔偷取你雨露阳光！

大安提福勒斯

> 她这样向我婉转哀求，字字辛酸，
> 莫不是我在梦中和她缔下姻缘？
> 难道我听错了，还是我昏睡未醒？
> 难道我的眼睛耳朵都有了毛病？

> 我且将错就错，顺从着她的心意，
> 把这现成的丈夫名义权时顶替。

露西安娜　德洛米奥，你去叫仆人们把饭预备好了。

大德洛米奥　哎哟，上帝饶恕我这罪人！（以手划十字）这儿是妖精住的地方，我们在和些山精木魅们说话，要是不服从她们，她们就要吮吸我们的血液，或者把我们身上拧得一块青一块紫的。

露西安娜　叫你不答应，却在那边唠叨些什么？德洛米奥，你这蜗牛、懒虫！

大德洛米奥　大爷，我已经变了样子吗？

大安提福勒斯　我想我们的头脑都有些变了样子了。

大德洛米奥　不，大爷，不但是头脑，连外表也变了样子。

大安提福勒斯　你还是你原来的样子。

大德洛米奥　不，我已经变成了一头猴子。

露西安娜　你要是变起来，只好变成一头驴子。

大德洛米奥　不错，她骑在我身上，我一心想吃草。我是驴子，否则她怎么认识我，我却不认识她。

阿德里安娜　来，来，你们主仆俩人看见我伤心，还把我这样任情取笑，我不愿再像一个傻子一样自寻烦恼地哭泣了。来，大家吃饭去吧；德洛米奥，好好看守着门。丈夫，我今天要在楼上陪着你吃饭，听你忏悔你种种对不起人的地方。德洛米奥，要是有人来看大爷，就说他在外面吃饭，什么人都不要让他进来。来，妹妹。德洛米奥，当心把门看好。

大安提福勒斯　（旁白）我是在人间，在天上，还是在地下？是梦，是醒？是发疯，还是神智清楚？她们认识我，我却不认识我自己！好，她们怎么说，我就怎么说，在这一场迷雾之中寻求新的天地。

大德洛米奥　　大爷,我是不是要做起看门人来?

阿德里安娜　　是,你要是让什么人进来,留心你的脑袋。

露西安娜　　来,来,安提福勒斯,时候已经不早了。(同下。)

第
三
幕

第一场　小安提福勒斯家门前

小安提福勒斯、小德洛米奥、安哲鲁及鲍尔萨泽同上。

小安提福勒斯　好安哲鲁先生,请你原谅我们,内人很是厉害,她见我误了时间,一定要生气;你必须对她这样说,我因为在你的店里看你给她做项链,所以到现在才回来,你说那条项链明天就可以完工送来。可是这家伙却会当面造我的谣言,说他在市场上遇见我,说我打了他,说我问他要一千个金马克,又说我不认我的妻子,不肯回家。你这酒鬼,你这是什么意思?

小德洛米奥　尽您说吧,大爷,可是我知道得清清楚楚,您在市场上打了我,我身上还留着您打过的伤痕。我的皮肤倘然是一张羊皮纸,您的拳头倘然是墨水,那么您亲笔写下的凭据,就可以说明一切了。

小安提福勒斯　我看你就是一头驴子。

小德洛米奥　我这样挨打受骂,真像一头驴子一样。人家踢我的时候,我应该还踢他;要是我真的发起驴性子来,请您留心着我的蹄子吧,您会知道驴子也不是好惹的。

小安提福勒斯　鲍尔萨泽先生,您好像不大高兴,但愿我们的酒食能够代我向您表达一点欢迎的诚意。

鲍尔萨泽　美酒佳肴,我倒不在乎,您的盛情是值得感谢的。

小安提福勒斯　啊,鲍尔萨泽先生,满席的盛情,当不了一盆下酒的鱼肉。

鲍尔萨泽　大鱼大肉，是无论哪一个伧夫都置办得起的不足为奇的东西。

小安提福勒斯　殷勤的招待不过是口头的空言，尤其不足为奇。

鲍尔萨泽　酒肴即使稀少，只要主人好客，也一样可以尽欢。

小安提福勒斯　只有吝啬的主人和比他更为俭约的客人，才会以此为满足。可是我的酒肴虽然菲薄，希望您不以为嫌，开怀畅饮；您在别的地方可以享受到更为丰盛的宴席，可是不会遇到比我更诚心的主人。且慢！我的门怎么关起来了？去喊他们开门。

小德洛米奥　阿毛，白丽姐，玛琳，雪莉，琪琳，阿琴！

大德洛米奥　（在内）呆鸟，醉鬼，坏蛋，死人，蠢货，下贱的东西！给我滚开！这儿不是你找娘儿们的地方；一个已经太多了，你要这许多做什么？走，快滚！

小德洛米奥　这是哪个发昏的人在给咱们看门？喂，大爷在街上等着呢。

大德洛米奥　（在内）叫他不用等了，仍旧回到老地方去，免得他的尊足受了寒。

小安提福勒斯　谁在里面说话？喂！开门！

大德洛米奥　（在内）好，你对我说有什么事，我就开门。

小安提福勒斯　什么事！吃饭！我还没有吃过饭哪。

大德洛米奥　（在内）这儿不是你吃饭的地方；等到请你的时候你再来吧。

小安提福勒斯　你是什么人，不让我走进我自己的屋子？

大德洛米奥　（在内）我叫德洛米奥，现在权充司阍之职。

小德洛米奥　他妈的！你不但抢了我的饭碗，连我的名字也一起偷去了；我这饭碗可不曾给我什么好处，我这名字倒挨过不少的骂。要是你今天冒名顶替我，那么你的脸也得换一换，否则干脆就把你的名字改做驴子得啦。

露　丝　（在内）吵些什么，德洛米奥？门外是些什么人？

小德洛米奥　露丝，让大爷进来吧。

露　丝　（在内）不，他来得太迟了，你这样告诉你的大爷吧。

小德洛米奥　老天爷！真要笑死人了！给你说个俗语听：回到家里最
　　逍遥。

露　丝　（在内）奉还你一句俗语：请你别急，等着瞧。

大德洛米奥　（在内）你的名字若是露丝——露丝，你回答得真漂亮。

小安提福勒斯　你听见吗，贱人？还不开门？

露　丝　（在内）我早对你说过了。

大德洛米奥　（在内）不错，你说过：偏不开。

小德洛米奥　来，使劲，打得好！就这样一拳一拳重重地敲。

小安提福勒斯　臭丫头，让我进来。

露　丝　（在内）请问你凭什么要进来？

小德洛米奥　大爷，把门敲得重一点儿。

露　丝　（在内）让他去敲吧，看谁手疼？

小安提福勒斯　我要是把门敲破了，那时可不能饶你，你这贱丫头！

露　丝　（在内）何必费事？扰乱治安的人少不了要游街示众。

阿德里安娜　（在内）谁在门口闹个不休？

大德洛米奥　（在内）你们这里无赖太多了。

小安提福勒斯　我的太太，你在里边吗？你怎么不早点跑出来？

阿德里安娜　（在内）混蛋！谁是你的太太？快给我滚开！

小德洛米奥　大爷，您要是有了毛病，这个"混蛋"就要不舒服了。

安哲鲁　既没有酒食，也没有人招待，要是二者不可得兼，那么只要有
　　一样也就行了。

鲍尔萨泽　我们刚才还在辩论丰盛的酒肴和主人的诚意哪一样更可
　　贵，可是我们现在却要枵腹而归，连主人的诚意也没福消受了。

小德洛米奥　大爷，他们两位站在门口，您快招待他们一下吧。

小安提福勒斯　她们一定有些什么花样，所以不放我们进去。

小德洛米奥　里面点心烘得热热的,您却在外面喝着冷风,大丈夫给人欺侮到这个样子,气也要气疯了。

小安提福勒斯　去给我找些什么东西,让我把门打开来。

大德洛米奥　(在内)你要是打坏了什么东西,我就打碎你这混蛋的头。

小德洛米奥　说得倒很凶,大哥,可是空话就等于空气。他也可以照样还敬你,往你脸上放个屁。

大德洛米奥　(在内)看来你是骨头痒了。还不快滚,混蛋!

小德洛米奥　说来说去总是叫我滚!请你叫我进来吧。

大德洛米奥　(在内)等鸟儿没有羽毛,鱼儿没有鳞鳍的时候,再放你进来。

小安提福勒斯　好,我就打进去。给我去借一把鹤嘴锄来。

小德洛米奥　这个鹤却没有羽毛,主人,您想得真妙。找不到没有鳞鳍的鱼,却找到一只没有羽毛的鸟。咱们若是拿鹤嘴锄砸进去,准保叫他们吓得振翅高飞,杳如黄鹤。

小安提福勒斯　快去,找把铁锄来。

鲍尔萨泽　请您息怒吧,快不要这样子,给人家知道了,不但于您的名誉有碍,而且会疑心到尊夫人的品行。你们相处多年,她的智慧贤德,您都是十分熟悉的;今天这一种情形,一定另有原因,慢慢地她总会把其中道理向您解释明白的。听我的话,咱们自顾自到猛虎饭店吃饭去吧;晚上您一个人回家,可以问她一个仔细。现在街上行人很多,您要是这样气势汹汹地打进门去,难免引起人家的流言蜚语,污辱了您的清白的名声;也许它将成为您的终身之玷,到死也洗刷不了,因为诽谤到了一个人的身上,是会永远存留着的。

小安提福勒斯　你说得有理,我就听你的话,静静地走开。可是我虽然满怀怒气,还想找一个地方去解解闷儿。我认识一个雌儿,长得很不错,人也很玲珑,谈吐也很好,挺风骚也挺温柔的,咱们就上她那里吃饭去吧。我的老婆因为我有时到这雌儿家里走动走动，常常会瞎疑心骂我，今天我们就到她家里去。请你先回到你店里去一趟，把我叫你打的项链拿来，现在应该已经打好了；你可以把它带到普本丁酒店里，她就在那边侍酒，这链条我要送给她，算是对我老婆的报复。请你就去吧。我自己家里既然对我闭门不纳，我且去敲敲别人家的门，看他们会不会冷淡我。

安哲鲁　　好，等会儿我就到您所说的地方来看您吧。

小安提福勒斯　　好的，这一场笑话倒要花费我一些本钱哩。（各下。）

第二场　同前

露西安娜及大安提福勒斯上。

露西安娜

安提福勒斯你难道已经忘记了
一个男人对他妻子应尽的本分？
在热情的青春，你的爱苗已经枯槁？
恋爱的殿堂没有筑成就已坍倾？
你娶我姊姊倘只为了贪图财富，
为了财富你也该向她着意温存；
纵使另有新欢，也只好鹊桥偷渡，
对着眼前的人儿献些假意殷勤。
别让她在你眼里窥见你的隐衷，
别让你的嘴唇宣布自己的羞耻；
你尽管巧言令色，把她鼓里包蒙，
心里奸淫邪恶，表面上圣贤君子。
何必让她知道你已经变了心肠？

哪一个笨贼夸耀他自己的罪状?
莫在她心灵上留下双重的创伤,
既然对不起她,就不该恶声相向。
啊,可怜的女人! 天生来柔弱易欺,
只要你们说爱我们,我们就相信;
躯体被别人占据了,给我们外衣,
我们也就心满意足,不发生疑问。
姊夫,进去吧,安慰安慰我的姊姊,
劝她不要伤心,把她叫一声我爱;
甜言蜜语的慰藉倘能息争解气,
何必管它是真心,还是假惺惺作态。

大安提福勒斯

亲爱的姑娘,我叫不出你的芳名,
更不懂我的名姓怎会被你知道;
你绝俗的风姿,你天仙样的才情,
简直是地上的奇迹,无比的美妙。
好姑娘,请你开启我愚蒙的心智,
为我指导迷津,扫清我胸中云翳,
我是一个浅陋寡闻的凡夫下士,
解不出你玄妙神奇的微言奥义。
我这不敢欺人的寸心唯天可表,
你为什么定要我堕入五里雾中?
你是不是神明,要把我从头创造?
那么我愿意悉听摆布,唯命是从。
可是我并没有迷失了我的本性,
这一门婚事究竟是从哪里说起?

我对她素昧平生,哪里来的责任?
我的情丝却早已在你身上牢系。
你婉妙的清音就像鲛人的仙乐,
莫让我在你姊姊的泪涛里沉溺;
我愿意倾听你自己心底的妙曲,
迷醉在你金黄色的发浪里安息,
那灿烂的柔丝是我永恒的眠床,
把温柔的死乡当作幸福的天堂!

露西安娜　你这样语无伦次,难道已经疯了?

大安提福勒斯　疯倒没有疯,可是有些昏迷颠倒。

露西安娜　多半是你眼睛瞧着人,心思不正。

大安提福勒斯　是你耀眼的阳光使我眩眩欲晕。

露西安娜　只要非礼勿视,你就会心地清明。

大安提福勒斯　我眼里没有你,就像黑夜没有星。

露西安娜　你要谈情说爱,请去找我的姊姊。

大安提福勒斯　你姊姊的妹妹。

露西安娜　我姊姊。

大安提福勒斯　不,就是你。

你是我的纯洁美好的身外之身,
眼睛里的瞳仁,灵魂深处的灵魂,
你是我幸福的源头,饥渴的食粮,
你是我尘世的天堂,升天的慈航。

露西安娜　你这种话应该向我姊姊说才对呀。

大安提福勒斯　就算你是你的姊姊吧,因为我说的是你。你现在还没有丈夫,我也不曾娶过妻子,我愿意永远爱你,和你过着共同的生活。答应我吧!

露西安娜　哎哟,你别胡闹了,我去叫我的姊姊来,看她怎么说吧。(下。)

大德洛米奥慌张上。

大安提福勒斯　啊,怎么,德洛米奥! 你这样忙着到哪儿去?

大德洛米奥　您认识我吗,大爷? 我是不是德洛米奥? 我是不是您的仆人? 我是不是我自己?

大安提福勒斯　你是德洛米奥,你是我的仆人,你是你自己。

大德洛米奥　我是一头驴子,我是一个女人的男人,我不是我自己。

大安提福勒斯　什么女人的男人? 怎么说你不是你自己?

大德洛米奥　呃,大爷,我已经归一个女人所有;她把我认了去,她缠着我,她不肯放松我。

大安提福勒斯　她凭什么不肯放松你?

大德洛米奥　大爷,就凭她所有者的权利,像您对您胯下的马一样。她非得要我简直像个畜生;我并不是说我像个畜生,她还要我;而是说她有那么一股十足的畜生脾气,硬不肯放松我。

大安提福勒斯　她是个什么人?

大德洛米奥　那模样真够瞧的;是啊,只要提起那种人,谁都得加上一句:"你瞧,你瞧!" 我自己觉得这门婚事没有什么好处,可是拿女方来说,倒颇能揩得一点油水。

大安提福勒斯　怎么叫揩得一点油水?

大德洛米奥　呃,大爷,她是厨房里的丫头,浑身都是油腻;我想不出她有什么用处,除非把她当作一盏油灯,借着她的光让我逃开她。要是把她身上的破衣服和她全身的脂油烧起来,可以足足烧一个波兰的冬天;要是她活到世界末日,那么她一定要在整个世界烧完以后一星期,才烧得完。

大安提福勒斯　她的肤色怎样?

大德洛米奥　黑得像我的鞋子一样,可是她的脸还没有我的鞋子擦得
　　干净;她身上的汗垢,一脚踏上去可以连人的鞋子都给没下去。

大安提福勒斯　那只要多用水洗洗就行了。

大德洛米奥　不,她的龌龊是在她的皮肤里面的,挪亚时代的洪水都
　　不能把她冲干净。

大安提福勒斯　她名字叫什么?

大德洛米奥　"八尺",大爷;可是八尺再加上八寸也量不过她的腰围来。

大安提福勒斯　这样说她长得相当宽了?

大德洛米奥　从她屁股的这一边量到那一边,足足有六七尺;她的屁
　　股之阔,就和她全身的长度一样;她的身体像个浑圆的地球,我可
　　以在她身上找出世界各国来。

大安提福勒斯　她身上哪一部分是爱尔兰?

大德洛米奥　呃,大爷,在她的屁股上,那边有很大的沼地。

大安提福勒斯　苏格兰在哪里?

大德洛米奥　在她的手心里有一块不毛之地,大概就是苏格兰了。

大安提福勒斯　法国在哪里?

大德洛米奥　在她的额角上,从那蓬蓬松松的头发,我看出这是一个
　　乱七八糟的国家。

大安提福勒斯　英格兰在哪里?

大德洛米奥　我想找寻白垩的岩壁,可是她身上没有一处地方是白
　　的;猜想起来,大概在她的下巴上,因为它和法国是隔着一道鼻涕
　　相望的。

大安提福勒斯　西班牙在哪里?

大德洛米奥　我可没有看见,可是她嘴里的气息热辣辣的,大概就在
　　那里。

大安提福勒斯 美洲和西印度群岛呢?

大德洛米奥 啊大爷!在她的鼻子上,她鼻子上的瘰疬多得不可胜计,什么翡翠玛瑙都有。西班牙热辣辣的气息一发现这些宝物,马上就派遣出大批舰队到她鼻子那里装载货物去了。

大安提福勒斯 比利时和荷兰呢?

大德洛米奥 啊大爷!那种地方太低了,我望不下去。总之,这个丫头说我是她的丈夫;她居然未卜先知,叫我做德洛米奥,并且对我身上一切隐秘之处了如指掌:说我肩膀上有颗什么痣,头颈上有颗什么痣,又说我左臂上有一个大瘤,把我说得大吃一惊;我想她一定是个妖怪,所以赶紧逃了出来。幸亏我虔信上帝,心如铁石,否则她早把我变成一只短尾巴驴,叫我去给她推磨了。

大安提福勒斯 你就给我到码头上去,瞧瞧要是风势顺的话,我今晚不能再在这儿耽搁下去了。你看见有什么船要出发,就到市场上来告诉我,我在那里等着你。要是谁都认识我们,我们却谁也不认识,那么还是卷起铺盖走吧。

大德洛米奥 正像人家见了一头熊没命奔逃,我这贤妻也把我吓得魄散魂消。(下。)

大安提福勒斯 这儿都是些妖魔鬼怪,还是快快离开的好。叫我丈夫的那个女人,我从心底里讨厌她;可是她那妹妹却这么美丽温柔,她的风度和谈吐都叫人心醉,几乎使我情不自禁;为了我自己的安全起见,我应该塞住耳朵,不去听她那迷人的歌曲。

　　　　安哲鲁上。

安哲鲁 安提福勒斯大爷!

大安提福勒斯 呃,那正是我的名字。

安哲鲁 您的大名我还会忘记吗?瞧,项链已经打好了。我本来想在普本丁酒店交给您,因为还没有完工,所以耽搁了许多时候。

大安提福勒斯　你要我拿这链条做什么？

安哲鲁　那可悉听尊便，我是奉了您的命把它打起来的。

大安提福勒斯　奉我的命！我没有吩咐过你啊。

安哲鲁　您对我说过不止一次两次，足足有二十次了。您把它拿进去，让尊夫人高兴高兴吧；我在吃晚饭的时候再来奉访，顺便向您拿这项链的工钱吧。

大安提福勒斯　那么请你还是把钱现在拿去吧，等会儿也许你连项链和钱都见不到了。

安哲鲁　您真会说笑话，再见。

大安提福勒斯　我不知道这是怎么一回事。可是倘有人愿意白送给你这样一条好的项链，谁也不会拒绝吧。一个人在这里生活是不成问题的，因为在街道上也会有人把金银送给你。现在我且到市场上去等德洛米奥，要是有开行的船只，我就立刻动身。（下。）

第四幕

第一场　广　场

商人乙、安哲鲁及差役一人上。

商人乙　尊款自从五旬节以后,早已满期,我也不曾怎样向你催讨;本来我现在也不愿意开口,可是因为我就要开船到波斯去,路上需要一些钱用,所以只好请你赶快把钱还我,否则莫怪我无礼,我要请这位官差把你看押起来了。

安哲鲁　我欠你的这一笔款子,数目刚巧跟安提福勒斯欠我的差不多,他就在我碰见你以前从我这儿拿了一条项链去,今天五点钟他就会把货款付给我。请你跟我一同到他家里去,我就可以清还尊款,还要多多感谢你的帮忙哩。

小安提福勒斯及小德洛米奥自娼妓家出。

差　役　省得你多跑一趟路,他正好来了。

小安提福勒斯　我现在要到金匠那里去,你去给我买一根结实的绳鞭子来,我那女人串通了她的一党,把我白天关在门外,我要去治治她们。且慢,金匠就在那边。你快去买了绳鞭子,带回家里给我。

小德洛米奥　买一条绳鞭子,每年准可以打出一千镑来。(下。)

小安提福勒斯　你这个人真靠不住,你答应我把项链亲自送来给我,可是我既不见项链,又不见你的人。你大概害怕咱们的交情会给项链锁住,永远拆不开来,所以才避开我的面吗?

安哲鲁　别说笑话了，这儿是一张发票，上面开列着您那条项链的正确重量，金子的质地，连价格一起标明。我现在欠着这位先生的钱，要是把尊账划过，还剩三块多钱，请您就替我把钱还了他吧，因为他就要开船，等着这笔钱用。

小安提福勒斯　我身边没有带现钱，而且我在城里还有事情。请你同这位客人到我家里去，把那项链也带去交给内人，叫她把账付清。我要是来得及，也许可以赶上你们。

安哲鲁　那么您就把项链自己带去给您太太吧。

小安提福勒斯　不，你送去，我恐怕要回去得迟一点。

安哲鲁　很好，先生，我就给您带去。那项链在您身边吗？

小安提福勒斯　我身边是没有；我希望你不曾把它忘记带在身边，否则你要空手而归了。

安哲鲁　好了好了，请您快把项链给我吧。现在顺风顺水，这位先生正好上船，我已经耽误了他许多时间，可不要误了人家的事。

小安提福勒斯　哎哟，你失约不到普本丁酒店里来，却用这种寻开心的话来遮盖自己的不是。我应该怪你不把项链早给我，现在你倒先要向我无理取闹了。

商人乙　时间不知不觉地过去，请你快一点吧。

安哲鲁　你听他又在催我了，那项链呢？

小安提福勒斯　项链吗？你拿去给我的妻子，她就会把钱给你。

安哲鲁　好了，好了，你知道我刚才已经把它给了你了。你要是不肯把项链交我带去，就让我带点什么凭据去也好。

小安提福勒斯　哼！现在你可把玩笑开得太过分了。来，那项链呢？请你给我看看。

商人乙　你们这样纠缠不清，我可没工夫等下去。先生，你干脆回答我你愿意不愿意替他把钱还我。要是你不答应，我就让这位官差把他看押起来。

小安提福勒斯　我回答你！怎么要我回答你？

安哲鲁　你欠我的项链的钱呢？

小安提福勒斯　我没有拿到项链，怎么会欠你钱？

安哲鲁　你知道我在半点钟以前把它给了你的。

小安提福勒斯　你没有给我什么项链，你完全在诬赖我。

安哲鲁　先生，你不承认你已经把它拿了去，才真对不起人，你知道这
　　　是跟我的信用有关的。

商人乙　好，官差，我告他欠我钱，请你把他看押起来。

差　役　好，我奉着公爵的名义逮捕你，命令你不得反抗。

安哲鲁　这可把我的脸也丢尽了。你要是不答应把这笔钱拿出来，我
　　　就请这位官差把你也看押起来。

小安提福勒斯　我没有拿过你什么东西，却要我答应付你钱！蠢东
　　　西，你有胆量就把我看押起来吧。

安哲鲁　官差，这是给你的酒钱，请把他抓了。他这样公然给我难堪，
　　　就算他是我的兄弟，我也不能放过他。

差　役　先生，我要把你看押起来，你听见他控告了你。

小安提福勒斯　好，我不反抗，我会叫家里拿钱来取保。可是你这混
　　　蛋，你对我开这场玩笑，是要付重大的代价的，那时候恐怕拿出你
　　　店里所有的金银来还不够呢。

安哲鲁　安提福勒斯先生，以弗所是个有法律的城市，它一定会叫你
　　　从此没脸见人。

　　　　　大德洛米奥上。

大德洛米奥　大爷，有一艘埃必丹农的船，等船老板上了船，就要开
　　　行。我已经把我们的东西搬上去了，油、香膏、酒精，我也都买好
　　　了。船已经整帆待发，风势也很顺利，现在他们在等的只有船老

板和大爷您。

小安提福勒斯 怎么,你疯了吗? 你这头蠢羊,有什么埃必丹农的船在等着我?

大德洛米奥 您不是自己叫我去雇船的吗?

小安提福勒斯 你喝醉了酒,把头都喝昏了吗? 我叫你去买一根绳子,我也告诉过你买来做什么用处。

大德洛米奥 叫我买绳子! 哼,我又不要上吊! 你明明叫我到港口去雇船的。

小安提福勒斯 我等会儿再跟你算账,我要叫你以后听话留点儿神。现在快给我到太太那里去,把这钥匙交给她,对她说,在那铺着土耳其花毯的桌子里有一袋钱,叫她把它拿给你。你告诉她我在路上给他们捉去了,这钱是用来取保的。狗才,快去! 官差,咱们就到牢里坐一坐吧。(商人乙、安哲鲁、差役、小安提福勒斯同下。)

大德洛米奥 到太太那里去! 那就是我们吃饭的地方,那里还有一个婆娘认我做丈夫;她太胖了,我真吃她不消。硬着头皮去一趟,主人之命不可抗。(下。)

第二场 小安提福勒斯家中一室

阿德里安娜及露西安娜上。

阿德里安娜

露西安娜,他真的这样把你勾引?

你有没有仔细窥探过他的神情,

到底是假意求欢,还是真心挑逗?

他是不是红着脸,说话一本正经?

你能不能从他无法遮藏的脸上,

　　　　　　　看出他的心在不怀好意地跳荡？

露西安娜　他先是把你们夫妻的名分否认。

阿德里安娜　我没有亏待他,他自己夫道未尽。

露西安娜　他又发誓说他在这里是个外人。

阿德里安娜　可恼他反脸无情,不顾背誓寒盟!

露西安娜　于是我劝他回心爱你。

阿德里安娜　他怎么说?

露西安娜　他反转来苦苦求我把爱情施与。

阿德里安娜　究竟他向你说些什么游辞浪语?

露西安娜　倘使是纯洁的爱,我也许会心动,他说我美貌无双,赞我言
　　辞出众。

阿德里安娜　你一定很高兴吧?

露西安娜　请你不要着恼。

阿德里安娜

　　　　　我再也按捺不住我心头的怒气,
　　　　　管不住我的舌头把他申申痛詈。
　　　　　他跛脚疯手,腰驼背曲,又老又瘦,
　　　　　五官不正,四肢残缺,满身的丑陋,
　　　　　恶毒,凶狠,愚蠢,再加上残酷无情,
　　　　　他的心肠比容貌还要丑上十分!

露西安娜

　　　　　这样一个男人你何必割舍不下,
　　　　　依我说你就干脆让他滚蛋也罢。

阿德里安娜

　　　　　啊，可是我心里其实不这样想他，

　　　　　只希望别人看他像是牛头马面；

　　　　　正像野鸟离窝很远故意叫喳喳，

　　　　　我嘴里骂他，心头上却把他思恋。

　　　大德洛米奥上。

大德洛米奥　　到了，去，桌子！钱袋！好，赶快！

露西安娜　　怎么，你话都说不清楚了吗？

大德洛米奥　　跑得太快了，喘不过气来。

阿德里安娜　　大爷呢，德洛米奥，他人好吗？

大德洛米奥　　不好，他给抓到比地狱还深的监狱里去了。抓他的是一
　　　　个身穿皮子号衣的魔鬼，一排铁扣子扣起他凶恶的心肠；一个妖
　　　　魔，一个凶神，冷酷无情，暴跳如雷；一头狼，不，比狼还厉害，身上
　　　　也是长毛茸茸；惯会拍人的脊背，揪人的肩膀，不管是小路、小溪、
　　　　小道，他都会吆喝一声，不准你通行；一头跟踪寻迹的猎狗，叫他
　　　　咬上，就不得逃生；末日审判还没到，他就把可怜虫往地狱里送。

阿德里安娜　　啊，是怎么一回事？

大德洛米奥　　我也不知道是怎么一回事，他给他们捉去了。

阿德里安娜　　怎么，他给捉去了？谁把他告到官里去的？

大德洛米奥　　我也不知道谁把他告到官里去的；可是把他捉到官里去
　　　　的就是我刚才说的那个身穿皮子号衣的官差，这点绝对没错。太
　　　　太，您肯把他桌子里的钱给我，去赎他出来吗？

阿德里安娜　　妹妹，你去拿一拿。（露西安娜下。）我倒不懂他怎么会瞒
　　　　着我欠人家的钱。告诉我，他们把他绑起来了吗？

大德洛米奥　　绑倒没有绑起来，可是我听他们说要把他用链子锁起来

呢。您没听见那声音吗？

阿德里安娜　　什么,链子的声音吗？

大德洛米奥　　不,钟的声音。我现在一定要去了;我离开他的时候才
　　　　两点钟,现在已经敲一点钟了。

阿德里安娜　　钟会倒退转来,我倒没有听见过。

大德洛米奥　　要是钟点碰见了官差,他会吓得倒退转来的。

阿德里安娜　　除非时间也欠人钱! 你真是异想天开。

大德洛米奥　　时间本来是个破产户。你找他要什么,他就没有什么。
　　　　再说,时间也是个小偷。你不是常听见人们说吗:不分白天黑夜,
　　　　时间总是偷偷地溜过去? 既然时间是一个破产户兼小偷,半路上
　　　　遇见官差,一天才倒退转来一个钟点,那还算多吗?

　　　　　　露西安娜重上。

阿德里安娜　　德洛米奥,你快把钱拿去,同大爷回家来。妹妹,我们进去
　　　　吧。我心里疑神疑鬼,这固然给我以慰藉,也使我感到难过。(同下。)

第三场　广　场

　　　　　　大安提福勒斯上。

大安提福勒斯　　我在路上看见的人,都向我敬礼,好像我是他们的老
　　　　朋友一般,谁都叫得出我的名字。有的人送钱给我,有的人请我
　　　　去吃饭,有的人向我道谢,有的人要我买他的东西;刚才还有一个
　　　　裁缝把我叫进他的店里去,给我看一匹他给我买下的绸缎,并且
　　　　还给我量尺寸。我看这里的人们都有魔术,他们有意用这种古怪
　　　　的手段戏弄我。

　　　　　　大德洛米奥上。

大德洛米奥　　大爷,这是您叫我去拿的钱。怎么,你把那换了一身新

装的老亚当给打发走了吗？

大安提福勒斯　这是哪里来的钱？你说什么亚当？

大德洛米奥　不是看守乐园的亚当，而是看守监狱的亚当。当年为浪子杀了一头牛，牛皮就让他捡去作号衣了；他像个灾星似的，跟在你身后，口口声声叫你放弃自由。

大安提福勒斯　我完全听不懂。

大德洛米奥　听不懂？这不是很清楚吗？清楚得就像大提琴一样；他也就好比大提琴，老装在皮匣子里；我说的，大爷，就是那个家伙——当安分良民累了的时候，他就拍拍他们的肩膀，叫他们不要走动；他可怜肌骨软弱的人，专给他们找挣不破的结实衣服穿；他手持短棒，可是行起凶来，拿长枪的也得让他三分。

大安提福勒斯　哦，你是说一个衙役呀？

大德洛米奥　正是，大爷，一个官差；文书契约有什么差错，他就要找你去回话；他仿佛觉得人人都要上床去睡觉了，因为他的口头语是："好好歇着！"

大安提福勒斯　我看你的笑话也该歇歇了。今天晚上有没有船只开行？我们就可以动身吗？

大德洛米奥　咦，大爷，我在一点钟之前就告诉您，今晚有一条船"长征号"准备出发，可是官差却偏要叫您等着坐"班房号"。您叫我去拿这些钱来把您赎出。

大安提福勒斯　这家伙疯了，我也疯了。我们已经踏进了妖境，求上帝快快保佑我们离开这地方吧！

　　　　　妓女上。

妓　女　安提福勒斯大爷，咱们遇得巧极了。您大概已经找到了金匠，这项链就是您答应给我的吗？

大安提福勒斯　魔鬼，走开！不要引诱我！

大德洛米奥　大爷,她就是魔鬼的奶奶吗?

大安提福勒斯　她就是魔鬼。

大德洛米奥　不,她比魔鬼还要可怕,她是个母夜叉,扮做婊子来迷人。姑娘们往往说:"若不是怎么怎么,愿我变个夜叉。"这也就等于说:"愿我变个婊子。"许多书上都写着夜叉身上会放光,光是从火里来的,火是会烧人的;因此,婊子也是会烧人的。千万要离她远点。

妓　女　你们主仆俩人真会开玩笑。大爷,您肯赏光到我家里去吃顿饭吗?

大德洛米奥　您要去,大爷,可就得吃大勺肉了;我看您快去找一把长柄勺子吧。

大安提福勒斯　为什么,德洛米奥?

大德洛米奥　谁都知道和魔鬼一桌吃饭非得使长柄勺子才行。

大安提福勒斯　走开,妖精! 什么吃饭不吃饭! 你是个迷人的妖女,你们这儿全都是妖怪,你快给我走开吧。

妓　女　你把吃中饭时候向我要去的戒指还我,或者把你答应给我的项链拿来跟我交换,我就去,不再来打扰你了。

大德洛米奥　有的魔鬼只向人要一些指甲头发,或者一根草、一滴血、一枚针、一颗胡桃、一粒樱桃核,她却向人要一根金项链,真是一个贪心的魔鬼。大爷,您别给她迷昏了,这项链给她不得,否则她要把它摇响来吓我们的。

妓　女　大爷,请你快把我的戒指还我,或者把你的项链给我。你们贵人是不应该这样欺诈我们的。

大安提福勒斯　别跟我缠绕不清了,妖精! 德洛米奥,咱们快走吧。

大德洛米奥　姑娘,你看见过孔雀吧? 把尾巴一张,说:"站远点!"(大安提福勒斯、大德洛米奥同下。)

妓　女　安提福勒斯一定是真的疯了,否则他绝不会这样不顾面子的。他把我一个值四十块钱的戒指拿去,答应我他要去打一根金项链来跟我交换;现在他戒指也不肯还我,项链也不肯给我。我相信他一定是疯了,不但因为他刚才那样对待我,而且今天吃饭的时候,我还听他说过一段疯话,说是他家里关紧大门不放他进去,大概他的老婆知道他时常精神病发作,所以有意把他关在门外。我现在要到他家里去告诉他的老婆,说他发了疯闯进我的屋子里,把我的戒指抢去了。这个办法很不错,四十块钱不能让它冤枉丢掉。(下。)

第四场　街　道

　　　　　小安提福勒斯及差役上。

小安提福勒斯　朋友,你放心好了,我不会逃走的。他说我欠他多少钱,我就留下多少钱给你再走。我的老婆今天脾气很坏,准不会轻易相信我叫人带去的口信。她听见我竟在以弗所吃官司,一定会觉得是闻所未闻的事。

　　　　　小德洛米奥持绳鞭上。

小安提福勒斯　我的跟班已经来了,我想他一定带着钱来。喂,我叫你干的事怎么样了?

小德洛米奥　我已经买来了,您瞧,这一定可以叫她们大家知道些厉害。

小安提福勒斯　可是钱呢?

小德洛米奥　咦,大爷,钱我早把它拿去买绳鞭子了。

小安提福勒斯　狗才,你拿五百块钱去买一条绳子吗?

小德洛米奥　按这个价格,大爷,我就赏给您五百条。

小安提福勒斯　我叫你到家里去作什么的?

小德洛米奥　叫我去买绳鞭子呀,我现在买来了。

小安提福勒斯　好,我就用这绳鞭子来欢迎你。(打小德洛米奥。)

差　役　先生,您息怒吧。

小德洛米奥　你倒叫他息怒,我才算倒尽了霉!

差　役　好了,你也别多话了。

小德洛米奥　你叫我别多话,先叫他别打。

小安提福勒斯　你这糊涂混账没有知觉的蠢材!

小德洛米奥　大爷,我但愿我没有知觉,那么您打我我也不会痛了。

小安提福勒斯　你就像一头驴子一样,什么都是糊里糊涂的,只有把
　　　你抽一顿鞭子才觉得痛。

小德洛米奥　不错,我真是一头驴子,您看我的耳朵已经给他扯得这
　　　么长了。我从出世以来,直到现在,一直服侍着他;我在他手里没
　　　有得到什么好处,打倒给他不知打过多少次了。我冷了,他把我
　　　打到浑身发热;我热了,他把我打到浑身冰冷;我睡着的时候,他
　　　会把我打醒;我坐下的时候,他会把我打得站起来;我出去的时
　　　候,他会把我打到门外;我回来的时候,他会把我打进门里。他的
　　　拳头永远不离我的肩膀,就像叫花婆肩上驮着的小孩子一样;我
　　　看他把我的腿打断了以后,我还要负着这一身伤痕沿门乞讨呢。

小安提福勒斯　好,你去吧,我的妻子打那边来了。

　　　　阿德里安娜、露西安娜、妓女、品契同上。

小德洛米奥　太太,记住那句成语:"鞭策自己";或者我也该像鹦鹉
　　　学舌似的作一番预言:"当心绳子。"

小安提福勒斯　你还要多嘴吗? (打小德洛米奥。)

妓　女　你看,你的丈夫不是疯了吗?

阿德里安娜　他这样野蛮,真的是疯了。品契师傅,你有驱邪逐鬼的
　　　本领,请你帮助他恢复本性,你要什么酬报我都可以答应你。

露西安娜　哎哟,他的脸色多么狰狞可怕!

妓　女　瞧他给鬼迷得浑身发抖了!

品　契　请你伸过手来,让我摸摸你的脉息。

小安提福勒斯　我就伸过手来,赏你一记耳光。(打品契。)

品　契　撒旦,我用天上列圣的名义,命令你遵从我神圣的祈祷,快快离开这个人的身体,回到你那黑暗的洞府里!

小安提福勒斯　胡说,你这愚蠢的术士!我没有发疯。

阿德里安娜　可怜的人儿,我希望你真的没有发疯。

小安提福勒斯　你这贱人!这些都是你的相好吗?这个面孔黄黄的家伙,就是他今天在我家里饮酒作乐,把我关在门外,不许我走进自己的家里吗?

阿德里安娜　丈夫,上帝知道你今天在家里吃饭。倘然你好好地呆在家里不出来,也就不会受到这种诬蔑和公开的难堪了。

小安提福勒斯　在家里吃饭!狗才,你怎么说?

小德洛米奥　大爷,老老实实说一句,您并没在家里吃饭。

小安提福勒斯　我家里的门不是关得紧紧的,不让我进去吗?

小德洛米奥　是的,您家里的门关得紧紧的,不让您进去。

小安提福勒斯　她自己不是在里边骂我吗?

小德洛米奥　不说假话,她自己在里边骂您。

小安提福勒斯　那厨房里的丫头不是也把我破口辱骂吗?

小德洛米奥　一点不错,那厨房里的丫头也把您辱骂。

小安提福勒斯　我不是盛怒而去吗?

小德洛米奥　正是,我的骨头可以作证,您的盛怒它领教过了。

阿德里安娜　他说话这样颠倒,你还句句顺着他,这样做对吗?

品　契　应该这样,他现在正在癫痫发作,不要跟他多辩,过会儿他会慢慢地安静下来的。

小安提福勒斯　你唆使那金匠把我逮捕。

阿德里安娜　唉！我听见了这消息,就叫德洛米奥拿钱来保你出来。

小德洛米奥　叫我拿钱来！天地良心,大爷,我可没有拿到一个钱。

小安提福勒斯　你没去向她要一个钱袋吗?

阿德里安娜　他到了家里,我就给他。

露西安娜　我可以证明她把钱袋交给了他。

小德洛米奥　上帝和绳店里的老板可以为我作证,我只是奉命去买一根绳子。

品　　契　太太,他们主仆两人都给鬼附上了,您看他们的脸色多么惨白。他们一定要好好捆起来,放在黑屋子里。

小安提福勒斯　我问你,你今天为什么把我关在门外? 还有你,为什么不肯拿出那一袋钱来?

阿德里安娜　好丈夫,我没有把你关在门外。

小德洛米奥　好大爷,我也没有拿到过什么钱;可是咱们的的确确是给她们关在门外的。

阿德里安娜　欺人的狗才！你说的都是假话。

小安提福勒斯　欺人的淫妇！你自己才没有半点真心;你串通一帮狐群狗党来摆布我,我这十个指头可要戳进你的眼眶里,把你那双骗人的眼珠子挖出来;你别以为瞧着我这样给人糟蹋羞辱是件有趣的玩意儿。

阿德里安娜　啊！捆住他,捆住他,别让他走近我的身边!

品　　契　多喊几个人来！他身上的鬼强横得很呢。

露西安娜　哎哟,可怜的,他脸上多么惨白!

　　　　　三四人入场,将小安提福勒斯捆缚。

小安提福勒斯　啊,你们要谋害我吗? 官差,我是你的囚犯,你难道就让他们把我劫走吗?

差　役　列位放了他吧；他是我的囚犯，不能让你们带去。

品　契　把这家伙也捆了，他也是发疯的。（众人将小德洛米奥捆缚。）

阿德里安娜　你要干嘛，你这无礼的差人？你愿意看一个不幸的疯人伤害他自己吗？

差　役　他是我的囚犯，我要是放他去了，他欠人家的钱就要由我负责了。

阿德里安娜　我会替他付清这一笔债的，你把我领去见他的债主，等我问明白以后，我就可以如数还他。好师傅，请你护送他回家去。唉，倒霉的日子！

小安提福勒斯　唉，倒霉的娼妇！

小德洛米奥　主人，这样把咱两人捆在一起，我真是受您的连累了。

小安提福勒斯　少胡说，混蛋！你要把我气疯吗？

小德洛米奥　难道您愿意白白地叫人绑上吗？干脆就发疯吧，主人；大呼小叫地喊几声"魔鬼！"

露西安娜　愿上帝保佑这些可怜的人吧！听他们多么语无伦次！

阿德里安娜　把他们带走吧。妹妹你跟我来。（品契及助手等推小安提福勒斯、小德洛米奥下）告诉我是谁控告他？

差　役　一个叫安哲鲁的金匠，您认识他吗？

阿德里安娜　我认识这个人。他欠他多少钱？

差　役　二百块钱。

阿德里安娜　这笔钱是怎么欠下来的?

差　役　因为您的丈夫拿过他一条项链。

阿德里安娜　他倒是曾经给我定做过一条项链，可是始终没有拿到。

妓　女　他今天暴跳如雷地到了我家里，把我的戒指也抢去了，我看见那戒指刚才就在他的手指上；后来我遇见他的时候，他是套着一条项链。

阿德里安娜　也许是的，可是我却没有看见。来，官差，同我到金匠那里去，我要知道这件事情的全部真相。

　　　　大安提福勒斯及大德洛米奥拔剑上。

露西安娜　慈悲的上帝！他们又逃出来啦！

阿德里安娜　他们还拔着剑。咱们快去多叫些人来把他们重新捆好。

差　役　快逃！他们要把我们杀了。（阿德里安娜、露西安娜及差役下。）

大安提福勒斯　原来这些妖精是怕剑的。

大德洛米奥　叫您丈夫的那个女的现在见了您就逃了。

大安提福勒斯　给我到马人旅店去，把我们的行李拿来，我巴不得早一点平安上船。

大德洛米奥　老实说，咱们就是再多住一晚，他们也一定不会害我们的。您看他们对我们说话都是那么恭敬，还送钱给我们用。我想他们倒是一个很有礼貌的民族，倘不是那个胖婆娘一定要我做她的丈夫，我倒也愿意永远住在这儿，变一个妖精。

大安提福勒斯　我今夜可无论怎么也不愿再呆下去了。去，把我们的行李搬上船吧。（同下。）

第五幕

第一场　尼庵前的街道

商人乙及安哲鲁上。

安哲鲁　对不住,先生,我误了你的行期;可是我可以发誓他把我的项链拿去了,虽然他自己厚着脸皮不肯承认。

商人乙　这个人在本城的名声怎样?

安哲鲁　他有极好的名声,信用也很好,在本城是最受人敬爱的人物,只要他说一句话,我可以让他动用我的全部家财。

商人乙　话说轻些,那边走来的好像就是他。

大安提福勒斯及大德洛米奥上。

安哲鲁　不错,他颈上套着的正就是他绝口抵赖的那条项链。先生,你过来,我要跟他说话。安提福勒斯先生,我真不懂您为什么要这样羞辱我、为难我;您发誓否认您拿了我的项链,现在却公然把它戴在身上,这就是对于您自己的名誉也是有点妨害的。除了叫我花钱、受辱和吃了一场冤枉官司,您还连累了我这位好朋友,他倘不是因为我们这一场纠葛,今天就可以上船出发。您把我的项链拿去了,现在还想赖吗?

大安提福勒斯　这项链是你给我的,我并没有赖呀。

商人乙　你明明赖过的。

大安提福勒斯　谁听见我赖过?

商人乙　我自己亲耳听见你赖过。不要脸的东西！你这种人是不配
　　　　和规规矩矩的人来往的。

大安提福勒斯　你开口骂人，太不讲理了；有胆量的，跟我较量一下，
　　　　我要证明我自己是个重名誉讲信义的人。

商人乙　好，我说你是一个混蛋，咱们倒要比个高低。（二人拔剑决斗。）
　　　　　阿德里安娜、露西安娜、妓女及其他人等上。

阿德里安娜　住手！看在上帝面上，不要伤害他；他是个疯子。请你
　　　　们过去把他的剑夺下了，连那德洛米奥一起捆起来，把他们送到
　　　　我家里去。

大德洛米奥　大爷，咱们快逃吧；天哪，找个什么地方躲一躲才好！这
　　　　儿是一所庵院，快进去吧，否则咱们要给他们捉住了。（大安提福勒
　　　　斯、大德洛米奥逃入庵内。）

　　　　　住持尼上。

住持尼　大家别闹！你们这么多人挤在这儿干什么？

阿德里安娜　我的可怜的丈夫发疯了，我来接他回家去。放我们进去
　　　　吧，我们要把他牢牢地捆起来，送他回家医治。

安哲鲁　我知道他的神智的确有些反常。

商人乙　我现在后悔不该和他决斗。

住持尼　这个人疯了多久了？

阿德里安娜　他这一星期来，老是郁郁不乐，和从前完全变了样子；可
　　　　是直到今天下午，才突然发作起来。

住持尼　他因为船只失事，损失了许多财产吗？有什么好朋友在最近
　　　　死去吗？还是因为犯了一般青年的通病，看中了谁家的姑娘，为
　　　　了私情而烦闷吗？在这些令人抑郁的原因中，到底是为了哪个原
　　　　因呢？

阿德里安娜　也许是为了你最后所说的一种原因，他一定在外面爱上

了什么人,所以老是不在家里。

住持尼　那么你就该责备他。

阿德里安娜　是呀,我也曾责备过他。

住持尼　也许你责备他不够厉害。

阿德里安娜　在妇道所容许的范围之内,我曾经狠狠地数说过他。

住持尼　也许你只在私下里数说他。

阿德里安娜　就是当着众人面前,我也骂过他的。

住持尼　也许你骂他还不够凶。

阿德里安娜　那是我们日常的话题。在床上他被我劝告得不能入睡;吃饭的时候,他被我劝告得不能下咽;没有旁人的时候,我就跟他谈论这件事;当着别人的面前,我就指桑骂槐地警戒他;我总是对他说那是一件干不得的坏事。

住持尼　所以他才疯了。妒妇的长舌比疯狗的牙齿更毒。他因为听了你的詈骂而失眠,所以他的头脑才会发昏。你说你在吃饭的时候,也要让他饱听你的教训,所以害得他消化不良,郁积成病。这种病发作起来,和疯狂有什么两样呢?你说他在游戏的时候,也因为你的谯诃而打断了兴致,一个人既然找不到慰情的消遣,他自然要闷闷不乐,心灰意冷,百病丛生了。吃饭游戏休息都要受到烦扰,无论是人是畜生都会因此而发疯。你的丈夫是因为你的多疑善妒,才丧失了理智的。

露西安娜　他在举止狂暴的时候,她也不过轻轻劝告他几句。——你怎么让她这样责备你,一句也不回口?

阿德里安娜　她骗我招认出我自己的错处来了。诸位,我们进去把他拖出来。

住持尼　不,谁也不准进我的屋子。

阿德里安娜　那么请你叫你的佣人把我丈夫送出来吧。

住持尼　也不行,他因为逃避你们而进来,我在没有设法使他恢复神智或是承认我的努力终归无效以前,绝不能把他交到你们手里。

阿德里安娜　他是我的丈夫,我会照顾他、看护他,那是我的本分,用不着别人代劳。快让我带他回去吧。

住持尼　不要急,让我给他服下玉液灵丹,为他祈祷神明,使他恢复原状,现在可不能惊动他。出家人曾经在神前许下誓愿,为众生广行方便;让他留在我的地方,你先去吧。

阿德里安娜　我不能抛下我的丈夫独自回家。你是个修道之人,怎么好拆散人家的夫妇?

住持尼　别闹,去吧;我不能把他交给你。(下。)

露西安娜　她这样无礼,我们去向公爵控诉吧。

阿德里安娜　好,我们去吧;我要跪在地上不起来,向公爵哭泣哀求,一定要他亲自来逼这尼姑交出我的丈夫。

商人乙　我看现在快要五点钟了,公爵大概就要经过这里到刑场上去。

安哲鲁　为什么?

商人乙　因为有一个倒霉的叙拉古老头子走进了我们境内,违犯本地的法律,所以公爵要来监刑,看着他当众枭首。

安哲鲁　瞧,他们已经来了,我们倒可以看杀人啦。

露西安娜　趁公爵没有走过庵门之前,你快向他跪下来。

公爵率扈从、光着头的伊勤及刽子手、差役等上。

公　爵　再向公众宣告一遍,倘使有他的什么朋友愿意代他缴纳赎款,就可以免他一死,因为我们十分可怜他。

阿德里安娜　青天大老爷伸冤! 这庵里的姑子不是好人!

公　爵　她是一个道行高超的老太太,怎么会欺侮你?

阿德里安娜　启禀殿下,您给我作主许配的我的丈夫安提福勒斯,今天突然大发精神病,带着他的一样发疯的跟班,在街上到处乱跑,

闯进人家的屋子里，把人家的珠宝首饰随意拿走。我曾经把他捉
住捆好，送回家里，一面忙着向人家赔不是，可是不知怎么又给他
逃了出来，疯疯癫癫的主仆俩人，手里还挥着刀剑，看见我们就吓
唬我们，把我们赶走。后来我招呼了许多人，想把他拖回家去，他
看见人多，就逃进这所庵院里了。我们追到了这里，这里的姑子
却堵住了大门，不让我们进去，也不肯放他出来；我没有办法，只
好求殿下作主，命令那姑子把我的丈夫交出来，好让我带他回家
去医治。

公　爵　你的丈夫跟着我转战有功，当初你们结婚的时候，我曾经答
应尽力照拂他。来人，给我去敲开庵门，叫那当家的尼姑出来见
我。我要把这件事情问明白了再走。

　　　　一仆人上。

仆　人　啊，太太！太太！快逃命吧！大爷和他的跟班已经挣脱了束
缚，抓住了侍女们乱打，还把那赶鬼的法师绑了起来，用烧红的铁
条烫他的胡子，火着了便把一桶一桶污泥水向他迎面浇去。大爷
一面劝他安心，他的跟班一面拿剪刀把他的头发剪得和一个丑角
一样短。要是您不赶快打发人去救他出来，这法师要给他们捉弄
死了。

阿德里安娜　闭嘴，蠢材！你大爷和他的跟班都在这里，你说的都是
一派胡言。

仆　人　太太，我发誓我说的都是真话。这是我刚才亲眼看见的事，
我奔到这儿来，简直连气都没有喘过一口呢。他还嚷着要找您，
他发誓说看见了您要把您的脸都烫坏了，叫您见不得人。（内呼声）
听，听，他来了，太太！快逃吧！

公　爵　来，站在我的身边，别怕，卫士们，拿好戟子，留心警戒！

阿德里安娜　哎哟，那真是我的丈夫！你们瞧，他会隐身来去，刚才他

明明走进这庵里去,现在他又在这里了,怎么会有这种怪事!

　　　　　小安提福勒斯及小德洛米奥上。

小安提福勒斯　殿下,请您看在我当年跟着您南征北战、冒死救驾的功劳分上,给我主持公道!

伊　勤　我倘不是因为怕死而吓得精神错乱,那么我明明瞧见我的儿子安提福勒斯和德洛米奥。

小安提福勒斯　殿下,请您给我惩罚那个妇人! 多蒙您把她许配给我,可是她却不守妇道,把我百般侮辱,甚至还想谋害我! 她今天那样不顾羞耻地对待我的种种情形,简直是谁也想象不到的。

公　爵　你把她怎样对待你的情形说出来,我会给你们公平判断。

小安提福勒斯　殿下,她今天把我关在门外,自己和一帮无赖在我的家里饮酒作乐。

公　爵　那真太荒唐了! 阿德里安娜,你真的这样吗?

阿德里安娜　不,殿下,今天吃饭的时候,他、我和我的妹妹都在一起。他这样说我,完全是冤枉!

露西安娜　我可以对天发誓,她说的都是真话。

安哲鲁　说鬼话的女人! 他虽然是个疯子,可是并没有冤枉她们。

小安提福勒斯　殿下,我并不是喝醉了酒信口乱说,也不是因为心里恼怒随便冤人,虽则像我今天所受到的种种侮辱,是可以叫无论哪一个头脑冷静的人都会发起疯来的。这妇人今天把我关在门外不让我进去吃饭;站在那边的那个金匠倘不是她的同党,他也可以为我证明,因为他那时和我在一起。后来他去拿一条项链,答应我把它送到我跟鲍尔萨泽一同吃饭的酒店里;可是我们吃完饭,他还没有来,我就去找他;我在街上遇见了他,那位先生也跟他在一起,不料这个欺人的金匠一口咬定他已经在今天把项链交给了我,天知道我可没有看见过;他赖了人不算,还叫差役把我捉住,我没有办法,只好叫我的奴才回家去拿钱,谁知道他却空手回来;于是我就求告那位差役,请他亲自陪着我到我家里;在路上我们碰见了我的妻子小姨,带着她们的一批狐群狗党,还有一个名叫品契的面黄肌瘦像一副枯骨似的混账家伙,一个潦倒不堪的江湖术士,简直就是个活死人,这个说鬼话的狗才自以为能够降神捉鬼,他的一双眼睛盯着我的眼睛,摸着我的脉息,说是有鬼附在我身上,自己不要脸,硬要叫我也丢脸;于是他们大家扑在我身上,把我缚住手脚抬到家里,连我的跟班一起丢在一个黑暗潮湿的地窖里,后来被我用牙齿咬断了绳,才算逃了出来,立刻到这儿来了。殿下,我受到这样奇耻大辱,一定要请您给我作主伸雪。

安哲鲁　殿下,我可以为他证明,他的确不在家里吃饭,因为他家里关住了门不放他进去。

公　爵　可是你有没有把这样一条项链交给他呢?

安哲鲁　他已经把它拿去了,殿下;他跑进庵里去的时候,这些人都看见他套在颈上的。

商人乙　而且我可以发誓我亲耳听见你承认你已经从他手里取了这条项链,虽然起先在市场上你是否认的,那时我就拔出剑来跟你决斗,你后来便逃进这所庵院里去,可是不知怎么一下子你又出来了。

小安提福勒斯　我从来不曾踏进这庵院的门,你也从来不曾跟我决斗过,那项链我更是不曾见过。上天为我作证,你们都在冤枉我!

公　爵　咦,这可奇了!我看你们都喝了迷魂的酒了。要是你们说他曾经走了进去,那么他怎么说没有到过;要是他果然发疯,那么他怎么说话一点儿不疯;你们说他在家里吃饭,这个金匠又说他不在家里吃饭。小厮,你怎么说?

小德洛米奥　老爷,他是在普本丁酒店里跟她一块儿吃饭的。

妓　女　是的,他还把我手指上的戒指拿去了。

小安提福勒斯　是的,殿下,这戒指就是我从她那里拿来的。

公　爵　你看见他走进这庵院里去吗?

妓　女　老爷,我的的确确看见他走进去。

公　爵　好奇怪! 去叫那当家的尼姑出来。我看你们个个人都有精
　　　　神病。

伊　勤　威严无比的公爵,请您准许我说句话儿。我看见这儿有一个
　　　　可以救我的人! 他一定愿意拿出钱来赎我。

公　爵　叙拉古人,你有什么话尽管说吧。

伊　勤　先生,你的名字不是叫安提福勒斯吗? 这不就是你的奴隶德
　　　　洛米奥吗?

小德洛米奥　老丈,一小时以前,我的确是叫人绑起来的奴隶;可是感
　　　　谢他把我的绳子咬断,因此现在我算是一个自由人了,可是我的
　　　　名字却真是德洛米奥。

伊　勤　我想你们俩人一定还记得我。

小德洛米奥　老丈,我看见了你,只记得我们自己;刚才我们也像你一
　　　　样给人捆起来的。你是不是也因为有精神病,被那品契诊治过?

伊　勤　你们怎么看着我好像陌生人一般? 你们应该认识我的。

小安提福勒斯　我从来不曾看见过你。

伊　勤　唉! 自从我们分别以后,忧愁已经使我大大变了样子,年纪
　　　　老了,终日的懊恼在我的脸上刻下了难看的痕迹;可是告诉我,你
　　　　还听得出我的声音吗?

小安提福勒斯　听不出。

伊　勤　德洛米奥,你呢?

小德洛米德　不,老丈,我也听不出。

伊　勤　我想你一定听得出的。

小德洛米奥　我想我一定听不出；人家既然这样回答你，你也只好这
　　样相信他们；因为你现在是个囚犯，诸事不能自主。

伊　勤　听不出我的声音！啊，无情的时间！你在这短短的七年之
　　内，已经使我的喉咙变得这样沙哑，连我唯一的儿子都听不出我
　　的忧伤无力的语调来了吗？我的满是皱纹的脸上虽然盖满了霜
　　雪一样的须发，我的周身的血脉虽然已经凝冻，可是我这暮景余
　　年，还留着几分记忆，我这垂熄的油灯还闪着最后的微光，我这迟
　　钝的耳朵还剩着一丝听觉，我相信我不会认错人的。告诉我你是
　　我的儿子安提福勒斯。

小安提福勒斯　我生平没有见过我的父亲。

伊　勤　可是在七年以前，孩子，你应该记得我们在叙拉古分别。也
　　许我儿是因为看见我今天这样出乖露丑，不愿意认我。

小安提福勒斯　公爵，殿下和这城里认识我的人，都可以为我证明你
　　说的话不对，我生平没有到过叙拉古。

公　爵　告诉你吧，叙拉古人，安提福勒斯在我手下已经二十年了，这
　　二十年来，他从不曾去过叙拉古。我看你大概因为年老昏愦，吓
　　糊涂了，才会这样瞎认人。

　　　　　住持尼偕大安提福勒斯及大德洛米奥上。

住持尼　殿下，请您看看一个受到冤屈的人。（众集视。）

阿德里安娜　我看见我有两个丈夫，难道是我的眼睛花了吗？

公　爵　这两个人中间有一个是另外一个的灵魂；那两个也是一样。
　　究竟哪一个是本人，哪一个是灵魂呢？谁能够把他们分别出来？

大德洛米奥　老爷，我是德洛米奥，您叫他去吧。

小德洛米奥　老爷，我才是德洛米奥，请您让我留在这儿。

大安提福勒斯　你是伊勤吗？还是他的魂？

大德洛米奥　哎哟，我的老太爷，谁把你捆起来啦？

住持尼　不管是谁捆缚了他,我要替他松去绳子,赎回他的自由,也给
　　　我自己找到了一个丈夫。伊勤老头子,告诉我,你的妻子是不是
　　　叫作爱米利娅,她曾经给你一胎生下了两个漂亮的孩子? 倘使你
　　　就是那个伊勤,那么你快回答你的爱米利娅吧!

伊　勤　我倘不是在做梦,那么你真的就是爱米利娅了。你倘使真的是
　　　她,那么告诉我跟着你一起在那根木头上漂流的我那孩子在哪里?

住持尼　我们都给埃必丹农人救了起来,可是后来有几个凶恶的科林
　　　多渔夫把德洛米奥和我的儿子抢了去,留着我一个人在埃必丹农
　　　人那里。他们后来下落如何,我也不知道。我自己就像你现在看
　　　见我一样,出家做了尼姑。

公　爵　啊,现在我记起他今天早上所说的故事了。这两个面貌相同
　　　的安提福勒斯,这两个难分彼此的德洛米奥,还有她说起的她在
　　　海里遇险的情形,原来他们两人就是这两个孩子的父母,在无意
　　　中彼此聚首了。安提福勒斯,你最初是从科林多来的吗?

大安提福勒斯　不,殿下,不是我;我是从叙拉古来的。

公　爵　且慢,你们各自站开,我认不清楚你们究竟谁是谁。

小安提福勒斯　殿下,我是从科林多来的。

小德洛米奥　我是和他一起来的。

小安提福勒斯　殿下的伯父米那丰老殿下,那位威名远震的战士,把
　　　我带到了这儿。

阿德里安娜　你们两人哪一个今天跟我在一起吃饭的?

大安提福勒斯　是我,好嫂子。

阿德里安娜　你不是我的丈夫吗?

小安提福勒斯　不,他不是你的丈夫。

大安提福勒斯　我不是她的丈夫,可是她却这样称呼我;还有她的妹
　　　妹,这位美丽的小姐,她把我当作她的姊夫。(向露西安娜)要是我

现在所见所闻,并不是一场梦景,那么我对你说过的话,希望能够
成为事实。

安哲鲁　先生,那就是您从我手里拿去的项链。

大安提福勒斯　是的,我并不否认。

小安提福勒斯　尊驾为了这条项链,把我捉去吃官司。

安哲鲁　是的,我并不否认。

阿德里安娜　我把钱交给德洛米奥,叫他拿去把你保释出来;可是我
想他没有把钱交给你。

小德洛米奥　不,我可没有拿到什么钱。

大安提福勒斯　这一袋钱是你交给我的跟班德洛米奥拿来给我的。
原来我们彼此认错了人,所以闹了这许多错误。

小安提福勒斯　现在我就把这袋钱救赎我的父亲。

公　爵　那可不必,我已经豁免了你父亲的死罪。

妓　女　大爷,我那戒指您一定得还我。

小安提福勒斯　好,你拿去吧,谢谢你的招待。

住持尼　殿下要是不嫌草庵寒陋,请赏光小坐片刻,听听我们畅谈各
人的经历;在这里的各位因为误会而受到种种牵累,也请一同进
来,让我们向各位道歉。我的孩儿们,这三十三年我仿佛是在经
历难产的痛苦,直到现在才诞生出你们这沉重的一胞双胎。殿下,
我的夫君,我的孩儿们,还有你们这两个跟我的孩子一起长大、同
甘共苦的童儿,大家来参加一场洗儿的欢宴,陪着我一起高兴吧。
吃了这么多年的苦,现在是苦尽甘来了!

公　爵　我愿意奉陪,参加你们的谈话。(公爵、住持尼、伊勤、妓女、商人
乙、安哲鲁及侍从等同下。)

大德洛米奥　大爷,我要不要把您的东西从船上取来?

小安提福勒斯　德洛米奥,你把我的什么东西放在船上了?

大德洛米奥　就是您那些放在马人旅店里的货物哪。

大安提福勒斯　他是对我说话。我是你的主人，德洛米奥。来，咱们一块儿去吧，东西放着再说。你也和你的兄弟亲热亲热。（小安提福勒斯、大安提福勒斯、阿德里安娜、露西安娜同下。）

大德洛米奥　你主人家里有一个胖胖的女人，她今天吃饭的时候，把我当作你，不让我离开厨房；现在她可是我的嫂子，不是我的老婆了。

小德洛米奥　我看你不是我的哥哥，简直是我的镜子，看见了你，我才知道我自己是个风流俊俏的小白脸。你还不进去瞧他们庆祝吗？

大德洛米奥　那我可不敢；你是老大，应该先走呀。

小德洛米奥　这是个难题；怎样才能解决呢？

大德洛米奥　以后咱们再抓阄决定谁算老大吧；现在暂时请你先走。

小德洛米奥　不，咱们既是同月同日同时生，就应该手挽着手儿，大家有路一同行。（同下。）

William Shakespeare
COMPLETE WORKS

无事生非

朱生豪　译

莎士比亚
全集

剧中人物

唐·彼德罗　阿拉贡亲王

唐·约翰　唐·彼德罗的庶弟

克劳狄奥　佛罗伦萨的少年贵族

培尼狄克　帕度亚的少年贵族

里奥那托　梅西那总督

安东尼奥　里奥那托之弟

鲍尔萨泽　唐·彼德罗的仆人

波拉契奥 ⎱

康 拉 德 ⎰ 唐·约翰的侍从

道格培里　警吏

弗吉斯　警佐

法兰西斯神父

教堂司事

小童

希罗　里奥那托的女儿

贝特丽丝　里奥那托的侄女

玛格莱特 ⎱

欧 苏 拉 ⎰ 希罗的侍女

使者、巡丁、侍从等

地 点

梅西那

第
一
幕

第一场　里奥那托住宅门前

里奥那托、希罗、贝特丽丝及一使者上。

里奥那托　这封信里说,阿拉贡的唐·彼德罗今晚就要到梅西那来了。

使　者　他马上要到了;我跟他分手的时候,他离这儿才不过八九英里路呢。

里奥那托　你们在这次战事里折了多少将士?

使　者　没有多少,有点名气的一个也没有。

里奥那托　得胜者全师而归,那是双重的胜利了。信上还说起唐·彼德罗十分看重一位叫作克劳狄奥的年轻的佛罗伦萨人。

使　者　他果然是一位很有才能的人,唐·彼德罗赏识得不错。他年纪虽然很轻,做的事情十分了不得,看上去像一头羔羊,上起战场来却像一头狮子;他的确能够超过一般人对他的期望,我这张嘴也说不尽他的好处。

里奥那托　他有一个伯父在这儿梅西那,知道了一定会非常高兴。

使　者　我已经送信给他了,看他的样子十分快乐,快乐得甚至忍不住心酸起来。

里奥那托　他流起眼泪来了吗?

使　者　流了很多眼泪。

里奥那托　这是天性中至情的自然流露;这样的泪洗过的脸,是最真诚不过的。因为快乐而哭泣,比之看见别人哭泣而快乐,总要好得多啦!

贝特丽丝　请问你,那位剑客先生是不是也从战场上回来了?

使　者　小姐,这个名字我没有听见过;在军队里没有这样一个人。

里奥那托　侄女,你问的是什么人?

希　罗　姊姊说的是帕度亚的培尼狄克先生。

使　者　啊,他也回来了,仍旧是那么爱打趣的。

贝特丽丝　从前他在这儿梅西那的时候,曾经公开宣布,要跟爱神较量较量;我叔父的傻子听了他这些话,还拿着钝头箭替爱神出面,要跟他较量个高低。请问你,他在这次战事中杀了多少人?吃了多少人?可是你先告诉我他杀了多少人,因为我曾经答应他,无论他杀死多少人,我都可以把他们吃下去。

里奥那托　真的,侄女,你把培尼狄克先生取笑得太过分了;我相信他一定会向你报复的。

使　者　小姐,他在这次战事里立下很大的功劳呢。

贝特丽丝　你们那些发霉的军粮,都是他一个人吃下去的;他是个著名的大饭桶,他的胃口好得很哩。

使　者　而且他也是个很好的军人,小姐。

贝特丽丝　他在小姐太太们面前是个很好的军人;可是在大爷们面前呢?

使　者　在大爷们面前,还是个大爷;在男儿们面前,还是个堂堂的男儿——充满了各种美德。

贝特丽丝　究竟他的肚子里充满了些什么,我们还是别说了吧;我们谁也不是圣人。

里奥那托　请你不要误会舍侄女的意思。培尼狄克先生跟她是说笑惯了的;他们一见面,总是舌剑唇枪,各不相让。

贝特丽丝　可惜他总是占不到便宜！在我们上次交锋的时候,他的五
　　　　分才气倒有四分给我杀得狼狈逃走,现在他全身只剩一分了;要
　　　　是他还有些儿才气留着,那么就让他保存起来,叫他跟他的马儿
　　　　有个分别吧,因为这是使他可以被称为有理性动物的唯一的财产
　　　　了。现在是谁做他的同伴了？听说他每个月都要换一位把兄弟。

使　者　有这等事吗？

贝特丽丝　很可能;他的心就像他帽子的式样一般,时时刻刻会起变
　　　　化的。

使　者　小姐,看来这位先生的名字不曾注在您的册子上。

贝特丽丝　没有,否则我要把我的书斋都一起烧了呢。可是请问你,谁
　　　　是他的同伴？总有那种轻狂的小伙子,愿意跟他一起鬼混的吧？

使　者　他跟那位尊贵的克劳狄奥来往得顶亲密。

贝特丽丝　天哪,他要像一场瘟疫一样缠住人家呢;他比瘟疫还容易
　　　　传染,谁要是跟他发生接触,立刻就会变成疯子。上帝保佑尊贵
　　　　的克劳狄奥！要是他给那个培尼狄克缠住了,一定要花上一千镑
　　　　钱才可以把他赶走哩。

使　者　小姐,我愿意跟您交个朋友。

贝特丽丝　很好,好朋友。

里奥那托　侄女,你是永远不会发疯的。

贝特丽丝　不到大热的冬天,我是不会发疯的。

使　者　唐·彼德罗来啦。

　　　　唐·彼德罗、唐·约翰、克劳狄奥、培尼狄克、鲍尔萨泽等同上。

彼德罗　里奥那托大人,您是来迎接麻烦来了;一般人都只想避免耗
　　　　费,您却偏偏自己愿意多事。

里奥那托　多蒙殿下枉驾,已是莫大的荣幸,怎么说是麻烦呢？麻烦
　　　　去了,可以使人如释重负;可是当您离开我的时候,我只觉得怅怅

　　然若有所失。

彼德罗　您真是太喜欢自讨麻烦啦。这位便是令嫒吧？

里奥那托　她的母亲好几次对我说她是我的女儿。

培尼狄克　大人，您问她的时候，是不是心里有点疑惑？

里奥那托　不，培尼狄克先生，因为那时候您还是个孩子哩。

彼德罗　培尼狄克，你也被人家挖苦了；这么说，我们可以猜想到你现在长大了，是个怎么样的人。真的，这位小姐很像她的父亲。小姐，您真幸福，因为您像这样一位高贵的父亲。

培尼狄克　要是里奥那托大人果然是她的父亲，就是把梅西那全城的财富都给她，她也不愿意有他那样一副容貌的。

贝特丽丝　培尼狄克先生，您怎么还在那儿讲话呀？没有人听着您哩。

培尼狄克　哎哟，我的傲慢的小姐！您还活着吗？

贝特丽丝　世上有培尼狄克先生那样的人，傲慢是不会死去的；顶有礼貌的人，只要一看见您，也就会傲慢起来。

培尼狄克　那么礼貌也是个反复无常的小人了。可是除了您以外，无论哪个女人都爱我，这一点是毫无疑问的；我希望我的心肠不是那么硬，因为说句老实话，我实在一个也不爱她们。

贝特丽丝　那真是女人们好大的运气，要不然她们准要给一个讨厌的求婚者麻烦死了。我感谢上帝和我自己冷酷的心，我在这一点上倒跟您心情相合；与其叫我听一个男人发誓说他爱我，我宁愿听我的狗向着一只乌鸦叫。

培尼狄克　上帝保佑小姐您永远怀着这样的心情吧！这样某一位先生就可以逃过他命中注定的抓破脸皮的厄运了。

贝特丽丝　像您这样一副尊容，就是抓破了也不会变得比原来更难看的。

培尼狄克　好，您真是一位好鹦鹉教师。

贝特丽丝　像我一样会说话的鸟儿，比起像尊驾一样的畜生来，总要好得多啦。

培尼狄克　我希望我的马儿能够跑得像您说起话来一样快,也像您的
　　　　舌头一样不知道疲倦。请您尽管说下去吧,我可要恕不奉陪啦。

贝特丽丝　您在说不过人家的时候,总是像一匹不听话的马儿一样,
　　　　往岔路里溜了过去;我知道您的老脾气。

彼德罗　那么就这样吧,里奥那托。克劳狄奥,培尼狄克,我的好朋友
　　　　里奥那托请你们一起住下来。我对他说我们至少要在这儿耽搁
　　　　一个月;他却诚心希望会有什么事情留住我们多住一些时候。我
　　　　敢发誓他不是一个假情假义的人,他的话都是从心里发出来的。

里奥那托　殿下,您要是发了誓,您一定不会背誓。(向唐·约翰)欢迎,
　　　　大人,您现在已经跟令兄言归于好,我应该向您竭诚致敬。

约　翰　谢谢;我是一个不会说话的人,可是我谢谢你。

里奥那托　殿下请了。

彼德罗　让我搀着您的手,里奥那托,咱们一块儿走吧。(除培尼狄克、
　　　　克劳狄奥外皆下。)

克劳狄奥　培尼狄克,你有没有注意到里奥那托的女儿?

培尼狄克　看是看见的,可是我没有对她注意。

克劳狄奥　她不是一位贞静的少女吗?

培尼狄克　您是规规矩矩地要我把老实话告诉您呢,还是要我照平常
　　　　的习惯,摆出一副统治女性的暴君面孔来发表我的意见?

克劳狄奥　不,我要你根据冷静的判断老实回答我。

培尼狄克　好,那么我说,她是太矮了点儿,不能给她太高的恭维;太黑
　　　　了点儿,不能给她太美的恭维;又太小了点儿,不能给她太大的恭
　　　　维。我所能给她的唯一的称赞,就是她倘不是像现在这样子,一定
　　　　很不漂亮;可是她既然不能再好看一点,所以我一点不喜欢她。

克劳狄奥　你以为我是在说着玩哩。请你老老实实告诉我,你觉得她

怎样。

培尼狄克　您这样问起她，是不是要把她买下来吗？

克劳狄奥　全世界所有的财富，可以买得到这样一块美玉吗？

培尼狄克　可以，而且还可以附送一只匣子把它藏起来。可是您说这
　　　样的话，是一本正经的呢，还是随口胡说，就像说盲目的丘比特是
　　　个猎兔的好手、打铁的乌尔冈①是个出色的木匠一样？告诉我，您
　　　唱的歌儿究竟是什么调子？

克劳狄奥　在我的眼睛里，她是我平生所见的最可爱的姑娘。

培尼狄克　我现在还可以不戴眼镜瞧东西，可是我却瞧不出来她有什
　　　么可爱。她那个族姊就是脾气太坏了点儿，要是讲起美貌来，那
　　　就正像一个是五月的春朝，一个是十二月的岁暮，比她好看得多
　　　啦。可是我希望您不是要想做起丈夫来了吧？

克劳狄奥　即使我曾经立誓终身不娶，可是要是希罗肯做我的妻子，
　　　我也没法相信自己了。

培尼狄克　事情已经到这个地步了吗？难道世界上的男子个个都愿
　　　意戴上绿头巾，心里七上八下吗？难道我永远看不见一个六十岁
　　　的童男子吗？好，要是你愿意把你的头颈伸进轭里去，那么你就
　　　把它套起来，到星期日休息的日子自己怨命吧。瞧，唐·彼德罗
　　　回来找您了。

　　　　　唐·彼德罗重上。

彼德罗　你们不跟我到里奥那托家里去，在这儿讲些什么秘密话儿？

培尼狄克　我希望殿下命令我说出来。

彼德罗　好，我命令你说出来。

培尼狄克　听着，克劳狄奥伯爵。我能够像哑子一样保守秘密，我也

――――――――――

① 乌尔冈（Vulcan），希腊罗马神话中司火与锻冶之神。

希望您相信我不是一个搬嘴弄舌的人；可是殿下这样命令我，有什么办法呢？他是在恋爱了。跟谁呢？这就应该殿下自己去问他了。注意他的回答是多么短；他爱的是希罗，里奥那托的矮矮的女儿。

克劳狄奥　要是真有这么一回事，那么他已经替我说出来了。

培尼狄克　正像老话说的，殿下，"既不是这么一回事，也不是那么一回事，可是真的，上帝保佑不会有这么一回事。"

克劳狄奥　我的感情倘不是一下子就会起变化，我倒并不希望上帝改变这事实。

彼德罗　阿门，要是你真的爱她；这位小姐是很值得你眷恋的。

克劳狄奥　殿下，您这样说是有意诱我吐露真情吗？

彼德罗　真的，我不过说我心里想到的话。

克劳狄奥　殿下，我说的也是我自己心里的话。

培尼狄克　凭着我的三心二意起誓，殿下，我说的也是我自己心里的话。

克劳狄奥　我觉得我真的爱她。

彼德罗　我知道她是位很好的姑娘。

培尼狄克　我可既不觉得为什么要爱她，也不知道她有什么好处；你们就是用火刑烧死我，也不能使我改变这个意见。

彼德罗　你永远是一个排斥美貌的顽固的异教徒。

克劳狄奥　他这种不近人情的态度，都是违背了良心故意做作出来的。

培尼狄克　一个女人生下了我，我应该感谢她；她把我养大，我也要向她表示至诚的感谢；可是要我为了女人的缘故而戴起一顶不雅的头巾来，或者无形之中，胸口挂了一个号筒，那么我只好敬谢不敏了。因为我不愿意对任何一个女人猜疑而使她受到委屈，所以宁愿对无论哪个女人都不信任，免得委屈了自己。总而言之，为了让我自己穿得漂亮一点起见，我愿意一生一世做个光棍。

彼德罗　我在未死之前,总有一天会看见你为了爱情而憔悴的。

培尼狄克　殿下,我可以因为发怒,因为害病,因为挨饿而脸色惨白,可是绝不会因为爱情而憔悴;您要是能够证明有一天我因为爱情而消耗的血液在喝了酒后不能把它恢复过来,就请您用编造歌谣的人的那枝笔挖去我的眼睛,把我当作一个瞎眼的丘比特,挂在妓院门口做招牌。

彼德罗　好,要是有一天你的决心动摇起来,可别怪人家笑话你。

培尼狄克　要是有那么一天,我就让你们把我像一头猫似地放在口袋里吊起来,叫大家用箭射我;谁把我射中了,你们可以拍拍他的肩膀,夸奖他是个好汉子。

彼德罗　好,咱们等着瞧吧,有一天野牛也会俯首就轭的。

培尼狄克　野牛也许会俯首就轭,可是有理性的培尼狄克要是也会钻上圈套,那么请您把牛角拔下来,插在我的额角上吧;我可以让你们把我涂上油彩,像人家写"好马出租"一样替我用大字写好一块招牌,招牌上这么说:"请看结了婚的培尼狄克。"

克劳狄奥　要是真的把你这样,你一定要气得把你的一股牛劲儿都使出来了。

彼德罗　嘿,要是丘比特没有把他的箭在威尼斯一起放完,他会叫你知道他的厉害的。

培尼狄克　那时候一定要天翻地覆啦。

彼德罗　好,咱们等着瞧吧。现在,好培尼狄克,请你到里奥那托那儿去,替我向他致意,对他说晚餐的时候我一定准时出席,因为他已经费了不少手脚在那儿预备呢。

培尼狄克　如此说来,我还有脑子办这件差使,所以我想敬请——

克劳狄奥　大安,自家中发——

彼德罗　七月六日,培尼狄克谨上。

培尼狄克　嗳,别开玩笑啦。你们讲起话来,老是这么支离破碎,不成
　　　片段,要是你们还要把这种滥调搬弄下去,请你们问问自己的良
　　　心吧,我可要失陪了。(下。)

克劳狄奥　殿下,您现在可以帮我一下忙。

彼德罗　咱们是好朋友,你有什么事尽管吩咐我;无论它是多么为难
　　　的事,我都愿意竭力帮助你。

克劳狄奥　殿下,里奥那托有没有儿子?

彼德罗　没有,希罗是他唯一的后嗣。你喜欢她吗,克劳狄奥?

克劳狄奥　啊,殿下,当我们向战场出发的时候,我用一个军人的眼睛
　　　望着她,虽然衷心羡慕,可是因为有更艰巨的工作在我面前,来不
　　　及顾到儿女私情;现在我回来了,战争的思想已经离开我的脑中,
　　　代替它的是一缕缕的柔情,它们指点我年轻的希罗是多么美丽,
　　　对我说,我在出征以前就已经爱上她了。

彼德罗　看你样子快要像个恋人似的,动不动用长篇大论叫人听着腻
　　　烦了。要是你果然爱希罗,你就爱下去吧,我可以替你向她和她
　　　的父亲说去,一定叫你如愿以偿。你向我转弯抹角地说了这一大
　　　堆,不就是为了这个目的吗?

克劳狄奥　您这样鉴貌辨色,真是医治相思的妙手! 可是人家也许以
　　　为我一见钟情,未免过于孟浪,所以我想还是慢慢儿再说吧。

彼德罗　造桥只要量着河身的阔度就成,何必过分铺张呢? 做事情也
　　　只要按照事实上的需要;凡是能够帮助你达到目的的,就是你所
　　　应该采取的手段。你现在既然害着相思,我可以给你治相思的药
　　　饵。我知道今晚我们将要有一个假面跳舞会;我可以化妆一下冒
　　　充着你,对希罗说我是克劳狄奥,当着她的面前倾吐我的心曲,用
　　　动人的情话迷惑她的耳朵;然后我再替你向她的父亲传达你的意
　　　思,结果她一定会属你所有。让我们立刻着手进行吧。(同下。)

第二场　里奥那托家中一室

里奥那托及安东尼奥自相对方向上。

里奥那托　啊,贤弟! 我的侄儿,你的儿子呢? 他有没有把乐队准备好?

安东尼奥　他正在那儿忙着呢。可是,大哥,我可以告诉你一些新鲜的消息,你做梦也想不到的。

里奥那托　是好消息吗?

安东尼奥　那要看事情的发展而定;可是从外表上看起来,那是个很好的消息。亲王跟克劳狄奥伯爵刚才在我的花园里一条树阴浓密的小路上散步,他们讲的话给我的一个佣人听见了许多;亲王告诉克劳狄奥,说他爱上了我的侄女,你的女儿,想要在今晚跳舞的时候向她倾吐衷情;要是她表示首肯,他就要抓住眼前的时机,立刻向你提起这件事情。

里奥那托　告诉你这个消息的家伙,是不是个有头脑的人?

安东尼奥　他是一个很机灵的家伙;我可以去叫他来,你自己问问他。

里奥那托　不,不,在事情没有证实以前,我们只能当它是场幻梦;可是我要先去通知我的女儿一声,万一真有那么一回事,她也好预先准备准备怎样回答。你去告诉她吧。(若干人穿过舞台)各位侄儿,记好你们分内的事。啊,对不起,朋友,跟我一块儿去吧,我还要仰仗您的大力哩。贤弟,在大家手忙脚乱的时候,请你留心照看照看。(同下。)

第三场　里奥那托家中的另一室

唐·约翰及康拉德上。

康拉德　哎哟,我的爷!您为什么这样闷闷不乐?

约　翰　我的烦闷是茫无涯际的,因为不顺眼的事情太多啦。

康拉德　您应该听从理智的劝告才是。

约　翰　听从了理智的劝告,又有什么好处呢?

康拉德　即使不能立刻医好您的烦闷,至少也可以教您怎样安心忍耐。

约　翰　我真不懂像你这样一个自己说是土星照命的人①,居然也会用
　　　　道德的箴言来医治人家致命的沉疴。我不能掩饰我自己的为人;
　　　　心里不快活的时候,我就沉下脸来,绝不会听了人家的嘲谑而赔
　　　　着笑脸;肚子饿了我就吃,决不理会人家是否方便;精神疲倦了
　　　　我就睡,决不管人家的闲事;心里高兴我就笑,决不去窥探人家的
　　　　颜色。

康拉德　话是说得不错,可是您现在是在别人的约束之下,总不能完
　　　　全照着您自己的心意行事。最近您跟王爷闹过别扭,你们兄弟俩
　　　　言归于好还是不久的事,您要是不格外陪些小心,那么他现在对
　　　　您的种种恩宠,也是靠不住的;您必须自己造成一个机会,然后才
　　　　可以达到您的目的。

约　翰　我宁愿做一朵篱下的野花,不愿做一朵受他恩惠的蔷薇;与
　　　　其逢迎献媚,偷取别人的欢心,宁愿被众人所鄙弃;我固然不是
　　　　一个善于阿谀的正人君子,可是谁也不能否认我是一个正大光明

———————————

① 西方星相家的说法,所谓土星照命的人,性格必阴沉忧郁。

的小人,人家用口套罩着我的嘴,表示对我信任,用木桩系住我的脚,表示给我自由;关在笼子里的我,还能够唱歌吗?要是我有嘴,我就要咬人;要是我有自由,我就要做我欢喜做的事。现在你还是让我保持我的本来面目,不要设法改变它吧。

康拉德　您不能利用您的不平之气来干一些事情吗?

约　翰　我把它尽量利用着呢,因为它是我的唯一的武器。谁来啦?

　　　　　波拉契奥上。

约　翰　有什么消息,波拉契奥?

波拉契奥　我刚从那边盛大的晚餐席上出来,王爷受到了里奥那托十分隆重的款待;我还可以告诉您一件正在计划中的婚事的消息哩。

约　翰　我们可以在这上面出个主意跟他们捣乱捣乱吗?那个愿意自讨麻烦的傻瓜是谁?

波拉契奥　他就是王爷的右手。

约　翰　谁?那个最最了不得的克劳狄奥吗?

波拉契奥　正是他。

约　翰　好家伙!那个女的呢?他看中了哪一个?

波拉契奥　里奥那托的女儿和继承人希罗。

约　翰　一只早熟的小母鸡!你怎么知道的?

波拉契奥　他们叫我去用香料把屋子熏一熏,我正在那儿熏一间发霉的房间,亲王跟克劳狄奥两个人手搀手走了进来,郑重其事地在商量着什么事情;我就把身子闪到屏风后面,听见他们约定由亲王出面去向希罗求婚,等她答应以后,就把她让给克劳狄奥。

约　翰　来,来,咱们到那边去;也许我可以借此出出我的一口怨气。自从我失势以后,那个年轻的新贵出足了风头;要是我能够叫他受些挫折,也好让我拍手称快。你们两人都愿意帮助我,不会变心吗?

康 拉 德　
波拉契奥　　我们愿意誓死为爵爷尽忠。

约　翰　让我们也去参加那盛大的晚餐吧；他们看见我的屈辱，一定
　　　　格外高兴。要是厨子也跟我抱着同样的心理就好了！我们要不
　　　　要先计划一下怎样着手进行？

波拉契奥　我们愿意侍候您的旨意。（同下。）

第
二
幕

第一场　里奥那托家中的厅堂

里奥那托、安东尼奥、希罗、贝特丽丝及余人等同上。

里奥那托　约翰伯爵有没有在这儿吃晚饭？

安东尼奥　我没有看见他。

贝特丽丝　那位先生的面孔多么阴沉！我每一次看见他,总要有一个时辰心里不好过。

希　罗　他有一种很忧郁的脾气。

贝特丽丝　要是把他跟培尼狄克折中一下,那就是个顶好的人啦;一个太像泥塑木雕似的,老是一言不发;一个却像骄纵惯了的小少爷,咭咧呱喇地吵个不停。

里奥那托　那么把培尼狄克先生的半条舌头放在约翰伯爵的嘴里,把约翰伯爵的半副心事面孔装在培尼狄克先生脸上……

贝特丽丝　叔叔,再加上一双好腿,一对好脚,袋里有几个钱,这样一个男人,世上无论哪个女人都愿意嫁给他的——要是他能够得到她的欢心的话。

里奥那托　真的,侄女,你要是说话这样刻薄,我看你一辈子也嫁不出去的。

安东尼奥　可不是,她这张嘴尖利得过了分。

贝特丽丝　尖利过了分就算不得尖利,那么"尖嘴姑娘嫁一个矮脚郎"

这句话可落不到我头上来啦。

里奥那托　那是说，上帝干脆连一个"矮脚郎"都不送给你啦。

贝特丽丝　谢天谢地，我每天早晚都在跪求上帝，我说主啊！叫我嫁给一个脸上出胡子的丈夫，我是怎么也受不了的，还是让我睡在毛毯里吧！

里奥那托　你可以拣一个没有胡子的丈夫。

贝特丽丝　我要他来做什么呢？叫他穿起我的衣服来，让他做我的侍女吗？有胡子的人年纪一定不小了，没有胡子的人，算不得须眉男子；我不要一个老头子做我的丈夫，也不愿意嫁给一个没有丈夫气的男人。人家说，老处女死了要在地狱里牵猴子；所以还是让我把六便士的保证金交给动物园里的看守，把他的猴子牵下地狱去吧。

里奥那托　好，那么你决心下地狱吗？

贝特丽丝　不，我刚走到门口，头上出角的魔鬼就像个老王八似的，出来迎接我，说："您到天上去吧，贝特丽丝，您到天上去吧，这儿不是你们姑娘家住的地方。"所以我就把猴子交给他，到天上去见圣彼得了；他指点我单身汉在什么地方，我们就在那儿快快乐乐地过日子。

安东尼奥　（向希罗）好，侄女，我相信你一定听你父亲的话。

贝特丽丝　是的，我的妹妹应该懂得规矩，先行个礼儿，说："父亲，您看怎么办，就怎么办吧。"可是虽然这么说，妹妹，他一定要是个漂亮的家伙才好，否则你还是再行个礼儿，说："父亲，这可要让我自己作主了。"

里奥那托　好，侄女，我希望看见你有一天嫁到一个丈夫。

贝特丽丝　男人都是泥做的，我不要。一个女人要把她的终身付托给一块顽固的泥土，还要在他面前低头伏小，岂不倒霉！不，叔叔，亚当的儿子都是我的兄弟,跟自己的亲族结婚是一件罪恶哩。

里奥那托　女儿,记好我对你说的话;要是亲王真的向你提出那样的请求,你知道你应该怎样回答他。

贝特丽丝　妹妹,要是对方向你求婚求得不是时候,那毛病一定出在音乐里了——要是那亲王太冒失,你就对他说,什么事情都应该有个节拍;你就拿跳舞作为回答。听我说,希罗,求婚、结婚和后悔,就像是苏格兰急舞、慢步舞和五步舞一样:开始求婚的时候,正像苏格兰急舞一样狂热,迅速而充满幻想;到了结婚的时候,循规蹈矩的,正像慢步舞一样,拘泥着仪式和虚文;于是接着来了后悔,拖着疲乏的脚腿,开始跳起五步舞来,愈跳愈快,一直跳到精疲力尽,倒在坟墓里为止。

里奥那托　侄女,你的观察倒是十分深刻。

贝特丽丝　叔叔,我的眼光很不错哩——我能够在大白天看清一座教堂呢。

里奥那托　贤弟,跳舞的人进来了,咱们让开吧。

　　　　唐·彼德罗、克劳狄奥、培尼狄克、鲍尔萨泽、唐·约翰、波拉契奥、玛格莱特、欧苏拉及余人等各戴假面上。

彼德罗　姑娘,您愿意陪着您的朋友走走吗?

希　罗　您要是轻轻儿走,态度文静点儿,也不说什么话,我就愿意奉陪;尤其是当我要走出去的时候。

彼德罗　您要不要我陪着您一块儿出去呢?

希　罗　我要是心里高兴,我可以这样说。

彼德罗　您什么时候才高兴这样说呢?

希　罗　当我看见您的相貌并不讨厌的时候;但愿上帝保佑琴儿不像琴囊一样难看!

彼德罗　我的脸罩就像菲利蒙的草屋,草屋里面住着天神乔武。①

希　罗　那么您的脸罩上应该盖起茅草来才是。

彼德罗　讲情话要低声点儿。(拉希罗至一旁。)

鲍尔萨泽　好,我希望您欢喜我。

玛格莱特　为了您的缘故,我倒不敢这样希望,因为我有许多缺点哩。

鲍尔萨泽　可以让我略知一二吗?

玛格莱特　我念起祷告来,总是提高了嗓门。

鲍尔萨泽　那我更加爱您了;高声念祷告,人家听见了就可以喊阿门。

玛格莱特　求上帝赐给我一个好舞伴!

鲍尔萨泽　阿门!

玛格莱特　求上帝,等到跳完舞,让我再也不要看见他! 您怎么不说话了呀,执事先生?

鲍尔萨泽　别多讲啦,执事先生已经得到他的答复了。

欧苏拉　我认识您,您是安东尼奥老爷。

安东尼奥　干脆一句话,我不是。

欧苏拉　我瞧您摇头摆脑的样子,就知道是您啦。

安东尼奥　老实告诉你吧,我是学着他的样子的。

欧苏拉　您倘不是他,绝不会把他那种怪样子学得这么唯妙唯肖。这一只干瘪的手不正是他的? 您一定是他,您一定是他。

安东尼奥　干脆一句话,我不是。

欧苏拉　算啦算啦,像您这样能言善辩,您以为我不能一下子就听出来,除了您没有别人吗? 一个人有了好处,难道遮掩得了吗? 算

---

① 菲利蒙(Philemon)是弗里吉亚(Phrygia)的一个穷苦老人,天神乔武(Jove)乔装凡人,遨游世间,借宿在他的草屋里,菲利蒙和他的妻子招待尽礼,天神乃将其草屋变成殿宇。

了吧,别多话了,您正是他,不用再抵赖了。

贝特丽丝　您不肯告诉我谁对您说这样的话吗?

培尼狄克　不,请您原谅我。

贝特丽丝　您也不肯告诉我您是谁吗?

培尼狄克　现在不能告诉您。

贝特丽丝　说我目中无人,说我的俏皮话儿都是从笑话书里偷下来的;哼,这一定是培尼狄克说的话。

培尼狄克　他是什么人?

贝特丽丝　我相信您一定很熟悉他的。

培尼狄克　相信我,我不认识他。

贝特丽丝　他没有叫您笑过吗?

培尼狄克　请您告诉我,他是什么人?

贝特丽丝　他呀,他是亲王手下的弄人,一个语言无味的傻瓜;他的唯一的本领,就是捏造一些无稽的谣言。只有那些胡诌的家伙才会喜欢他,可是他们并不赏识他的机智,只是赏识他的奸刁;他一方面会讨好人家,一方面又会惹人家生气,所以他们一面笑他,一面打他。我想他一定在人丛里;我希望他会碰到我!

培尼狄克　等我认识了那位先生以后,我可以把您说的话告诉他。

贝特丽丝　很好,请您一定告诉他。他听见了顶多不过把我侮辱两句;要是人家没有注意到他的话,或者听了笑也不笑,他就要郁郁不乐,这样就可以有一块鹧鸪的翅膀省下来啦,因为这傻瓜会气得不吃晚饭的。(内乐声)我们应该跟随领队的人。

培尼狄克　一个人万事都该跟着人家走。

贝特丽丝　不,要是领头的先不懂规矩,那么到下一个转弯,我就把他甩掉了。(跳舞。除唐·约翰、波拉契奥及克劳狄奥外皆下。)

约　翰　我的哥哥真的给希罗迷住啦;他已经拉着她的父亲,去把他的意思告诉他了。女人们都跟着她去了,只有一个戴假面的人留着。

波拉契奥　那是克劳狄奥;我从他的神气上认得出来。

约　翰　您不是培尼狄克先生吗?

克劳狄奥　您猜得不错,我正是他。

约　翰　先生,您是我的哥哥亲信的人,他现在迷恋着希罗,请您劝劝
　　　他打断这一段痴情,她是配不上他这样家世门第的;您要是肯这
　　　样去劝他,才是尽一个朋友的正道。

克劳狄奥　您怎么知道他爱着她?

约　翰　我听见他发过誓诉说他的爱情了。

波拉契奥　我也听见;他刚才发誓说要跟她结婚。

约　翰　来,咱们喝酒去吧。(约翰、波拉契奥同下。)

克劳狄奥　我这样冒认着培尼狄克的名字,却用克劳狄奥的耳朵听见
　　　了这些坏消息。事情一定是这样;亲王是为他自己去求婚的。友
　　　谊在别的事情上都是可靠的,在恋爱的事情上却不能信托;所以
　　　恋人们都是用他们自己的唇舌。谁生着眼睛,让他自己去传达情
　　　愫吧,总不要请别人代劳;因为美貌是一个女巫,在她的魔力之
　　　下,忠诚是会在热情里溶解的。这是一个每一个时辰里都可以找
　　　到证明的例子,毫无怀疑的余地。那么永别了,希罗!

　　　培尼狄克重上。

培尼狄克　是克劳狄奥伯爵吗?

克劳狄奥　正是。

培尼狄克　来,您跟着我来吧。

克劳狄奥　到什么地方去?

培尼狄克　到最近的一棵杨柳树底下去①,伯爵,为了您自己的事。您欢

---

① 杨柳树是悲哀和失恋的象征。

喜把花圈怎样戴法？是把它套在您的头颈上，像盘剥重利的人套着的锁链那样呢，还是把它串在您的胳膊底下，像一个军官的肩带那样？您一定要把它戴起来，因为您的希罗已经给亲王夺去啦。

克劳狄奥 我希望他姻缘美满！

培尼狄克 哎哟，听您说话的神气，简直好像一个牛贩子卖掉了一匹牛似的。可是您想亲王会这样对待您吗？

克劳狄奥 请你让我一个人呆在这儿吧。

培尼狄克 哈！现在您又变成一个不问是非的瞎子了；小孩子偷了您的肉去，您却去打一根柱子。

克劳狄奥 你要是不肯走开，那么我走了。（下。）

培尼狄克 唉，可怜的受伤的鸟儿！现在他要爬到芦苇里去了。可是想不到咱们那位贝特丽丝小姐居然会见了我认不出来！亲王的弄人！嘿？也许因为人家瞧我喜欢说笑，所以背地里这样叫我；可是我要是这样想，那就是自己看轻自己了；不，人家不会这样叫我，这都是贝特丽丝凭着她那下流刻薄的脾气，把自己的意见代表着众人，随口编造出来毁谤我的。好，我一定要向她报复此仇。

　　　唐·彼德罗重上。

彼德罗 培尼狄克，伯爵呢？你看见他了吗？

培尼狄克 不瞒殿下说，我已经做过一个搬弄是非的长舌妇了。我看见他像猎围里的一座小屋似的，一个人孤零零地在这儿发呆，我就对他说——我想我对他说的是真话——您已经得到这位姑娘的芳心了。我说我愿意陪着他到一株杨柳树底下去；或者给他编一个花圈，表示被弃的哀思；或者给他扎起一条藤鞭来，因为他有该打的理由。

彼德罗 该打，他做错了什么事？

培尼狄克 他犯了一个小学生的过失，因为发现了一窠小鸟，高兴非常,指点给他的同伴看见,让他的同伴把它偷去了。

彼德罗　你把信任当作一种过失吗？偷的人才是有罪的。

培尼狄克　可是他把藤鞭和花圈扎好,总是有用的;花圈可以给他自己戴,藤鞭可以赏给您。照我看来,您就是把他那窠小鸟偷去的人。

彼德罗　我不过是想教它们唱歌,教会了就把它们归还原主。

培尼狄克　那么且等它们唱的歌儿来证明您的一片好心吧。

彼德罗　贝特丽丝小姐在生你的气;陪她跳舞的那位先生告诉她说你说了她许多坏话。

培尼狄克　啊,她才把我侮辱得连一块顽石都要气得直跳起来呢！一株秃得只剩一片青叶子的橡树,也会忍不住跟她拌嘴;就是我的脸罩也差不多给她骂活了,要跟她对骂一场哩。她不知道在她面前的就是我自己,对我说,我是亲王的弄人,我比融雪的天气还要无聊;她用一连串恶毒的讥讽,像乱箭似地向我射了过来,我简直变成了一个箭垛啦。她的每一句话都是一把钢刀,每一个字都刺到人心里;要是她嘴里的气息跟她的说话一样恶毒,那一定无论什么人走近她身边都不能活命的;她的毒气会把北极星都熏坏呢。即使亚当把他没有犯罪以前的全部家产传给她,我也不愿意娶她做妻子;她会叫赫剌克勒斯[1]给她烤肉,把他的棍子劈碎了当柴烧的。好了,别讲她了。她就是母夜叉的变相,但愿上帝差一个有法力的人来把她一道咒赶回地狱里去,因为她一天留在这世上,人家就会觉得地狱里简直清静得像一座洞天福地,大家为了希望下地狱,都会故意犯起罪来,所以一切的混乱、恐怖、纷扰,都跟着她一起来了。

彼德罗　瞧,她来啦。

---

[1]　赫剌克勒斯（Hercules）,希腊神话中著名英雄。

　　　克劳狄奥、贝特丽丝、希罗及里奥那托重上。

培尼狄克　殿下有没有什么事情要派我到世界的尽头去？我现在愿意到地球的那一边去，给您干无论哪一件您所能想得到的最琐细的差使；我愿意给您从亚洲最远的边界上拿一根牙签回来；我愿意给您到埃塞俄比亚去量一量护法王约翰的脚有多少长；我愿意给您去从蒙古大可汗的脸上拔下一根胡须，或者到侏儒国里去办些无论什么事情；可是我不愿意跟这妖精谈三句话儿。您没有什么事可以给我做吗？

彼德罗　没有，我要请你陪着我。

培尼狄克　啊，殿下，这是强人所难了；我可受不住咱们这位尖嘴的小姐。（下。）

彼德罗　来，小姐，来，你伤了培尼狄克先生的心啦。

贝特丽丝　是吗，殿下？开头儿，他为了开心，把心里话全都"开诚布公"；承蒙他好意，我就不好意思不加上旧欠，算上利息！回算他一片心，叫他"开心"之后加倍"双"心；所以您说他"伤"心，可也有道理。

彼德罗　你把他按下去了，小姐，你算把他按下去了。

贝特丽丝　我能让他来把我按倒吗，殿下？我能让一群傻小子来叫我傻大娘吗？您叫我去找克劳狄奥伯爵来，我已经把他找来了。

彼德罗　啊，怎么，伯爵！你为什么这样不高兴？

克劳狄奥　没有什么不高兴，殿下。

彼德罗　那么害病了吗？

克劳狄奥　也不是，殿下。

贝特丽丝　这位伯爵无所谓高兴不高兴，也无所谓害病不害病；您瞧他皱着眉头，也许他吃了一只酸橘子，心里头有一股酸溜溜的味道。

彼德罗　真的，小姐，我想您把他形容得很对；可是我可以发誓，要是他果然有这样的心思，那就错了。来，克劳狄奥，我已经替你向希罗求过婚，她已经答应了；我也已经向她的父亲说起，他也表示同意了；现在你只要选定一个结婚的日子，愿上帝给你快乐！

里奥那托　伯爵，从我手里接受我的女儿，我的财产也随着她一起传给您了。这门婚事多仗殿下鼎力，一定能够得到上天的嘉许！

贝特丽丝　说呀，伯爵，现在要轮到您开口了。

克劳狄奥　静默是表示快乐的最好的方法；要是我能够说出我的心里多么快乐，那么我的快乐只是有限度的。小姐，您现在既然已经属于我，我也就是属于您的了；我把我自己跟您交换，我要把您当作珍宝一样珍爱。

贝特丽丝　说呀，妹妹；要是你不知道说些什么话好，你就用一个吻堵住他的嘴，让他也不要说话。

彼德罗　真的，小姐，您真会说笑。

贝特丽丝　是的，殿下；也幸亏是这样，我这可怜的傻子才从来不知道有什么心事。我那妹妹附着他的耳朵，在那儿告诉他她的心里有着他呢。

克劳狄奥　她正是这么说，姊姊。

贝特丽丝　天哪，真好亲热！人家一个个嫁了出去，只剩我一个人人老珠黄；我还在躲在壁角里，哭哭自己的没有丈夫吧！

彼德罗　贝特丽丝小姐，我来给你找一个吧。

贝特丽丝　要是我来给自己挑一个，我愿意做您的老太爷的儿子的媳妇儿。难道殿下没有个兄弟长得就跟您一个模样的？他老人家的儿子才是理想的丈夫——可惜女孩儿不容易接近他们。

彼德罗　您愿意嫁给我吗，小姐？

贝特丽丝　不，殿下，除非我可以再有一个家常用的丈夫；因为您太贵重啦，只好留着在星期日装装场面。可是我要请殿下原谅，我这一张嘴是向来胡说惯的,没有一句正经。

彼德罗　您要是不声不响,我才要恼哪;这样说说笑笑,正是您的风趣本色。我想您一定是在一个快乐的时辰里出世的。

贝特丽丝　不,殿下,我的妈哭得才苦呢;可是那时候刚巧有一颗星在跳舞,我就在那颗星底下生下来了。妹妹,妹夫,愿上帝给你们快乐!

里奥那托　侄女,你肯不肯去把我对你说起过的事情办一办?

贝特丽丝　对不起,叔叔。殿下,恕我失陪了。(下。)

彼德罗　真是一个快乐的小姐。

里奥那托　殿下,她身上找不出一丝丝的忧愁;除了睡觉的时候,她从来不曾板起过脸孔;就是在睡觉的时候,她也还是嘻嘻哈哈的,因为我曾经听见小女说起,她往往会梦见什么淘气的事情,把自己笑醒来。

彼德罗　她顶不喜欢听见人家向她谈起丈夫。

里奥那托　啊,她听都不要听;向她求婚的人,一个个都给她嘲笑得退缩回去啦。

彼德罗　要是把她配给培尼狄克,倒是很好的一对儿。

里奥那托　哎哟! 殿下,他们两人要是结了婚一个星期,准会吵疯了呢。

彼德罗　克劳狄奥伯爵,你预备什么时候上教堂?

克劳狄奥　就是明天吧,殿下;在爱情没有完成它的一切仪式以前,时间总是走得像一个扶着拐杖的跛子一样慢。

里奥那托　那不成,贤婿,还是等到星期一吧,左右也不过七天工夫;要是把事情办得一切都称我的心,这几天日子还嫌太局促了些。

彼德罗　好了,别这么摇头长叹啦;克劳狄奥,包在我身上,我们要把这段日子过得一点也不沉闷。我想在这几天内干一件非常艰辛的工作;换句话说,我要叫培尼狄克先生跟贝特丽丝小姐彼此热恋起来。我很想把他们俩人配成一对；要是你们三个人愿意听我的吩咐，帮着我一起进行这件事情，那是一定可以成功的。

里奥那托　殿下，我愿意全力赞助，即使叫我十个晚上不睡觉都可以。

克劳狄奥　我也愿意出力，殿下。

彼德罗　温柔的希罗，您也愿意帮帮忙吗？

希　罗　殿下，我愿意尽我的微力，帮助我的姊姊得到一位好丈夫。

彼德罗　培尼狄克并不是一个没有出息的丈夫。至少我可以对他说这几句好话；他的家世是高贵的；他的勇敢、他的正直，都是大家所公认的。我可以教您用怎样的话打动令姊的心，叫她对培尼狄克发生爱情；再靠着你们两位的合作，我只要向培尼狄克略施小计，凭他怎样刁钻古怪，不怕他不爱上贝特丽丝。要是我们能够把这件事情做成功，丘比特也可以不用再射他的箭啦；他的一切的光荣都要属于我们，因为我们才是真正的爱神。跟我一块儿进去，让我把我的计划告诉你们。（同下。）

第二场　里奥那托家中的另一室

　　　　唐·约翰及波拉契奥上。

约　翰　果然是这样，克劳狄奥伯爵要跟里奥那托的女儿结婚了。

波拉契奥　是，爵爷；可是我有法子破坏他们。

约　翰　无论什么破坏、阻挠、捣乱的手段，都可以替我消一消心头的闷气；我把他恨得什么似的，只要能够打破他的恋爱的美梦，什么办法我都愿意采取。你想怎样破坏他们的婚姻呢？

波拉契奥　不是用正当的手段，爵爷；可是我会把事情干得十分周密，让人家看不出破绽来。

约　翰　把你的计策简单告诉我一下。

波拉契奥　我想我在一年以前,就告诉过您我跟希罗的侍女玛格莱特
　　相好了。

约　翰　我记得。

波拉契奥　我可以约她在夜静更深的时候,在她小姐闺房里的窗口等
　　着我。

约　翰　这是什么用意? 怎么就可以把他们的婚姻破坏了呢?

波拉契奥　毒药是要您自己配合起来的。您去对王爷说,他不该叫
　　克劳狄奥这样一位赫赫有名的人物——您可以拼命抬高他的身
　　价——去跟希罗那样一个下贱的女人结婚;您尽管对他说,这一
　　次的事情对于他的名誉一定大有影响。

约　翰　我有什么证据可以提出呢?

波拉契奥　有,有,一定可以使亲王受骗,叫克劳狄奥懊恼,毁坏了希
　　罗的名誉,把里奥那托活活气死;这不正是您所希望得到的结
　　果吗?

约　翰　为了发泄我对他们这批人的气愤,什么事情我都愿意试
　　一试。

波拉契奥　那么很好,找一个适当的时间,您把亲王跟克劳狄奥拉到
　　一处没有旁人的所在,告诉他们说您知道希罗跟我很要好;您可
　　以假意装出一副对亲王和他的朋友的名誉十分关切的样子,因为
　　这次婚姻是亲王一手促成,现在克劳狄奥将要娶到一个已非完璧
　　的女子,您不忍坐视他们受人之愚,所以不能不把您所知道的告
　　诉他们。他们听了这样的话,当然不会就此相信;您就向他们提
　　出真凭实据,把他们带到希罗的窗下,让他们看见我站在窗口,听
　　我把玛格莱特叫作希罗,听玛格莱特叫我波拉契奥。就在预定的
　　婚期的前一个晚上,您带着他们看一看这幕把戏,我可以预先设
　　法把希罗调开;他们见到这种似乎是千真万确的事实,一定会相

信希罗果真是一个不贞的女子，在妒火中烧的情绪下绝不会作冷静的推敲，这样他们的一切准备就可以全部推翻了。

约　翰　不管它会引起怎样不幸的后果，把这计策实行起来。你给我用心办理，我赏你一千块钱。

波拉契奥　您只要一口咬定，我的诡计是不会失败的。

约　翰　我就去打听他们的婚期。（同下。）

第三场　里奥那托的花园

培尼狄克上。

培尼狄克　童儿！

小童上。

小　童　大爷叫我吗？

培尼狄克　我的寝室窗口有一本书，你去给我拿到这儿花园里来。

小　童　大爷，您瞧，我不是已经来了吗？

培尼狄克　我知道你来啦，可是我要你先到那边走一遭之后再来呀。（小童下。）我真不懂一个人明明知道沉迷在恋爱里是一件多么愚蠢的事，可是在讥笑他人的浅薄无聊以后，偏偏会自己打自己的耳光，照样跟人家闹起恋爱来；克劳狄奥就是这种人。从前我认识他的时候，战鼓和军笛是他的唯一的音乐；现在他却宁愿听小鼓和洞箫了。从前他会跑十英里路去看一身好甲胄；现在他却会接连十个晚上不睡觉，为了设计一身新的紧身衣的式样。从前他说起话来，总是直接爽快，像个老老实实的军人；现在他却变成了个老学究，嘴都是些稀奇古怪的话儿。我会不会眼看自己也变得像他一样呢？我不知道；我想不至于。我不敢说爱情不会叫我变成一个牡蛎；可是我可以发誓，在它没有把我变成牡蛎以前，它一定不能叫我变成这样一个傻瓜。好看的女人,聪明的女人,贤惠的女人,我都碰见过,可是我还是个原来的我;除非在一个女人身上能够集合一切女人的优点,否则没有一个女人会中我的意的。她一定要有钱,这是不用说的;她必须聪明,不然我就不要;她必须贤惠,不然我也不敢领教;她必须美貌,不然我看也不要看她;她必须温柔,否则不要叫她走近我的身;她必须有高贵的人品,否则我不愿花十先令把她买下来;她必须会讲话,精音乐,而且她的头发必须是天然的颜色。哈!亲王跟咱们这位多情种子来啦!让我到凉亭里去躲他一躲。(退后。)

　　唐·彼德罗、奥那托、克劳狄奥同上;鲍尔萨泽及众乐工随上。

彼德罗　来,我们要不要听听音乐?

克劳狄奥　好的,殿下。暮色是多么沉寂,好像故意静下来,让乐声格外显得谐和似的!

彼德罗　你们看见培尼狄克躲在什么地方吗?

克劳狄奥　啊,看得很清楚,殿下;等音乐停止了,我们要叫这小狐狸钻进我们的圈套。

彼德罗　来,鲍尔萨泽,我们要把那首歌再听一遍。

鲍尔萨泽　啊,我的好殿下,像我这样的坏嗓子,把好好的音乐糟蹋了一次,也就够了,不要再叫我献丑了吧!

彼德罗　越是本领超人一等,越是口口声声不满意自己的才能。请你唱起来吧,别让我向你再三求告了。

鲍尔萨泽　既蒙殿下如此错爱,我就唱了。有许多求婚的人,在开始求婚的时候,虽然明知道他的恋人没有什么可爱,仍旧会把她恭维得天花乱坠,发誓说他真心爱着她的。

彼德罗　好了好了,请你别说下去了;要是你还想发表什么意见,就放在歌里边唱出来吧。

鲍尔萨泽　在我未唱以前,先要声明一句 :我唱的歌儿是一句也不值
　　得你们注意的。

彼德罗　他在那儿净说些不值得注意的废话。（音乐。）

培尼狄克　（旁白）啊,神圣的曲调! 现在他的灵魂要飘飘然起来了!
　　几根羊肠绷起来的弦线,会把人的灵魂从身体里抽了出来,真是
　　不可思议! 其实说到底,还是吹号子最配我的胃口。

鲍尔萨泽（唱）

　　　　不要叹气,姑娘,不要叹气,
　　　　男人们都是些骗子,
　　　　一脚在岸上,一脚在海里,
　　　　他天性里朝三暮四。
　　　　不要叹息,让他们去,
　　　　你何必愁眉不展?
　　　　收起你的哀丝怨绪,
　　　　唱一曲清歌婉转。
　　　　莫再悲吟,姑娘,莫再悲吟,
　　　　停住你沉重的哀音 ;
　　　　哪一个夏天不绿叶成荫?
　　　　哪一个男子不负心?
　　　　不要叹息,让他们去,
　　　　你何必愁眉不展?
　　　　收起你的哀丝怨绪,
　　　　唱一曲清歌婉转。

彼德罗　真是一首好歌。

鲍尔萨泽　可是唱歌的人太不行啦,殿下。

彼德罗　哈,不,不,真的,你唱得总算过得去。

培尼狄克　(旁白)倘然他是一头狗叫得这样子,他们一定把他吊死啦;
求上帝别让他的坏喉咙预兆着什么灾殃!与其听他唱歌,我宁愿
听夜里的乌鸦叫,不管有什么祸事会跟着它一起来。

彼德罗　好,你听见了没有,鲍尔萨泽?请你给我们预备些好音乐,因
为明天晚上我们要在希罗小姐的窗下弹奏。

鲍尔萨泽　我一定尽力办法,殿下。

彼德罗　很好,再见。(鲍尔萨泽及乐工等下。)过来,里奥那托。您今天
对我怎么说,说是令侄女贝特丽丝在恋爱着培尼狄克吗?

克劳狄奥　啊!是的。(向彼德罗旁白)小心,小心,鸟儿正在那边歇着
呢。——我再也想不到那位小姐会爱上什么男人的。

里奥那托　我也是出乎意料之外;尤其想不到的是她竟会对培尼狄克
这样一往情深,照外表上看起来,总像她把他当作冤家对头似的。

培尼狄克　(旁白)有这样的事吗?风会吹到那个角里去吗?

里奥那托　真的,殿下,这件事情简直使我莫名其妙;我只知道她爱他
爱得像发狂一般。谁也万万想象不到会有这样的怪事。

彼德罗　也许她是假装着骗人的。

克劳狄奥　嗯,那倒也有几分可能。

里奥那托　上帝啊!装出来的!我从来没有见过谁能把热情假装得
像她这样逼真。

彼德罗　啊,那么她是怎样表示她的热情的呢?

克劳狄奥　(旁白)好好儿把钓钩放下去,鱼儿就要吞饵了。

里奥那托　怎样表示,殿下?她会一天到晚坐着出神;(向克劳狄奥)你
听见过我的女儿怎样告诉你的。

克劳狄奥　她是这样告诉过我的。

彼德罗　怎么?怎么?你们说呀。你们让我奇怪死了;我以为像她那

样的性格,是无论如何不会受到爱情袭击的。

里奥那托　殿下,我也可以跟人家赌咒说绝不会有这样的事,尤其是对于培尼狄克。

培尼狄克　(旁白)倘不是这白须老头儿说的话,我一定会把它当作一场诡计;可是诡计是不会藏在这样庄严的外表之下的。

克劳狄奥　(旁白)他已经上了钩了,别让他溜走。

彼德罗　她有没有把她的衷情向培尼狄克表示出来?

里奥那托　不,她发誓说一定不让他知道;这是使她痛苦的最大原因。

克劳狄奥　对了,我听令嫒说她说过这样的话:"我当着他的面前屡次把他讥笑,难道现在却要写信给他,说我爱他吗?"

里奥那托　她每次提起笔来要想写信给他,便这样自言自语;一个夜里她总要起来二十次,披了一件衬衫,写满了一张纸再睡下去。这都是小女告诉我们的。

克劳狄奥　您说起一张纸,我倒记起令嫒告诉我的一个有趣的笑话来了。

里奥那托　啊,是不是说她写好了信,把它读了一遍,发现"培尼狄克"跟"贝特丽丝"两个名字刚巧写在一块儿?

克劳狄奥　正是。

里奥那托　啊!她把那封信撕成了一千片,把她自己痛骂了一顿,说她不应该这样不知羞耻,写信给一个她知道一定会把她嘲笑的人。她说:"我根据自己的脾气推想他;要是他写信给我,即使我心里爱他,我也还是要嘲笑他的。"

克劳狄奥　于是她跪在地上,痛哭流涕,搥着她的心,扯着她的头发,一面祈祷一面咒诅:"啊,亲爱的培尼狄克!上帝呀,给我忍耐吧!"

里奥那托　她真是这样;小女就是这样说的。她这种疯疯癫癫、如醉如痴的神气,有时候简直使小女提心吊胆,恐怕她会对自己闹出些什么不顾死活的事情来呢。这些都是千真万确的。

彼德罗　要是她自己不肯说,那么叫别人去告诉培尼狄克知道也好。

克劳狄奥　有什么用处呢? 他不过把它当作一桩笑话,叫这个可怜的姑娘格外难堪罢了。

彼德罗　他要是真的这样,那么吊死他也是一件好事。她是个很好的可爱的姑娘;她的品行也是无可争议的。

克劳狄奥　而且她是个绝世聪明的人儿。

彼德罗　她什么都聪明,就是在爱培尼狄克这件事上不大聪明。

里奥那托　啊,殿下! 智慧和感情在这么一个娇嫩的身体里交战,十之八九感情会得到胜利的,我是她的叔父和保护人,瞧着她这样子,心里真是难受。

彼德罗　我倒希望她把这样的痴情用在我身上;我一定会不顾一切,娶她做我的妻子的。依我看来,你们还是去告诉培尼狄克,听他怎么说。

里奥那托　您想这样会有用处吗?

克劳狄奥　希罗相信她迟早活不下去;因为她说要是他不爱她,她一定会死;可是她宁死也不愿让他知道她爱他;即使他来向她求婚,她也宁死不愿把她平日那种倔强的态度改变一丝一毫。

彼德罗　她的意思很对。要是她向他呈献了她的一片深情,多半反而要遭他奚落;因为你们都知道,这个人的脾气是非常骄傲的。

克劳狄奥　他是一个很英俊的人。

彼德罗　他的确有一副很好的仪表。

克劳狄奥　凭良心说,他也很聪明。

彼德罗　他的确有几分小聪明。

里奥那托　我看他也很勇敢。

彼德罗　他是个大英雄哩；可是在碰到打架的时候，你就可以看到他
的聪明所在，因为他总是小心翼翼地躲开，万一脱身不了，也是战
战兢兢，像个好基督徒似的。

里奥那托　他要是敬畏上帝，当然应该跟人家和和气气；万一闹翻了，
自然要惴惴不安的。

彼德罗　他正是这样；这家伙虽然一张嘴胡说八道，可是他倒的确敬
畏上帝。好，我对令侄女非常同情。我们要不要去找培尼狄克，
把她的爱情告诉他？

克劳狄奥　别告诉他，殿下；还是让她好好地想一想，把这段痴心慢慢
地淡下去吧。

里奥那托　不，那是不可能的；等到她觉悟过来，她的心早已碎了。

彼德罗　好，我们慢慢再等着听令嫒报告消息吧，现在暂时不用多讲
了。我很欢喜培尼狄克；我希望他能够平心静气反省一下，看看
他自己多么配不上这么一位好姑娘。

里奥那托　殿下，请吧。晚饭已经预备好了。

克劳狄奥　（旁白）要是他听见了这样的话，还不会爱上她，我以后再不
相信我自己的预测。

彼德罗　（旁白）咱们还要给她设下同样的圈套，那可要请令嫒跟她的
侍女多多费心了。顶有趣的一点，就是让他们彼此以为对方在恋
爱着自己，其实却根本没有这么一回事儿；这就是我所希望看到
的一幕哑剧。让我们叫她来请他进去吃饭吧。（彼德罗、克劳狄奥、
里奥那托同下。）

培尼狄克　（自凉亭内走出）这不会是诡计；他们谈话的神气是很严肃
的；他们从希罗嘴里听到了这一件事情，当然不会有假。他们好
像很同情这姑娘；她的热情好像已经涨到最高度。爱我！哎哟，
我一定要报答她才是。我已经听见他们怎样批评我，他们说要是

我知道了她在爱我，我一定会摆架子；他们又说她宁死也不愿把她的爱情表示出来。结婚这件事我倒从来没有想起过。我一定不要摆架子；一个人知道了自己的短处，能够改过自新，就是有福的。他们说这姑娘长得漂亮，这是真的，我可以为他们证明；说她品行很好，这也是事实，我不能否认；说她除了爱我以外，别的地方都是很聪明的，其实这一件事情固然不足表示她的聪明，可是也不能因此反证她的愚蠢，因为就是我也要从此为她颠倒哩。也许人家会向我冷嘲热讽，因为我一向都是讥笑着结婚的无聊；可是难道一个人的口味是不会改变的吗？年轻的时候喜欢吃肉，也许老来一闻到肉味道就要受不住。难道这种不关痛痒的舌丸唇弹，就可以把人吓退，叫他放弃他的决心吗？不，人类是不能让它绝种的。当初我说我要一生一世做个单身汉，那是因为我没有想到我会活到结婚的一天。贝特丽丝来了。天日在上！她是个美貌的姑娘！我可以从她脸上看出她几分爱我的意思来。

　　　　贝特丽丝上。

贝特丽丝　他们叫我来请您进去吃饭，可是这是违反我自己的意志的。

培尼狄克　好贝特丽丝，有劳枉驾，辛苦您啦，真是多谢。

贝特丽丝　我并没什么辛苦可以领受您的谢意，就像您这一声多谢并没有辛苦了您。要是这是一件辛苦的事，我也不会来啦。

培尼狄克　那么您是很乐意来叫我的吗？

贝特丽丝　是的，这乐意的程度可以让您在刀尖儿上跳得起来，可以塞进乌鸦的嘴里梗死它。您肚子不饿吧，先生？再见。（下。）

培尼狄克　哈！"他们叫我来请您进去吃饭，可是这是违反我自己的意志的。"这句话里含着双关的意义。"我并没什么辛苦可以领受您的谢意，就像您这一声多谢并没有辛苦了您。"那等于说，我无论给您做些什么辛苦的事，都像说一声谢谢那样不费事。要是我不可怜她，我就是个混蛋；要是我不爱她，我就是个犹太人。我要向她讨一幅小像去。（下。）

第三幕

第一场　里奥那托的花园

希罗、玛格莱特及欧苏拉上。

希　罗　好玛格莱特，你快跑到客厅里去，我的姊姊贝特丽丝正在那
　　儿跟亲王和克劳狄奥讲话；你在她的耳边悄悄地告诉她，说我跟
　　欧苏拉在花园里谈天，我们所讲的话都是关于她的事情；你说我
　　们的谈话让你听到了，叫她偷偷地溜到给金银花藤密密地纠绕着
　　的凉亭里；在那儿，繁茂的藤萝受着太阳的煦养，成长以后，却不
　　许日光进来，正像一般凭藉主子的势力作威作福的宠臣，一朝羽
　　翼既成，却看不起那栽培他的恩人；你就叫她躲在那个地方，听我
　　们说些什么话。这是你的事情，你好好地做去，让我们两个人在
　　这儿。

玛格莱特　我一定叫她立刻就来。（下。）

希　罗　欧苏拉，我们就在这条路上走来走去；一等贝特丽丝来了，我
　　们必须满嘴都讲的是培尼狄克；我一提起他的名字，你就把他恭
　　维得好像走遍天下也找不到他这样一个男人似的；我就告诉你他
　　怎样为了贝特丽丝害相思。我们就是这样用谎话造成丘比特的
　　一枝利箭，凭着传闻的力量射中她的心。

　　　　贝特丽丝自后上。

希　罗　现在开始吧；瞧贝特丽丝像一只田凫似的，缩头缩脑地在那

儿听我们谈话了。

欧苏拉　钓鱼最有趣的时候,就是瞧那鱼儿用她的金桨拨开银浪,贪馋地吞那诱人的美饵;我们也正是这样引诱贝特丽丝上钩。她现在已经躲在金银花藤的浓荫下面了。您放心吧,我一定不会讲错了话。

希　罗　那么让我们走近她些,好让她的耳朵一字不漏地把我们给她安排下的诱人的美饵吞咽下去。(二人走近凉亭)不,真的,欧苏拉,她太高傲啦;我知道她的脾气就像山上的野鹰一样倔强豪放。

欧苏拉　可是您真的相信培尼狄克这样一心一意地爱着贝特丽丝吗?

希　罗　亲王跟我的未婚夫都是这么说的。

欧苏拉　他们有没有叫您告诉她知道,小姐?

希　罗　他们请我把这件事情告诉她;可是我劝他们说,要是他们把培尼狄克当作他们的好朋友,就应该希望他从爱情底下挣扎出来,无论如何不要让贝特丽丝知道。

欧苏拉　您为什么对他们这样说呢?难道这位绅士就配不上贝特丽丝小姐吗?

希　罗　爱神在上,我也知道像他这样的人品是值得享受世间的一切至美至好的事物的;可是造物造下的女人的心,没有一颗比得上像贝特丽丝那样骄傲冷酷的;轻蔑和讥嘲在她的眼睛里闪耀着,把她所看见的一切贬得一文不值,她因为自恃才情,所以什么都不放在她的眼里。她不会恋爱,也从来不想到有恋爱这件事;她是太自命不凡了。

欧苏拉　不错,我也是这样想;所以还是不要让她知道他对她的爱情,免得反而遭到她的讥笑。

希　罗　是呀,你说得很对。无论怎样聪明、高贵、年轻、漂亮的男子,

她总要把他批评得体无完肤；要是他面孔长得白净，她就发誓说
这位先生应当作她的妹妹；要是他皮肤黑了点儿，她就说上帝在
打一个小花脸的图样的时候，不小心涂上了一大块墨渍；要是他
是个高个儿，他就是柄歪头的长枪；要是他是个矮子，他就是块刻
坏了的玛瑙坠子；要是他多讲了几句话，他就是个随风转的风标；
要是他一声不响，他就是块没有知觉的木头。她这样指责着每一
个人的短处，至于他的纯朴的德性和才能，她却绝口不给它们应
得的赞赏。

欧苏拉　真的，这种吹毛求疵可不敢恭维。

希　罗　是呀，像贝特丽丝这样古怪得不近人情，真叫人不敢恭维。
可是谁敢去对她这样说呢？要是我对她说了，她会把我讥笑得无
地自容，用她的俏皮话儿把我揶揄死呢！所以还是让培尼狄克像
一堆盖在灰里的火一样，在叹息中熄灭了他的生命的残焰吧；与
其受人讥笑而死——这就像痒得要死那样难熬——还是不声不
响地闷死了好。

欧苏拉　可是告诉了她，听听她说些什么也好。

希　罗　不，我想还是去劝劝培尼狄克，叫他努力斩断这一段痴情。
真的，我想捏造一些关于我这位姊姊的谣言，一方面对她的名誉
没有什么损害，一方面却可以冷了他的心；谁也不知道一句诽谤
的话，会多么中伤人们的感情！

欧苏拉　啊！不要做这种对不起您姊姊的事。人家都说她心窍玲珑，
她绝不会糊涂到这个地步，会拒绝培尼狄克先生那样一位难得的
绅士。

希　罗　除了我的亲爱的克劳狄奥以外，全意大利找不到第二个像他
这样的人来。

欧苏拉　小姐，请您别生气，照我看起来，培尼狄克先生无论在外表

上，在风度上，还是在智力和勇气上，都可以在意大利首屈一指。

希　罗　是的，他有一个很好的名誉。

欧苏拉　这也是因为他果然有过人的才德，所以才会得到这样的名
　　　　誉。小姐，您的大喜在什么时候？

希　罗　就在明天。来，进去吧；我要给你看几件衣服，你帮我决定明
　　　　天最好穿哪一件。

欧苏拉　(旁白)她已经上了钩了；小姐，我们已经把她捉住了。

希　罗　(旁白)要是果然这样，那么恋爱就是一个偶然的机遇；有的
　　　　人被爱神用箭射中，有的人却自己跳进网罗。(希罗、欧苏拉同下。)

贝特丽丝　(上前)我的耳朵里怎么火一般热？果然会有这种事吗？难
　　　　道我就让他们这样批评我的骄傲和轻蔑吗？去你的吧，那种狂
　　　　妄！再会吧，处女的骄傲！人家在你的背后，是不会说你好话的。
　　　　培尼狄克，爱下去吧，我一定会报答你；我要把这颗狂野的心收
　　　　束起来，呈献在你温情的手里。你要是真的爱我，我的转变过来
　　　　的温柔的态度，一定会鼓励你把我们的爱情用神圣的约束结合起
　　　　来。人家说你值得我的爱，可是我比人家更知道你的好处。(下。)

第二场　里奥那托家中一室

唐·彼德罗、克劳狄奥、培尼狄克、里奥那托同上。

彼德罗　我等你结了婚，就到阿拉贡去。

克劳狄奥　殿下要是准许我，我愿意伴送您到那边。

彼德罗　不，你正在新婚燕尔的时候，这不是太煞风景了吗？把一件
　　　　新衣服给孩子看了，却不许他穿起来，那怎么可以呢？我只要培
　　　　尼狄克愿意跟我做伴就行了。他这个人从头顶到脚跟，没有一点
　　　　心事；他曾经两三次割断了丘比特的弓弦，现在这个小东西再也

不敢射他啦。他那颗心就像一只好钟一样完整无缺,他的一条舌头就是钟舌;心里一想到什么,便会打嘴里说出来。

培尼狄克　哥儿们,我已经不再是从前的我啦。

里奥那托　我也是这样说;我看您近来好像有些心事似的。

克劳狄奥　我希望他是在恋爱了。

彼德罗　哼,这没有调教的家伙,他的腔子里没有一丝真情,怎么会真的恋爱起来? 要是他有了心事,那一定是因为没有钱用。

培尼狄克　我牙痛。

彼德罗　拔掉它呀。

培尼狄克　去他妈的吧!

克劳狄奥　你要去他妈的,先得拔掉它呀。

彼德罗　啊! 为了牙齿痛才这样长吁短叹吗?

里奥那托　只是因为出了点脓水,或者一个小虫儿在作怪吗?

培尼狄克　算了吧,痛在别人身上,谁都会说风凉话的。

克劳狄奥　可是我说,他是在恋爱了。

彼德罗　他一点也没有痴痴癫癫的样子,就是喜欢把自己打扮得奇形怪状:今天是个荷兰人,明天是个法国人;有时候同时做了两个国家的人,下半身是个套着灯笼裤的德国人,上半身是个不穿紧身衣的西班牙人。除了这一股无聊的傻劲儿以外,他并没有什么反常的地方,可以证明像你说的那样是在恋爱。

克劳狄奥　要是他没有爱上什么女人,那么古来的看法也都是靠不住的了。他每天早上刷他的帽子,这表示什么呢?

彼德罗　有人见过他上理发店没有?

克劳狄奥　没有,可是有人看见理发匠跟他在一起;他那脸蛋上的几根装饰品,都已经拿去塞网球去了。

里奥那托　他剃了胡须,瞧上去的确年轻了点儿。

彼德罗　他还用麝香擦他的身子哩；你们闻不出来这一股香味吗？

克劳狄奥　那等于说，这一个好小子在恋爱了。

彼德罗　他的忧郁是他的最大的证据。

克劳狄奥　几时他曾经用香水洗过脸？

彼德罗　对了，我听人家说他还搽粉哩。

克劳狄奥　还有他那爱说笑话的脾气，现在也已经钻进了琴弦里，给音栓管住了呐。

彼德罗　不错，那已经充分揭露了他的秘密。总而言之，他是在恋爱了。

克劳狄奥　噢，可是我知道谁爱着他。

彼德罗　我也很想知道知道；我想一定是个不大熟悉他的人。

克劳狄奥　哪里，还深切知道他的坏脾气呢；可是人家却愿意为他而死。

彼德罗　等她将来被人"活埋"的时光，一定是脸儿朝天的了。

培尼狄克　你们这样胡说八道，不能叫我的牙齿不痛呀。老先生，陪我走走；我已经想好了八九句聪明的话儿，要跟您谈谈，可是一定不能让这些傻瓜们听见。（培尼狄克、里奥那托同下。）

彼德罗　我可以打赌，他一定是向他说起贝特丽丝的事。

克劳狄奥　正是，希罗和玛格莱特大概也已经把贝特丽丝同样捉弄过啦；现在这两匹熊碰见了，总不会再彼此相咬了吧。

　　　　　唐·约翰上。

约　翰　上帝保佑您，王兄！

彼德罗　你好，贤弟。

约　翰　您要是有工夫的话，我想跟您谈谈。

彼德罗　不能让别人听见吗？

约　翰　是；不过克劳狄奥伯爵不妨让他听见，因为我所要说的话，是对他很有关系的。

彼德罗　是什么事？

约　　翰　(向克劳狄奥)大人预备在明天结婚吗？

彼德罗　那你早就知道了。

约　　翰　要是他知道了我所知道的事，那就难说了。

克劳狄奥　倘然有什么妨碍，请您明白告诉我。

约　　翰　您也许以为我对您有点儿过不去，那咱们等着瞧吧；我希望
　　　　　您听了我现在将要告诉您的话以后，可以把您对我的意见改变过
　　　　　来。至于我这位兄长，我相信他是非常看重您的；他为您促成了
　　　　　这一门婚事，完全是他的一片好心；可惜看错了追求的对象，这一
　　　　　番心思气力！花得好不冤枉！

彼德罗　啊，是怎么一回事？

约　　翰　我就是来告诉你们的；也不必多啰嗦，这位姑娘是不贞洁的，
　　　　　人家早已在那儿讲她的闲话了。

克劳狄奥　谁？希罗吗？

约　　翰　正是她；里奥那托的希罗，您的希罗，大众的希罗。

克劳狄奥　不贞洁吗？

约　　翰　不贞洁这一个字眼，还是太好了，不够形容她的罪恶；她岂止
　　　　　不贞洁而已！您要是能够想得到一个更坏的名称，她也可以受之
　　　　　而无愧。不要吃惊，等着看事实的证明吧；您只要今天晚上跟我
　　　　　去，就可以看见在她结婚的前一晚，还有人从窗里走进她的房间
　　　　　里去。您看见这种情形以后，要是仍旧爱她，那么明天就跟她结
　　　　　婚吧；可是为了您的名誉起见，还是把您的决心改变一下的好。

克劳狄奥　有这等事吗？

彼德罗　我想不会的。

约　　翰　要是你们看见了真凭实据还不敢相信自己的眼睛，那么就不

要承认你们所知道的事。你们只要跟我去，我一定可以叫你们看一个明白 ;等你们看饱听饱以后,再决定怎么办吧。

克劳狄奥　要是今天晚上果然有什么事情给我看到,那我明天一定不跟她结婚 ;我还要在举行婚礼的教堂里当众羞辱她呢。

彼德罗　我曾经代你向她求婚,我也要帮着你把她羞辱。

约　翰　我也不愿多说她的坏话,横竖你们自己会替我证明的。现在大家不用声张,等到半夜时候再看究竟吧。

彼德罗　真扫兴的日子!

克劳狄奥　真倒霉的事情!

约　翰　等会儿你们就要说,幸亏发觉得早,真好的运气! (同下。)

第三场　街　道

道格培里、弗吉斯及巡丁等上。

道格培里　你们都是老老实实的好人吗?

弗吉斯　是啊,否则他们的肉体灵魂不一起上天堂,那才可惜哩。

道格培里　不,他们当了王爷的巡丁,要是有一点忠心的话,这样的刑罚还嫌太轻啦。

弗吉斯　好,道格培里伙计,把他们应该做的事吩咐他们吧。

道格培里　第一,你们看来谁是顶不配当巡丁的人?

巡丁甲　回长官,修·奥凯克跟乔治·西可尔,因为他们俩都会写字念书。

道格培里　过来,西可尔伙计。上帝赏给你一个好名字 ;一个人长得漂亮是偶然的运气,会写字念书才是天生的本领。

巡丁乙　巡官老爷,这两种好处——

道格培里　你都有 ;我知道你会这样说。好,朋友,讲到你长得漂亮,那么你谢谢上帝,自己少卖弄卖弄;讲到你会写字念书,那么等到用不着这种玩意儿的时候,再显显你自己的本事吧。大家公认你是这儿最没有头脑、最配当一个班长的人,所以你拿着这盏灯笼吧。听好我的吩咐:你要是看见什么流氓无赖,就把他抓了;你可以用王爷的名义叫无论什么人站住。

巡丁甲　要是他不肯站住呢?

道格培里　那你就不用理他,让他去好了;你就立刻召集其余的巡丁,谢谢上帝免得你们受一个混蛋的麻烦。

弗吉斯　要是喊他站住他不肯站住,他就不是王爷的子民。

道格培里　对了,不是王爷的子民,就可以不用理他们。你们也不准在街上大声吵闹;因为巡丁们要是哗啦哗啦谈起天来,那是最叫人受不住也是最不可宽恕的事。

巡丁乙　我们宁愿睡觉,不愿说话;我们知道一个巡丁的责任。

道格培里　啊,你说得真像一个老练的安静的巡丁,睡觉总是不会得罪人的;只要留心你们的钩镰枪别给人偷去就行啦。好,你们还要到每一家酒店去查看,看见谁喝醉了,就叫他回去睡觉。

巡丁甲　要是他不愿意呢?

道格培里　那么让他去,等他自己醒过来吧;要是他不好好地回答你,你可以说你看错了人啦。

巡丁甲　是,长官。

道格培里　要是你们碰见一个贼,按着你们的职分,你们可以疑心他不是个好人;对于这种家伙,你们越是少跟他们多事,越可以显出你们都是规矩的好人。

巡丁乙　要是我们知道他是个贼,我们要不要抓住他呢?

道格培里　按着你们的职分,你们本来是可以抓住他的;可是我想谁把手伸进染缸里,总要弄脏自己的手;为了省些麻烦起见,要是你们碰见了一个贼,顶好的办法就是让他使出他的看家本领来,偷偷地溜走了事。

弗吉斯　伙计,你一向是个出名的好心肠人。

道格培里　是呀,就是一条狗我也不忍把它勒死,何况是个还有几分天良的人,自然更加不在乎啦。

弗吉斯　要是你们听见谁家的孩子晚上啼哭,他们必须去把那奶妈子叫醒,叫她止住他的啼哭。

巡丁乙　要是那奶妈子睡熟了,听不见我们叫喊呢?

道格培里　那么你们就一声不响地走开去,让那孩子把她吵醒好了;因为母羊要是听不见她自己小羊的啼声,她怎么会回答一头小牛的叫喊呢?

弗吉斯　你说得真对。

道格培里　完了。你们当巡丁的,就是代表着王爷本人;要是你们在黑夜里碰见王爷,你们也可以叫他站住。

弗吉斯　哎哟,圣母娘娘呀! 我想那是不可以的。

道格培里　谁要是懂得法律,我可以用五先令跟他打赌一先令,他可以叫他站住;当然啰,那还要看王爷自己愿不愿意;因为巡丁是不能得罪人的,叫一个不愿意站住的人站住,那是要得罪人的。

弗吉斯　对了,这才说得有理。

道格培里　哈哈哈! 好,伙计们,晚安! 倘然有要紧的事,你们就来叫我起来;什么事大家彼此商量商量。再见! 来,伙计。

巡丁乙　好,弟兄们,我们已经听见长官吩咐我们的话;让我们就在这儿教堂门前的凳子上坐下来,等到两点钟的时候,大家回去睡觉吧。

道格培里　好伙计们,还有一句话。请你们留心留心里奥那托老爷的门口;因为他家里明天有喜事,今晚十分忙碌,怕有坏人混进去。

再见,千万留心点儿。(道格培里、弗吉斯同下。)

　　　　　波拉契奥及康拉德上。

波拉契奥　喂,康拉德!

巡丁甲　(旁白)静!别动!

波拉契奥　喂,康拉德!

康拉德　这儿,朋友,我就在你的身边哪。

波拉契奥　他妈的!怪不得我身上痒,原来有一颗癞疥疮在我身边。

康拉德　等会儿再跟你算账;现在还是先讲你的故事吧。

波拉契奥　那么你且站在这儿屋檐下面,天在下着毛毛雨哩;我可以像一个醉汉似的,把什么话儿都告诉你。

巡丁甲　(旁白)弟兄们,一定是些什么阴谋;可是大家站着别动。

波拉契奥　告诉你吧,我从唐·约翰那儿拿到了一千块钱。

康拉德　干一件坏事的价钱会这样高吗?

波拉契奥　你应该这样问:难道坏人就这样有钱吗?有钱的坏人需要没钱的坏人帮忙的时候,没钱的坏人当然可以漫天讨价。

康拉德　我可有点不大相信。

波拉契奥　这就表明你是个初出茅庐的人。你知道一套衣服、一顶帽子的式样时髦不时髦,对于一个人本来是没有什么相干的。

康拉德　是的,那不过是些章身之具而已。

波拉契奥　我说的是式样的时髦不时髦。

康拉德　对啦,时髦就是时髦,不时髦就是不时髦。

波拉契奥　呸!那简直就像说,傻子就是傻子。可是你不知道这个时髦是个多么坏的贼吗?

巡丁甲　(旁白)我知道有这么一个坏贼,他已经做了七年老贼了;他在街上走来走去,就像个绅士的模样。我记得有这么一个家伙。

波拉契奥　你没听见什么人在讲话吗?

康拉德　没有,只有屋顶上风标转动的声音。

波拉契奥　我说,你不知道这个时髦是个多么坏的贼吗?他会把那些从十四岁到三十五岁的血气未定的年轻人搅昏头,有时候把他们装扮得活像那些烟熏的古画上的埃及法老的兵士,有时候又像漆在教堂窗上的异教邪神的祭司,有时候又像织在污旧虫蛀的花毡上的薙光了胡须的赫剌克勒斯,裤裆里的那话儿瞧上去就像他的棍子一样又粗又重。

康拉德　这一切我都知道;我也知道往往一件衣服没有穿旧,流行的式样已经变了两三通。可是你是不是也给时髦搅昏了头,所以不向我讲你的故事,却来讨论起时髦问题来呢?

波拉契奥　那倒不是这样说。好,我告诉你吧,我今天晚上已经去跟希罗小姐的侍女玛格莱特谈过情话啦;我叫她做希罗,她靠在她小姐卧室的窗口,向我说了一千次晚安——我把这故事讲得太坏,我应当先告诉你,那亲王和克劳狄奥怎样听了我那主人唐·约翰的话,三个人预先站在花园里远远的地方,瞧见我们这一场幽会。

康拉德　他们都以为玛格莱特就是希罗吗?

波拉契奥　亲王跟克劳狄奥是这样想的;可是我那个魔鬼一样的主人知道她是玛格莱特。一则因为他言之凿凿,使他们受了他的愚弄;二则因为天色昏黑,蒙过了他们的眼睛;可是说来说去,还是全亏我的诡计多端,证实了唐·约翰随口捏造的谣言,惹得那克劳狄奥一怒而去,发誓说他要在明天早上,按着预定的钟点,到教堂里去见她的面,把他晚上所见的情形当众宣布出来,出出她的丑,叫她仍旧回去做一个没有丈夫的女人。

巡丁甲　我们用亲王的名义命令你们站住!

巡丁乙　去叫巡官老爷起来。一件最危险的奸淫案子给我们破获了。

巡丁甲　他们同伙的还有一个坏贼,我认识他,他头发上打着"爱
　　　人结"。

康拉德　列位朋友们!

巡丁乙　告诉你们吧,这个坏贼是一定要叫你们交出来的。

康拉德　列位——

巡丁甲　别说话,乖乖地跟我们去。

波拉契奥　他们把我们抓了去,倒是捞到了一批好货。

康拉德　少不得还要受一番检查呢。来,我们服从你们。(同下。)

第四场　里奥那托家中一室

希罗、玛格莱特及欧苏拉上

希　罗　好欧苏拉,你去叫醒我的姊姊贝特丽丝,叫她快点儿起身。

欧苏拉　是,小姐。

希　罗　请她过来一下子。

欧苏拉　好的。(下。)

玛格莱特　真的,我想还是那一个绉领好一点。

希　罗　不,好玛格莱特,我要戴这一个。

玛格莱特　这一个真的不是顶好;您的姊姊也一定会这样说的。

希　罗　我的姊姊是个傻子;你也是个傻子,我偏要戴这一个。

玛格莱特　我很喜欢这一顶新的发罩,要是头发的颜色再略微深一点
　　　儿就好了。您的长袍的式样真是好极啦。人家把米兰公爵夫人
　　　那件袍子称赞得了不得,那件衣服我也见过。

希　罗　啊!他们说它好得很哩。

玛格莱特　不是我胡说,那一件比起您这一件来,简直只能算是一件
　　　睡衣;金线织成的缎子,镶着银色的花边,嵌着珍珠,有垂袖,有侧

袖,圆圆的衣裾,缀满了带点儿淡蓝色的闪光箔片;可是要是讲到式样的优美雅致,齐整漂亮,那您这一件就可以抵得上她十件。

希　罗　上帝保佑我快快乐乐地穿上这件衣服,因为我的心里重得好像压着一块石头似的!

玛格莱特　等到一个男人压到您身上,它还要重得多哩。

希　罗　啐!你不害臊吗?

玛格莱特　害什么臊呢,小姐?因为我说了句老实话吗?就是对一个叫花子来说,结婚不也是光明正大的事吗?难道不曾结婚,就不许提起您的姑爷吗?我想您也许要我这样说:"对不起,说句不中听的粗话;一个丈夫。"只要说话有理,就不怕别人的歪曲。不是我有意跟人家抬杠,不过,"等到有了丈夫,那份担子压下来,可更重啦,"这话难道有什么要不得吗?只要大家是明媒正娶的,那有什么要紧?否则倒不能说是重,只好说是轻狂了。您要是不相信,去问贝特丽丝小姐吧;她来啦。

　　　　　贝特丽丝上。

希　罗　早安,姊姊。

贝特丽丝　早安,好希罗。

希　罗　哎哟,怎么啦!你怎么说话这样懒洋洋的?

贝特丽丝　我的心曲乱得很呢。

玛格莱特　快唱一曲《妹妹心太活》吧,这是不用男低音伴唱的;你唱,我来跳舞。

贝特丽丝　大概你的一对马蹄子,就跟你的"妹妹"的一颗心那样,太灵活了吧。将来哪个丈夫娶了你,快替他养一马房马驹子吧。

玛格莱特　嗳呀,真是牛头不对马嘴!我把它们一脚踢开了。

贝特丽丝　快要五点钟啦,妹妹;你该快点儿端整起来了。真的,我身子怪不舒服。唉——呵!

玛格莱特　是您的肚肠里有了牵挂,还是得了心病、肝病?

贝特丽丝　我浑身说不出的不舒服。

玛格莱特　哼,您倘然没有变了一个人,那么航海的人也不用看星啦。

贝特丽丝　这傻子在那儿说些什么?

玛格莱特　我没有说什么;但愿上帝保佑每一个人如愿以偿!

希　罗　这双手套是伯爵送给我的,上面熏着很好的香料。

贝特丽丝　我的鼻子塞住啦,妹妹,我闻不出来。

玛格莱特　好一个塞住了鼻子的姑娘!今年的伤风可真流行。

贝特丽丝　啊,老天快帮个忙吧!你几时变得这样精灵的呀。

玛格莱特　自从您变得那样糊涂之后。我说俏皮话真来得,是不是?

贝特丽丝　可惜还不够招摇,最好把你的俏皮劲儿顶在头上,那才好呢。真的,我得病了。

玛格莱特　您的心病是要心药来医治的。

希　罗　你这一下子可刺进她心眼儿里去了。

贝特丽丝　怎么,干吗要"心药"?你这句话是什么意思?

玛格莱特　意思!不,真的,我一点没有什么意思。您也许以为我想您在恋爱啦;可是不,我不是那么一个傻子,会高兴怎么想就怎么想;我也不愿意想到什么就想什么;老实说,就是想空了我的心,我也绝不会想到您是在恋爱,或者您将要恋爱,或者您会跟人家恋爱。可是培尼狄克起先也跟您一样,现在他却变了个人啦;他曾经发誓决不结婚,现在可死心塌地地做起爱情的奴隶来啦。我不知道您会变成个什么样子;可是我觉得您现在瞧起人来的那种神气,也有点跟别的女人差不多啦。

贝特丽丝　你的一条舌头滚来滚去的,在说些什么呀?

玛格莱特　反正不是说的瞎话。

　　　　　欧苏拉重上。

欧苏拉　　小姐,进去吧;亲王、伯爵、培尼狄克先生、唐·约翰,还有全城的公子哥儿们,都来接您到教堂里去了。

希　罗　　好姊姊,好玛格莱特,好欧苏拉! 快帮我穿戴起来吧。(同下。)

第五场　里奥那托家中的另一室

里奥那托偕道格培里、弗吉斯同上。

里奥那托　　朋友,你有什么事要对我说?

道格培里　　呃,老爷,我有点事情要来向您告禀,这件事情对于您自己是很有关系的。

里奥那托　　那么请你说得简单一点,因为你瞧,我现在忙得很呐。

道格培里　　呃,老爷,是这么一回事。

弗吉斯　　是的,老爷,真的是这么一回事。

里奥那托　　是怎么一回事呀! 我的好朋友们。

道格培里　　老爷,弗吉斯是个好人,他讲起话来总是有点儿缠夹不清;他年纪老啦,老爷,他的头脑已经没有从前那么糊涂,上帝保佑他! 可是说句良心话,他是个老实不过的好人,瞧他的眉尖心就可以明白啦。①

弗吉斯　　是的,感谢上帝,我就跟无论哪一个跟我一样老,也不比我更老实的人一样老实。

道格培里　　不要比这个比那个,叫人家听着心烦啦;少说些废话! 弗吉斯伙计。

里奥那托　　两位老乡,你们缠绕的本领可真不小啊。

道格培里　　承蒙您老爷好说,不过咱们都是可怜的公爵手下的巡官。

———————

① 古时有在犯人的尖头心烙印的刑法,使人一望而知不是好人。

可是说真的,拿我自个儿来说,要是我的缠绕的本领跟皇帝老子
那样大! 我一定舍得拿来一古脑儿全传给您老爷。

里奥那托　呃,把你的缠绕的本领全传给我?

道格培里　对啊,哪怕再加上一千个金镑的价值,我也绝不会舍不得。
因为我听到的关于您老爷的报告是挺好的,不比这儿城里哪个守
本分的人们差我虽然是个老粗,听了也非常满意。

弗吉斯　我也同样满意。

里奥那托　我最满意的是你们有话就快说出来。

弗吉斯　呃,老爷,我们的巡丁今天晚上捉到了梅西那地方两个顶坏
的坏人——当然不包括您老爷在内。

道格培里　老爷,他是个很好的老头子,就是喜欢多话;人家说的,年
纪一老,人也变糊涂啦。上帝保佑我们! 这世上新鲜的事情可多
着呢! 说得好,真的,弗吉斯伙计。好,上帝是个好人;两个人骑
一匹马,总有一个人在后面。真的,老爷,他是个老实汉子,天地
良心;可是我们应该敬重上帝,世上有好人也就有坏人。唉! 好
伙计。

里奥那托　可不,老乡,他跟你差远了。

道格培里　这也是上帝的恩典。

里奥那托　我可要少陪了。

道格培里　就是一句话,老爷;我们的巡丁真的捉住了两个形迹可疑
的人,我们想在今天当着您面前把他们审问一下。

里奥那托　你们自己去审问吧,审问明白以后,再来告诉我;我现在忙
得不得了,你们也一定可以看得出来的。

道格培里　那么就这么办吧。

里奥那托　你们喝点儿酒再走;再见。

　　　　一使者上。

使　者　老爷,他们都在等着您去主持婚礼。

里奥那托　我就来;我已经预备好了。(里奥那托及使者下。)

道格培里　去,好伙计,把法兰西斯·西可尔找来;叫他把他的笔和墨
　　　水壶带到监牢里,我们现在就要审问这两个家伙。

弗吉斯　我们一定要审问得非常聪明。

道格培里　是的,我们一定要尽量运用我们的智慧,叫他们抵赖不了。
　　　你就去找一个有学问的念书人来给我们记录口供;咱们在监牢里
　　　会面吧。(同下。)

第四幕

第一场　教堂内部

　　　唐·彼德罗、唐·约翰、里奥那托、法兰西斯神父、克劳狄奥、塔尼狄克、

希罗、贝特丽丝等同上。

里奥那托　来,法兰西斯神父,简单一点;只要给他们行一行结婚的仪
　　　式,以后再把夫妇间应有的责任仔细告诉他们吧。

神　父　爵爷,您到这儿来是要跟这位小姐举行婚礼的吗?

克劳狄奥　不。

里奥那托　神父,他是来跟她结婚的;您才是给他们举行婚礼的人。

神　父　小姐,您到这儿来是要跟这位伯爵结婚吗?

希　罗　是的。

神　父　要是你们俩人中间有谁知道有什么秘密的阻碍,使你们不
　　　能结为夫妇,那么为了免得你们的灵魂受到责罚,我命令你们说
　　　出来。

克劳狄奥　希罗,你知道有没有?

希　罗　没有,我的主。

神　父　伯爵,您知道有没有?

里奥那托　我敢替他回答,没有。

克劳狄奥　啊! 人们敢做些什么? 他们会做些什么出来! 他们每天
　　　都在做些什么,却不知道他们自己在做些什么!

培尼狄克　怎么！发起感慨来了吗？那么让我来大笑三声吧，哈！
　　　哈！哈！

克劳狄奥　神父，请你站在一边。老人家，对不起，您愿意这样慷慨地
　　　把这位姑娘，您的女儿，给我吗？

里奥那托　是的，贤婿，正像上帝把她给我的时候一样慷慨。

克劳狄奥　我应当用什么来报答您，它的价值可以抵得过这一件贵重
　　　的礼物呢？

彼德罗　用什么都不行，除非把她仍旧还给他。

克劳狄奥　好殿下，您已经教会我表示感谢的最得体的方法了。里奥
　　　那托，把她拿回去吧；不要把这只坏橘子送给你的朋友，她只是外
　　　表上像一个贞洁的女人罢了。瞧！她那害羞的样子，多么像是一
　　　个无邪的少女！啊，狡狯的罪恶多么善于用真诚的面具遮掩它自
　　　己！她脸上现起的红晕，不是正可以证明她的贞静纯朴吗？你们
　　　大家看见她这种表面上的做作，不是都会发誓说她是个处女吗？
　　　可是她已经不是一个处女了，她已经领略过枕席上的风情；她的
　　　脸红是因为罪恶，不是因为羞涩。

里奥那托　爵爷，您这是什么意思？

克劳狄奥　我不要结婚，不要把我的灵魂跟一个声名狼藉的淫妇结合
　　　在一起。

里奥那托　爵爷，要是照您这样说来，您因为她年幼可欺，已经破坏了
　　　她的贞操——

克劳狄奥　我知道你会这么说：要是我已经跟她发生了关系，您就会
　　　说她不过是委身于她的丈夫，所以不能算是一件不可恕的过失。
　　　不，里奥那托，我从来不曾用一句游辞浪语向她挑诱；我对她总
　　　是像一个兄长对待他的弱妹一样，表示着纯洁的真诚和合礼的
　　　情爱。

希　罗　您看我对您不也正是这样吗？

克劳狄奥　不要脸的！正是这样！我看你就像是月亮里的狄安娜女
　　神一样纯洁，就像是未开放的蓓蕾一样无瑕；可是你却像维纳斯
　　一样放荡，像纵欲的禽兽一样无耻！

希　罗　我的主病了吗？怎么他会讲起这种荒唐的话来？

里奥那托　好殿下，您怎么不说句话儿？

彼德罗　叫我说些什么呢？我竭力替我的好朋友跟一个淫贱的女人
　　撮合，我自己的脸也丢尽了。

里奥那托　这些话是从你们嘴里说出来的呢，还是我在做梦？

约　翰　老人家，这些话是从他们嘴里说出来的；这些事情都是真的。

培尼狄克　这简直不成婚礼啦。

希　罗　真的！啊，上帝！

克劳狄奥　里奥那托，我不是站在这儿吗？这不是亲王吗？这不是
　　亲王的兄弟吗？这不是希罗的面孔吗？我们不是大家生着眼睛
　　的吗？

里奥那托　这一切都是事实；可是您这样说是什么意思呢？

克劳狄奥　让我只问你女儿一个问题，请你用你做父亲的天赋权力，
　　叫她老实回答我。

里奥那托　我命令你从实答复他的问题，因为你是我的孩子。

希　罗　啊，上帝保佑我！我要给他们逼死了！这算是什么审问呀？

克劳狄奥　我们要从你自己的嘴里听到你的实在的回答。

希　罗　我不是希罗吗？谁能够用公正地谴责玷污这一个名字？

克劳狄奥　嘿，那就要问希罗自己了；希罗自己可以玷污希罗的名节。
　　昨天晚上在十二点钟到一点钟之间，在你的窗口跟你谈话的那个
　　男人是谁？要是你是个处女，请你回答这一个问题吧。

希　罗　爵爷，我在那个时候不曾跟什么男人谈过话。

彼德罗　哼,你还要抵赖!里奥那托,我很抱歉要让你知道这一件事:
　　　　凭着我的名誉起誓,我自己、我的兄弟和这位受人欺骗的伯爵,昨
　　　　天晚上在那个时候的的确确看见她,也听见她在她卧室的窗口跟
　　　　一个混账东西谈话;那个荒唐的家伙已经亲口招认,这样不法的
　　　　幽会,他们已经有过许多次了。

约　翰　喷!喷!王兄,那些话还是不要说了吧,说出来也不过污了
　　　　大家的耳朵。美貌的姑娘,你这样不知自重,我真替你可惜!

克劳狄奥　啊,希罗!要是把你外表上的一半优美分给你的内心,那
　　　　你将会是一个多么好的希罗!可是再会吧,你这最下贱、最美好
　　　　的人!你这纯洁的淫邪,淫邪的纯洁,再会吧!为了你我要锁闭
　　　　一切爱情的门户,让猜疑停驻在我的眼睛里,把一切美色变成不
　　　　可亲近的蛇蝎,永远失去它诱人的力量。

里奥那托　这儿谁有刀子可以借给我,让我刺在我自己的心里?

贝特丽丝　哎哟,怎么啦,妹妹!你怎么倒下去啦?

约　翰　来,我们去吧。她因为隐事给人揭发,一时羞愧交集,所以昏
　　　　过去了。(彼德罗、约翰、克劳狄奥同下。)

培尼狄克　这姑娘怎么啦?

贝特丽丝　我想是死了!叔叔!救命!希罗!哎哟,希罗!叔叔!培
　　　　尼狄克先生!神父!

里奥那托　命运啊,不要松了你的沉重的手!对于她的羞耻,死是最
　　　　好的遮掩。

贝特丽丝　希罗妹妹,你怎么啦?

神　父　小姐,您宽心吧。

里奥那托　你的眼睛又睁开了吗?

神　父　是的,为什么她不可以睁开眼睛来呢?

里奥那托　为什么!不是整个世界都在斥责她的无耻吗?她可以否

认已经刻下在她血液里的这一段丑事吗？不要活过来，希罗，不要睁开你的眼睛；因为要是你不能快快地死去，要是你的灵魂里载得下这样的羞耻，那么我在把你痛责以后，也会亲手把你杀死的。你以为我只有你这一个孩子，我会因为失去你而悲伤吗？我会埋怨造化的吝啬，不肯多给我几个子女吗？啊，像你这样的孩子，一个已经太多了！为什么我要有这么一个孩子呢？为什么你在我的眼睛里是这么可爱呢？为什么我不曾因为一时慈悲心起，在门口收养了一个叫花的孩子，那么要是她长大以后干下这种丑事，我还可以说："她的身上没有一部分是属于我的；这一种羞辱是她从不知名的血液里传下来的？"可是我自己亲生的孩子，我所钟爱的、我所赞美的、我所引为骄傲的孩子，为了爱她的缘故，我甚至把她看得比我自己还重；她——啊！她现在落下了污泥的坑里，大海的水也洗不净她的污秽，海里所有的盐也不够解除她肉体上的腐臭。

培尼狄克　老人家，您安心点儿吧。我瞧着这一切，简直是莫名其妙，不知道应该说些什么话才好。

贝特丽丝　啊！我敢赌咒，我的妹妹是给他们冤枉的！

培尼狄克　小姐，您昨天晚上跟她睡在一个床上吗？

贝特丽丝　那倒没有；虽然在昨晚以前，我跟她已经同床睡了一年啦。

里奥那托　证实了！证实了！啊，本来就是铁一般的事实，现在又加上一重证明了！亲王兄弟俩人是会说谎的吗？克劳狄奥这样爱着她，讲到她的丑事的时候，也会忍不住流泪，难道他也是会说谎的吗？别理她！让她死吧！

神　　父　听我讲几句话。我刚才在这儿静静地旁观着这一件意外的变故，我也在留心观察这位小姐的神色：我看见无数羞愧的红晕出现在她的脸上，可是立刻有无数冰霜一样皎洁的惨白把这些红晕驱走,显示出她的含冤蒙屈的清贞;我更看见在她的眼睛里射出一道火一样的光来,似乎要把这些贵人们加在她身上的无辜的诬蔑烧掉。要是这位温柔的小姐不是遭到重大的误会,要是她不是一个清白无罪的人,那么你们尽管把我叫作傻子,再不要相信我的学问、我的见识、我的经验,也不要重视我的年龄、我的身份或是我的神圣的职务吧。

里奥那托　神父,不会有这样的事的。你看她虽然做出这种丧尽廉耻的事来,可是她还有几分天良未泯,不愿在她的深重的罪孽之上再加上一重欺罔的罪恶;她并没有否认。事情已经是这样明显了,你为什么还要替她辩护呢?

神　父　小姐,他们说你跟什么人私通?

希　罗　他们这样说我,他们一定知道;我可不知道。要是我违背了女孩儿家应守的礼法,跟任何不三不四的男人来往,那么让我的罪恶不要得到宽恕吧!啊,父亲!您要是能够证明有哪个男人在可以引起嫌疑的时间里跟我谈过话,或者我在昨天晚上曾经跟别人交换过言语,那么请您斥逐我、痛恨我、用酷刑处死我吧!

神　父　亲王们一定有了些误会。

培尼狄克　他们中间有两个人是正人君子;要是他们这次受了人家的欺骗,一定是约翰那个私生子弄的诡计,他是最喜欢设陷害人的。

里奥那托　我不知道。要是他们说的关于她的话果然是事实,我要亲手把她杀死;要是他们无中生有,损害她的名誉,我要跟他们中间最尊贵的一个人拼命去。时光不曾干涸了我的血液,年龄也不曾侵蚀了我的智慧,我的家财不曾因为逆运而消耗,我的朋友也不曾因为我的行为不检而走散;他们要是看我可欺,我就叫他们看看我还有几分精力,还会转转念头,也不是无财无势,也不是无亲无友,尽可对付得了他们的。

神　父　且慢,在这件事情上,请您还是听从我的劝告。亲王们离开
　　　这儿的时候,以为您的小姐已经死了;现在不妨暂时叫她深居简
　　　出,就向外面宣布说她真的已经死了,再给她举办一番丧事,在贵
　　　府的坟地上给她立起一方碑铭,一切丧葬的仪式都不可缺少。

里奥那托　为什么要这样呢? 这样有什么好处呢?

神　父　要是照这样好好地做去,就可以使诬蔑她的人不禁哀怜她的
　　　不幸,这也未尝不是好事;可是我提起这样奇怪的办法,却另有更
　　　大的用意。人家听说她一听到这种诽谤立刻身死,一定都会悲悼
　　　她、可怜她,从而原谅她。我们往往在享有某一件东西的时候,一
　　　点不看重它的好处;等到失掉它以后,却会格外夸张它的价值,发
　　　现当它还在我们手里的时候所看不出来的优点。克劳狄奥一定
　　　也会这样:当他听到了他的无情的言语,已经致希罗于死地的时
　　　候,她生前可爱的影子一定会浮起在他的想象之中,她的生命中
　　　的每一部分都会在他的心目中变得比活在世上的她格外值得珍
　　　贵,格外优美动人,格外充满生命;要是爱情果然打动过他的心,
　　　那时他一定会悲伤哀恸,即使他仍旧以为他所指斥她的确是事
　　　实,他也会后悔不该给她这样大的难堪。您就照这么办吧,它的
　　　结果一定会比我所能预料的还要美满。即使退一步说,它并不能
　　　收到理想中的效果,至少也可以替她把这场羞辱掩盖过去,您不
　　　妨把她隐藏在什么僻静的地方,让她潜心修道,远离世人的耳目,
　　　隔绝任何的诽谤损害;对于名誉已受创伤的她,这是一个最适当
　　　的办法。

培尼狄克　里奥那托大人,听从这位神父的话吧。虽然您知道我对亲
　　　王和克劳狄奥都有很深的交情,可是我愿意凭着我的名誉起誓,
　　　在这件事情上,我一定抱着公正的态度,保持绝对的秘密。

里奥那托　我已经伤心得毫无主意了,你们用一根顶细的草绳都可以

牵着我走。

神　父　好,那么您已经答应了;立刻去吧,非常的病症是要用非常的
　　　　药饵来治疗的。来,小姐,您必须死里求生;今天的婚礼也许不过
　　　　是暂时的延期,您耐心忍着吧。(神父、希罗及里奥那托同下。)

培尼狄克　贝特丽丝小姐,您一直在哭吗?

贝特丽丝　是的,我还要哭下去哩。

培尼狄克　我希望您不要这样。

贝特丽丝　您有什么理由? 这是我自己愿意这样呀。

培尼狄克　我相信令妹一定受了冤枉。

贝特丽丝　唉! 要是有人能够替她伸雪这场冤枉,我才愿意跟他做
　　　　朋友。

培尼狄克　有没有可以表示这一种友谊的方法?

贝特丽丝　方法是有,而且也是很直接爽快的,可惜没有这样的朋友。

培尼狄克　可以让一个人试试吗?

贝特丽丝　那是一个男子汉做的事情,可不是您做的事情。

培尼狄克　您是我在这世上最爱的人——这不是很奇怪吗?

贝特丽丝　就像我所不知道的事情一样奇怪。我也可以说您是我在
　　　　这世上最爱的人——可是别信我——可是我没有说假话——我
　　　　什么也不承认,什么也不否认——我只是为我的妹妹伤心。

培尼狄克　贝特丽丝,凭着我的宝剑起誓,你是爱我的。

贝特丽丝　发了这样的誓,是不能反悔的。

培尼狄克　我愿意凭我的剑发誓你爱着我;谁要是说我不爱你,我就
　　　　叫他吃我一剑。

贝特丽丝　您不会食言而肥吗?

培尼狄克　无论给它调上些什么油酱,我都不愿把我今天说过的话吃
　　　　下去。我发誓我爱你。

贝特丽丝　那么上帝恕我！

培尼狄克　亲爱的贝特丽丝,你犯了什么罪过?

贝特丽丝　您刚好打断了我的话头,我正要说我也爱着您呢。

培尼狄克　那么就请你用整个的心说出来吧。

贝特丽丝　我用整个心儿爱着您,简直分不出一部分来向您诉说。

培尼狄克　来,吩咐我给你做无论什么事吧。

贝特丽丝　杀死克劳狄奥。

培尼狄克　喔！那可办不到。

贝特丽丝　您拒绝了我,就等于杀死了我。再见。

培尼狄克　等一等,亲爱的贝特丽丝。

贝特丽丝　我的身子就算在这儿,我的心也不在这儿。您一点没有真情。哎哟,请您还是放我走吧。

培尼狄克　贝特丽丝——

贝特丽丝　真的,我要去啦。

培尼狄克　让我们先言归于好。

贝特丽丝　您愿意跟我做朋友,却不敢跟我的敌人决斗。

培尼狄克　克劳狄奥是你的敌人吗?

贝特丽丝　他不是已经充分证明是一个恶人,把我的妹妹这样横加诬蔑,信口毁谤,破坏她的名誉吗? 啊！我但愿自己是一个男人！嘿！不动声色地搀着她的手,一直等到将要握手成礼的时候,才翻过脸来,当众宣布他的恶毒的谣言！——上帝啊！但愿我是个男人！我要在市场上吃下他的心。

培尼狄克　听我说,贝特丽丝——

贝特丽丝　跟一个男人在窗口讲话！说得真好听！

培尼狄克　可是,贝特丽丝——

贝特丽丝　亲爱的希罗！她负屈含冤,她的一生从此完了！

培尼狄克　贝特——

贝特丽丝　什么亲王！什么伯爵！好一个做见证的亲王！好一个甜言蜜语的风流伯爵！啊，为了他的缘故，我但愿自己是一个男人；或者我有什么朋友愿意为了我的缘故，做一个堂堂男子！可是人们的丈夫气概，早已消磨在打恭作揖里，他们的豪侠精神，早已丧失在逢迎阿谀里了；他们已经变得只剩下一条善于拍马吹牛的舌头；谁会造最大的谣言，而且拿谣言来赌咒，谁就是个英雄好汉。我既然不能凭着我的愿望变成一个男子，所以我只好做一个女人在伤心中死去。

培尼狄克　等一等，好贝特丽丝。我举手为誓，我爱你。

贝特丽丝　您要是真的爱我，那么把您的手用在比发誓更有意义的地方吧。

培尼狄克　凭着你的良心，你以为克劳狄奥伯爵真的冤枉了希罗吗？

贝特丽丝　是的，正像我知道我有思想有灵魂一样毫无疑问。

培尼狄克　够了！一言为定，我要去向他挑战。让我在离开你以前，吻一吻你的手。我凭你这只手起誓，克劳狄奥一定要得到一次重大的教训。请你等候我的消息，把我放在你的心里。去吧，安慰安慰你的妹妹；我必须对他们说她已经死了。好，再见。（各下。）

第二场　监　狱

　　道格培里、弗吉斯及教堂司事各穿制服上；巡丁押康拉德及波拉契奥随上。

道格培里　咱们这一伙儿都到齐了吗？

弗吉斯　啊！端一张凳子和垫子来给教堂司事先生坐。

教堂司事　哪两个是被告？

道格培里　　呃,那就是我跟我的伙计。

弗吉斯　　不错,我们是来审案子的。

教堂司事　　可是哪两个是受审判的犯人? 叫他们到巡官老爷面前来吧。

道格培里　　对,对,叫他们到我面前来。朋友,你叫什么名字?

波拉契奥　　波拉契奥。

道格培里　　请写下波拉契奥。小子,你呢?

康拉德　　长官,我是个绅士,我的名字叫康拉德。

道格培里　　写下绅士康拉德先生。两位先生,你们都敬奉上帝吗?

康拉德
波拉契奥　　是,长官,我们希望我们是敬奉上帝的。

道格培里　　写下他们希望敬奉上帝;留心把上帝写在前面,因为要是让这些混蛋的名字放在上帝前面,上帝一定要生气的。两位先生,你们已经被证明是两个比奸恶的坏人好不了多少的家伙,大家也就要这样看待你们了。你们自己有什么辩白没有?

康拉德　　长官,我们说我们不是坏人。

道格培里　　好一个乖巧的家伙;可是我会诱他说出真话来。过来,小子,让我在你的耳边说一句话:先生,我对您说,人家都以为你们是奸恶的坏人。

波拉契奥　　长官,我对你说,我们不是坏人。

道格培里　　好,站在一旁。天呐,他们都是老早商量好了说同样的话的。你有没有写下来,他们不是坏人吗?

教堂司事　　巡官老爷,您这样审问是审问不出什么结果来的;您必须叫那控诉他们的巡丁上来问话。

道格培里　　对,对,这是最迅速的方法。叫那巡丁上来。弟兄们,我用亲王的名义,命令你们控诉这两个人。

巡丁甲　禀长官,这个人说亲王的兄弟唐·约翰是个坏人。

道格培里　写下约翰亲王是个坏人。哎哟,这简直是犯的伪证罪,把亲王的兄弟叫作坏人!

波拉契奥　巡官先生——

道格培里　闭住你的嘴,家伙;我讨厌你的面孔。

教堂司事　你们还听见他说些什么?

巡丁乙　呃,他说他因为捏造了中伤希罗小姐的谣言,唐·约翰给了他一千块钱。

道格培里　这简直是闻所未闻的窃盗罪。

弗吉斯　对了,一点儿不错。

教堂司事　还有些什么话?

巡丁甲　他说克劳狄奥伯爵听了他的话,准备当着众人的面前把希罗羞辱,不再跟她结婚。

道格培里　哎哟,你这该死的东西!你干下这种恶事,要一辈子不会下地狱啦。

教堂司事　还有什么?

巡丁乙　没有什么了。

教堂司事　两位先生,就是这一点,你们也没有法子抵赖了。约翰亲王已经在今天早上逃走;希罗已经这样给他们羞辱过,克劳狄奥也已经拒绝跟她结婚,她因为伤心过度,已经突然身死了。巡官老爷,把这两个人绑起来,带到里奥那托家里去;我先走一步,把我们审问的结果告诉他。(下。)

道格培里　来,把他们铐起来。

弗吉斯　把他们交给——

康拉德　滚开,蠢货!

道格培里　他妈的!教堂司事呢?叫他写下:亲王的官吏是个蠢货。

来,把他们绑了。你这该死的坏东西!

康拉德　滚开,你是头驴子,你是头驴子!

道格培里　你难道瞧不起我的地位吗?你难道瞧不起我这一把年纪
吗?啊,但愿他在这儿,给我写下我是头驴子!可是列位弟兄们,
记住我是头驴子;虽然这句话没有写下来,可是别忘记我是头驴
子。你这恶人,你简直是目中无人,这儿大家都可以做见证的。
老实告诉你吧,我是个聪明人;而且是个官;而且是个有家小的
人;再说,我的相貌也比得上梅西那地方无论哪一个人;我懂得
法律,那可以不去说它;我身边老大有几个钱,那也可以不去说
它;我不是不曾碰到过坏运气,可是我还有两件袍子,无论到什么
地方去总还是体体面面的。把他带下去!啊,但愿他给我写下我
是一头驴子!(同下。)

第
五
幕

第一场　里奥那托家门前

里奥那托及安东尼奥上。

安东尼奥　您要是老是这样，那不过气坏了您自己的身体；帮着忧伤
摧残您自己，那未免太不聪明吧。

里奥那托　请你停止你的劝告；把这些话送进我的耳中，就像把水倒
在筛里一样毫无用处。不要劝我；也不要让什么人安慰我，除非
他也遭到跟我同样的不幸。给我找一个像我一样溺爱女儿的父
亲，他那做父亲的欢乐，跟我一样完全给粉碎了，叫他来劝我安
心忍耐；把他的悲伤跟我的悲伤两两相较，必须铢两悉称，毫发
不爽，从外表、形相到细枝末节，都没有区别；要是这样一个人能
够抚弄他的胡须微笑，把一切懊恼的事情放在脑后，用一些老生
常谈自宽自解，忘却了悲叹，反而若无其事地干咳嗽，借着烛光，
钻在书堆里，再也想不起自己的不幸——那么叫他来见我吧，我
也许可以从他那里学到些忍耐的方法。可是世上不会有这样的
人；因为，兄弟，人们对于自己并不感觉到的痛苦，是会用空洞的
话来劝告慰藉的，可是他们要是自己尝到了这种痛苦的滋味，他
们的理性就会让感情来主宰了，他们就会觉得他们给人家服用的
药饵，对自己也不会发生效力；极度的疯狂，是不能用一根丝线把
它拴住的，就像空话不能止痛一样。不，不，谁都会劝一个在悲哀

的重压下辗转呻吟的人安心忍耐,可是谁也没有那样的修养和勇气,能够叫自己忍受同样的痛苦。所以不要给我劝告,我的悲哀的呼号会盖住劝告的声音。

安东尼奥　人们就是在这种地方,跟小孩子没有分别。

里奥那托　请你不必多说。我只是个血肉之躯的凡人;就是那些写惯洋洋洒洒的大文的哲学家们,尽管他们像天上的神明一样,蔑视着人生的灾难痛苦,一旦他们的牙齿痛起来,也是会忍受不住的。

安东尼奥　可是您也不要一味自己吃苦;您应该叫那些害苦了您的人也吃些苦才是。

里奥那托　你说得有理;对了,我一定要这样。我心里觉得希罗一定是受人诬谤;我要叫克劳狄奥知道他的错误,也要叫亲王跟那些破坏她的名誉的人知道他们的错误。

安东尼奥　亲王跟克劳狄奥急匆匆地来了。

　　　　唐·彼德罗及克劳狄奥上。

彼德罗　早安,早安。

克劳狄奥　早安,两位老人家。

里奥那托　听我说,两位贵人——

彼德罗　里奥那托,我们现在没有工夫。

里奥那托　没有工夫,殿下! 好,回头见,殿下;您现在这样忙吗? ——好,那也不要紧。

彼德罗　哎哟,好老人家,别跟我们吵架。

安东尼奥　要是吵了架可以报复他的仇恨,咱们中间总有一个人会送命的。

克劳狄奥　谁得罪他了?

里奥那托　嘿,就是你呀,你,你这假惺惺的骗子! 怎么,你要拔剑吗? 我可不怕你。

克劳狄奥　对不起,那是我的手不好,害得您老人家吓了一跳;其实它
并没有要拔剑的意思。

里奥那托　哼,朋友！别对我扮鬼脸取笑。我不像那些倚老卖老的傻
老头儿一般,只会向人吹吹我在年轻时候怎么了不得,要是现在
再年轻了几岁,一定会怎么怎么。告诉你,克劳狄奥,你冤枉了我
的清白的女儿,把我害得好苦,我现在忍无可忍,只好不顾我这一
把年纪,凭着满头的白发和这身久历风霜的老骨头,向你挑战,看
究竟谁是谁非。我说你冤枉了我的清白的女儿;你的信口的诽谤
已经刺透了她的心,她现在已经跟她的祖先长眠在一起了;啊,想
不到我的祖先清白传家,到了她身上却落下一个污名,这都是因
为你的万恶的手段！

克劳狄奥　我的手段?

里奥那托　是的,克劳狄奥,我说是你的万恶的手段。

彼德罗　老人家您说错了。

里奥那托　殿下,殿下,要是他有胆量,我愿意用武力跟他较量出一个
是非曲直来;虽然他击剑的本领不坏,练习得又勤,又是年轻力
壮,可是我不怕他。

克劳狄奥　走开！我不要跟你胡闹。

里奥那托　你会这样推开我吗? 你已经杀死了我的孩子;要是你把我
也杀死了,孩子,才算你是个汉子。

安东尼奥　他要把我们两人一起杀死了,才算是个汉子;可是让他先
杀死一个吧,让他跟我较量一下,看他能不能把我取胜。来,跟我
来,孩子;来,哥儿,来,跟我来。哥儿,我要把你杀得无招架之功！
我大丈夫说出来的话就算数。

里奥那托　兄弟——

安东尼奥　您宽心吧。上帝知道我爱我的侄女;她现在死了,给这些

> 恶人们造的谣言气死了。他们只会欺负一个弱女子,可是叫他们
> 跟一个男子汉决斗,却像叫他们从毒蛇嘴里拔出舌头来一样没有
> 胆量。这些乳臭小儿,只会说大话,诓人的猴子,不中用的懦夫!

里奥那托　安东尼奥贤弟——

安东尼奥　您不要说话。干什么,好人儿!我看透了他们,知道他们
　　　的骨头一共有多少分两;这些胡闹的、寡廉鲜耻的纨袴公子们,
　　　就会说谎骗人,造谣生事,打扮得奇奇怪怪,装出一副吓唬人的样
　　　子,说几句假威风的言语,扬言他们要怎样打击敌人,假使他们有
　　　这胆量;这就是他们的全副本领!

里奥那托　可是,安东尼奥贤弟——

安东尼奥　不,这点儿小事您不用管,让我来对付他们。

彼德罗　两位老先生,我们不愿意冒犯你们。令嫒的死实在使我非常
　　　抱憾;可是凭着我的名誉发誓,我们对她说的话都是绝对确实,而
　　　且有充分的证据。

里奥那托　殿下,殿下——

彼德罗　我不要听你的话。

里奥那托　不要听我的话?好,兄弟,我们去吧。总有人会听我的话
　　　的——

安东尼奥　不要听也得听,否则咱们就拼个你死我活。(里奥那托、安东
　　　尼奥同下。)

　　　　　培尼狄克上。

彼德罗　瞧,瞧,我们正要去找的那个人来啦。

克劳狄奥　啊,老兄,什么消息?

培尼狄克　早安,殿下。

彼德罗　欢迎,培尼狄克;你来迟了一步,我们刚才险些儿打起来呢。

克劳狄奥　我们的两个鼻子险些儿没给两个没有牙齿的老头子咬下来。

彼德罗　里奥那托跟他的兄弟。你看怎么样？要是我们真的打起来，那我们跟他们比起来未免太年轻点儿了。

培尼狄克　强弱异势，胜了也没有光彩。我是来找你们两个人的。

克劳狄奥　我们到处找着你，因为我们一肚子都是烦恼，想设法把它排遣排遣。你给我们讲个笑话吧。

培尼狄克　我的笑话就在我的剑鞘里，要不要拔出来给你们瞧瞧？

彼德罗　你是把笑话随身佩带的吗？

克劳狄奥　只听见把人笑破"肚皮"，可还没听说把笑话插在"腰"里。请你把它"拔"出来，就像乐师从他的琴囊里拿出他的乐器来一样，给我们弹奏弹奏解解闷吧。

彼德罗　哎哟，他的脸色怎么这样白得怕人！你病了吗？还是在生气？

克劳狄奥　喂，放出勇气来，朋友！虽然忧能伤人，可是你是个好汉子，你会把忧愁赶走的。

培尼狄克　爵爷，您要是想用您的俏皮话儿挖苦我，那我是很可以把您对付得了的。请您换一个题目好不好？

克劳狄奥　好，他的枪已经弯断了，给他换一枝吧。

彼德罗　他的脸色越变越难看了；我想他真的在生气哩。

克劳狄奥　要是他真的在生气，那么他总知道刀子就挂在他身边。

培尼狄克　可不可以让我在您的耳边说句话？

克劳狄奥　上帝保佑我不要是挑战！

培尼狄克　（向克劳狄奥旁白）你是个坏人，我不跟你开玩笑；你敢用什么方式，凭着什么武器，在什么时候跟我决斗，我一定从命；你要是不接受我的挑战，我就公开宣布你是一个懦夫。你已经害死了一位好好的姑娘，她的阴魂一定会缠绕在你的身上。请你给我一个回音。

克劳狄奥　好，我一定奉陪就是了；让我也可以借此消消闷儿。

彼德罗　　怎么,你们打算喝酒去吗?

克劳狄奥　　是的,谢谢他的好意;他请我去吃一个小牛头,吃一只阉鸡,我要是不把它切得好好的,就算我的刀子不中用。说不定我还能吃到一只呆鸟吧。

培尼狄克　　您的才情真是太好啦,出口都是俏皮话儿。

彼德罗　　让我告诉你那天贝特丽丝怎样称赞你的才情。我说你的才情很不错;"是的,"她说,"他有一点琐碎的小聪明。""不,"我说,"他有很大的才情;""对了,"她说,"他的才情是大而无当的。""不,"我说,"他有很善的才情;""正是,"她说,"因为太善了,所以不会伤人。""不,"我说,"这位绅士很聪明;""啊,"她说,"好一位聪明的绅士!""不,"我说,"他有一条能言善辩的舌头;""我相信您的话,"她说,"因为他在星期一晚上向我发了一个誓,到星期二早上又把那个誓毁了;他不止有一条舌头,他是有两条舌头哩。"这样她用足足一点钟的工夫,把你的长处批评得一文不值;可是临了她却叹了口气,说你是意大利最漂亮的一个男人。

克劳狄奥　　因此她伤心得哭了起来,说她一点不放在心上。

彼德罗　　正是这样;可是说是这么说,她倘不把他恨进骨髓里去,就会把他爱到心窝儿里。那老头子的女儿已经完全告诉我们了。

克劳狄奥　　全都说了——而且,当他躲在园里的时候,上帝就看见他。[1]

彼德罗　　可是我们什么时候把那野牛的角儿插在有理性的培尼狄克的头上呢?

克劳狄奥　　对了,还要在头颈下面挂着一块招牌:"请看结了婚的培尼狄克!"

---

① 此句出自《旧约·创世记》。

培尼狄克　再见,哥儿;你已经知道我的意思。现在我让你一个人去唠唠叨叨说话吧;谢谢上帝,你讲的那些笑话正像只会说说大话的那些懦夫们的刀剑一样伤不了人。殿下,一向蒙您知遇之恩,我是十分地感谢,可是现在我不能再跟您继续来往了。您那位令弟已经从梅西那逃走;你们几个人已经合伙害死了一位纯洁无辜的姑娘。至于我们那位白脸公子,我已经跟他约期相会了;在那个时候以前!我愿他平安。(下。)

彼德罗　他果然认起真来了。

克劳狄奥　绝对地认真;我告诉您,他这样一本至诚,完全是为了贝特丽丝的爱情。

彼德罗　他向你挑战了吗?

克劳狄奥　他非常诚意地向我挑战了。

彼德罗　一个衣冠楚楚的人,会这样迷塞了心窍,真是可笑!

克劳狄奥　像他这样一个人,讲外表也许比一头猴子神气得多,可是他的聪明还不及一头猴子哩。

彼德罗　且慢,让我静下来想一想;糟了!他不是说我的兄弟已经逃走了吗?

　　　　道格培里、弗吉斯及巡丁押康拉德、波拉契奥同上。

道格培里　你来,朋友;要是法律管不了你,那简直可以用不到什么法律了。不,你本来是个该死的伪君子,总得好好地看待看待你。

彼德罗　怎么!我兄弟手下的两个人都给绑起来啦!一个是波拉契奥!

克劳狄奥　殿下,您问问他们犯的什么罪。

彼德罗　巡官,这两个人犯了什么罪?

道格培里　禀王爷,他们乱造谣言;而且他们说了假话;第二点,他们信口诽谤;末了第六点,他们冤枉了一位小姐;第三点,他们作假见证;总而言之,他们是说谎的坏人。

彼德罗　第一点,我问你,他们干了些什么事? 第三点,我问你,他们犯的什么罪? 末了第六点,我问你,他们为什么被捕? 总而言之,你控诉他们什么罪状?

克劳狄奥　问得很好,而且完全套着他的口气,把一个意思用各种不同的方式表达了出来。

彼德罗　你们两人得罪了谁,所以才给他们抓了起来问罪? 这位聪明的巡官讲的话儿太奥妙了,我听不懂。你们犯了什么罪?

波拉契奥　好殿下,我向您招认一切以后,请您不必再加追问,就让这位伯爵把我杀死了吧。我已经当着您的眼前把您欺骗;您的智慧所观察不到的,却让这些蠢货们揭发出来了。他们在晚上听见我告诉这个人您的兄弟唐·约翰怎样唆使我毁坏希罗小姐的名誉;你们怎样听了他的话到花园里去,瞧见我在那儿跟扮作希罗样子的玛格莱特昵昵情话;以及你们怎样在举行婚礼的时候把她羞辱。我的罪恶已经给他们记录下来;我现在但求一死,不愿再把它重新叙述出来,增加我的惭愧。那位小姐是受了我跟我的主人诬陷而死的;总之,我不求别的,只请殿下处我应得之罪。

彼德罗　他的这一番话,不是像一柄利剑刺进了你的心坎吗?

克劳狄奥　我听他说话,就像是吞下了毒药。

彼德罗　可是果真是我的兄弟指使你做这种事的吗?

波拉契奥　是的,他还给了我很大的酬劳呢。

彼德罗　他是个奸恶成性的家伙,现在一定是为了阴谋暴露,所以逃走了。

克劳狄奥　亲爱的希罗! 现在你的形象又回复到我最初爱你的时候那样纯洁美好了!

道格培里　来,把这两个原告带下去。咱们那位司事先生现在一定已经把这件事情告诉里奥那托老爷知道了。弟兄们,要是碰上机会,你们可别忘了替我证明我是头驴子。

弗吉斯　啊,里奥那托老爷来了,司事先生也来了。

里奥那托、安东尼奥及教堂司事重上。

里奥那托　这个恶人在哪里? 让我把他的面孔认认清楚,以后看见跟他长得模样差不多的人,就可以远而避之。两个人中哪一个是他?

波拉契奥　您倘要知道谁是害苦了您的人,就请瞧着我吧。

里奥那托　就是你这奴才用你的鬼话害死了我的清白的孩子吗?

波拉契奥　是的,那全是我一个人干的事。

里奥那托　不,恶人,你错了;这儿有一对正人君子,还有第三个已经逃走了他们都是有分的。两位贵人,谢谢你们害死了我的女儿;你们干了这一件好事,是应该在青史上大笔特书的。你们自己想一想这一件事情干得多光彩。

克劳狄奥　我不知道应该怎样向您请求原谅,可是我不能不说话。您爱怎样处置我就怎样处置我吧,我愿意接受您所能想得到的无论哪一种惩罚;虽然我所犯的罪完全是出于误会的。

彼德罗　凭着我的灵魂起誓,我也犯下了无心的错误;可是为了消消这位好老人家的气起见,我也愿意领受他的任何重罚。

里奥那托　我不能叫你们把我的女儿救活过来,那当然是不可能的事;可是我要请你们两位向这儿梅西那所有的人宣告她死得多么清白。要是您的爱情能够鼓动您写些什么悲悼的诗歌,请您就把它悬挂在她的墓前,向她的尸骸歌唱一遍;今天晚上您就去歌唱这首挽歌。明天早上您再到我家里来;您既然不能做我的子婿,那么就做我的侄婿吧。舍弟有一个女儿,她跟我去世的女儿长得一模一样,现在她是我们兄弟俩人唯一的嗣息;您要是愿意把您本来应该给她姊姊的名分转给她，那么我这口气也就消下去了。

克劳狄奥　啊，可敬的老人家，您的大恩大德，真使我感激涕零！我不敢不接受您的好意；从此以后，不才克劳狄奥愿意永远听从您的驱使。

里奥那托　那么明天早上我等您来；现在我要告别啦。这个坏人必须叫他跟玛格莱特当面质对；我相信她也一定受到令弟的贿诱，参加这阴谋的。

波拉契奥　不，我可以用我的灵魂发誓，她并不知情；当她向我说话的时候，她也不知道她已经做了些什么不应该做的事；照我平常所知道，她一向都是规规矩矩的。

道格培里　而且，老爷，这个原告，这个罪犯，还叫我做驴子；虽然这句话没有写下来，可是请您在判罪的时候不要忘记。还有，巡丁听见他们讲起一个坏贼，到处用上帝的名义向人借钱，借了去永不归还，所以现在人们的心肠都变得硬起来，不再愿意看在上帝的面上借给别人半个子儿了。请您在这一点上也要把他仔细审问审问。

里奥那托　谢谢你这样细心，这回真的有劳你啦。

道格培里　您老爷说得真像一个知恩感德的小子，我为您赞美上帝！

里奥那托　这儿是你的辛苦钱。

道格培里　上帝保佑，救苦救难！

里奥那托　去吧，你的罪犯归我发落，谢谢你。

道格培里　我把一个大恶人交在您手里；请您自己把他处罚，给别人做个榜样。上帝保佑您老爷！愿老爷平安如意，无灾无病！后会无期，小的告辞了！来，伙计。（道格培里、弗吉斯同下。）

里奥那托　两位贵人，咱们明天早上再见。

安东尼奥　再见；我们明天等着你们。

彼德罗　我们一定准时奉访。

克劳狄奥　今晚我就到希罗坟上哀吊去。（彼德罗、克劳狄奥同下。）

里奥那托　（向巡丁）把这两个家伙带走。我们要去问一问玛格莱特，她怎么会跟这个下流的东西来往。（同下。）

第二场　里奥那托的花园

培尼狄克及玛格莱特自相对方向上。

培尼狄克　好玛格莱特姑娘，请你帮帮忙替我请贝特丽丝出来说话。

玛格莱特　我去请她出来了，您肯不肯写一首诗歌颂我的美貌呢？

培尼狄克　我一定会写一首顶高雅的、哪一个男子别想高攀得上的诗送给你。凭着最讨人喜欢的真理起誓，你真配。

玛格莱特　再没哪个男子能够高攀得上！那我只好一辈子"落空"啦？

培尼狄克　你这张嘴说起俏皮话来，就像猎狗那样会咬人。

玛格莱特　您的俏皮话就像一把练剑用的钝刀头子，怎样使也伤不了人。

培尼狄克　这才叫大丈夫，他不肯伤害女人。玛格莱特，请你快去叫贝特丽丝来吧——我服输啦，我向你缴械，盾牌也不要啦。

玛格莱特　盾牌我们自己有，把剑交上来。

培尼狄克　这可不是好玩儿的，玛格莱特，这家伙才叫危险，只怕姑娘降不住他。

玛格莱特　好，我就去叫贝特丽丝出来见您；我想她自己也生腿的。

培尼狄克　所以一定会来。（玛格莱特下。）

> 恋爱的神明，
>
> 高坐在天庭，
>
> 知道我，知道我，
>
> 多么的可怜！——

　　我的意思是说,我的歌喉是多么糟糕得可怜;可是讲到恋爱,那么那位游泳好手里昂德,那位最初发明请人拉缧的特洛伊罗斯,以及那一大批载在书上的古代的风流才子们,他们的名字至今为骚人墨客所乐道,谁也没有像可怜的我这样真的为情颠倒了。可惜我不能把我的热情用诗句表示出来;我曾经搜索枯肠,可是找来找去,可以跟"姑娘"押韵的,只有"儿郎"两个字,一个孩子气的韵!可以跟"羞辱"押韵的,只有"甲壳"两个字,一个硬绷绷的韵!可以跟"学校"押韵的,只有"呆鸟"两个字,一个混账的韵!这些韵脚都不大吉利。不,我想我命里没有诗才,我也不会用那些风花雪月的话儿向人求爱。

　　　　贝特丽丝上。

培尼狄克　亲爱的贝特丽丝,我一叫你你就出来了吗?

贝特丽丝　是的,先生;您一叫我走,我也就会去的。

培尼狄克　不,别走,再呆一会儿。

贝特丽丝　"一会儿"已经呆过了,那么再见吧——可是在我未去以前,让我先问您一个明白,您跟克劳狄奥说过些什么话?我原是为这事才来的。

培尼狄克　我已经骂过他了;所以给我一个吻吧。

贝特丽丝　骂人的嘴是不干净的;不要吻我,让我去吧。

培尼狄克　你真会强辞夺理。可是我必须明白告诉你,克劳狄奥已经接受了我的挑战,要是他不给我一个回音,我就公开宣布他是个懦夫。现在我要请你告诉我,你究竟为了我哪一点坏处而开始爱起我来呢?

贝特丽丝　为了您所有的坏处,它们朋比为奸,尽量发展它们的恶势力,不让一点好处混杂在它们中间。可是您究竟为了我哪一点好处,才对我害起相思来呢?

培尼狄克　"害起相思来",好一句话! 我真的给相思害了,因为我爱你是违反我的本心的。

贝特丽丝　那么您原来是在跟您自己的心作对。唉,可怜的心! 你既然为了我的缘故而跟它作对,那么我也要为了您的缘故而跟它作对了;因为我的朋友要是讨厌它,我当然再也不会欢喜它的。

培尼狄克　咱们两个人都太聪明啦,总不会安安静静地讲几句情话。

贝特丽丝　照您这样说法,恐怕未必如此;真的聪明人是不会自称自赞的。

培尼狄克　这是一句老生常谈,贝特丽丝,在从前世风淳厚、大家能够赏识他邻人的好处的时候,未始没有几分道理。可是当今之世,谁要是不趁他自己未死之前预先把墓志铭刻好,那么等到丧钟敲过,他的寡妇哭过几声以后,谁也不会再记得他了。

贝特丽丝　您想那要经过多少时间呢?

培尼狄克　问题就在这里,左右也不过钟鸣一小时,泪流一刻钟而已。所以一个人只要问心无愧,把自己的好处自己宣传宣传,就像我对我自己这样,实在是再聪明不过的事。我可以替我自己作证,我这个人的确不坏。现在已经自称自赞得够了——我敢给自己担保,我这个人完全值得称赞——请你告诉我,你的妹妹怎样啦?

贝特丽丝　她现在憔悴不堪。

培尼狄克　你自己呢?

贝特丽丝　我也是憔悴不堪。

培尼狄克　敬礼上帝,尽心爱我,你的身子就可以好起来。现在我应该去啦;有人慌慌张张地找你来了。

　　　　欧苏拉上。

欧苏拉　小姐,快到您叔叔那儿去。他们正在那儿议论纷纷:希罗小
　　　　姐已经证明受人冤枉,亲王跟克劳狄奥上了人家一个大大的当;
　　　　唐·约翰是罪魁祸首,他已经逃走了。您就来吗?

贝特丽丝　先生,您也愿意去听听消息吗?

培尼狄克　我愿意活在你的心里,死在你的怀里,葬在你的眼里;我也
　　　　愿意陪着你到你叔叔那儿去。(同下。)

第三场　教堂内部

唐·彼德罗、克劳狄奥及侍从等携乐器蜡烛上。

克劳狄奥　这儿就是里奥那托家的坟堂吗?

一侍从　正是,爵爷。

克劳狄奥　(展手卷朗诵)"青蝇玷玉,谗口铄金,嗟吾希罗,月落星沉!
　　　　生蒙不虞之毁,死播百世之馨;唯令德之昭昭,斯虽死而犹生。"
　　　　我将你悬在坟上,当我不能说话时候,你仍在把她赞扬! 现在奏
　　　　起音乐来,歌唱你们的挽诗吧。

　　　　　歌
　　　　唯兰蕙之幽姿兮,
　　　　遽一朝而摧焚;
　　　　风云怫郁其变色兮,
　　　　月姊掩脸而似嗔:
　　　　语月姊兮毋嗔,
　　　　听长歌兮当哭;
　　　　绕墓门而逡巡兮,
　　　　岂百身之可赎!

> 风瑟瑟兮云漫漫，
>
> 纷助予之悲叹；
>
> 安得起重泉之白骨兮，
>
> 及长夜之未旦！

克劳狄奥　幽明从此音尘隔，岁岁空来祭墓人。永别了，希罗！

彼德罗　早安，列位朋友；把你们的火把熄了。豺狼已经觅食回来；瞧，熹微的晨光在日轮尚未出现之前，已经在欲醒未醒的东方缀上鱼肚色的斑点了。劳驾你们，现在你们可以回去了；再会。

克劳狄奥　早安，列位朋友；大家各走各的路吧。

彼德罗　来，我们也去换好衣服，再到里奥那托家里去。

克劳狄奥　但愿许门有灵，这一回赐给我好一点的运气！（同下。）

第四场　里奥那托家中一室

　　里奥那托、安东尼奥、培尼狄克、贝特丽丝、玛格莱特、欧苏拉、法兰西斯神父及希罗同上。

神　父　我不是对您说她是无罪的吗？

里奥那托　亲王跟克劳狄奥怎样凭着莫须有的罪名冤诬她，您是听见的，他们误信人言，也不能责怪他们；可是玛格莱特在这件事情上也有几分不是，虽然照盘问和调查的结果看起来，她的行动并不是出于本意。

安东尼奥　好，一切事情总算圆满收场，我很高兴。

培尼狄克　我也很高兴，因为否则我有誓在先，非得跟克劳狄奥那小子算账不可。

里奥那托　好，女儿，你跟各位姑娘进去一会儿；等我叫你们出来的时

候,大家戴上面罩出来。亲王跟克劳狄奥约定在这个时候来看我
的。(众女下)兄弟,你知道你应该做些什么事;你必须做你侄女的
父亲,把她许婚给克劳狄奥。

安东尼奥　我一定会扮演得神气十足。

培尼狄克　神父,我想我也要有劳您一下。

神　父　先生,您要我做些什么事?

培尼狄克　替我加上一层束缚,或者替我解除独身主义的约束吧。里
奥那托大人,不瞒您说,好老人家,令侄女对我很是另眼相看。

里奥那托　不错,她这一只另外的眼睛是我的女儿替她装上去的。

培尼狄克　为了报答她的眷顾,我也已经把我的一片痴心呈献给她。

里奥那托　您这一片痴心,我想是亲王、克劳狄奥跟我三个人替您安
放进去的。可是请问有何见教?

培尼狄克　大人,您说的话太玄妙了。可是讲到我的意思,那么我是
希望得到您的许可,让我们就在今天正式成婚;好神父,这件事情
我要有劳您啦。

里奥那托　我竭诚赞成您的意思。

神　父　我也愿意效劳。亲王跟克劳狄奥来啦。

　　　唐·彼德罗、克劳狄奥及侍从等上。

彼德罗　早安,各位朋友。

里奥那托　早安,殿下;早安,克劳狄奥。我们正在等着你们呢。您今
天仍旧愿意娶我的侄女吗?

克劳狄奥　即使她长得像黑炭一样,我也决不反悔。

里奥那托　兄弟,你去叫她出来;神父已经等在这儿了。(安东尼奥下。)

彼德罗　早安,培尼狄克。啊,怎么,你的面孔怎么像严冬一样难看,
堆满了霜雪风云?

克劳狄奥　他大概想起了那头野牛。呸!怕什么,朋友!我们要用金

子镶在你的角上,整个的欧罗巴都会欢喜你,正像从前欧罗巴欢喜那因为爱情而变成一头公牛的乔武一样。

培尼狄克　乔武老牛叫起来声音很是好听;大概也有那么一头野牛看中了令尊大人那头母牛,结果才生下了像老兄一样的一头小牛来,因为您的叫声也跟他差不多,倒是家学渊源哩。

克劳狄奥　我暂时不跟你算账;这儿来了我一笔待清的债务。安东尼奥率众女戴面罩重上。

克劳狄奥　哪一位姑娘我有福握住她的手?

安东尼奥　就是这一个,我现在把她交给您了。

克劳狄奥　啊,那么她就是我的了。好人,让我瞻仰瞻仰您的芳容。

里奥那托　不,在您没有挽着她的手到这位神父面前宣誓娶她为妻以前,不能让您瞧见她的面孔。

克劳狄奥　把您的手给我;当着这位神父之前,我愿意娶您为妻,要是您不嫌弃我的话。

希　罗　当我在世的时候,我是您的另一个妻子;当您爱我的时候,您是我的另一个丈夫。

克劳狄奥　又是一个希罗!

希　罗　一点不错;一个希罗已经蒙垢而死,但我以清白之身活在人间。

彼德罗　就是从前的希罗!已经死了的希罗!

里奥那托　殿下,当谗言流传的时候,她才是死的。

神　父　我可以替你们解释一切;等神圣的仪式完毕以后,我会详细告诉你们希罗逝世的一段情节。现在暂时把这些怪事看做不足为奇,让我们立刻到教堂里去。

培尼狄克　慢点儿,神父。贝特丽丝呢?

贝特丽丝　(取下面罩)我就是她。您有什么见教?

培尼狄克　您不是爱我吗?

贝特丽丝　啊,不,我不过照着道理对待您罢了。

培尼狄克　这样说来,那么您的叔父、亲王跟克劳狄奥都受了骗啦;因
　　　　为他们发誓说您爱我的。

贝特丽丝　您不是爱我吗?

培尼狄克　真的,不,我不过照着道理对待您罢了。

贝特丽丝　这样说来,那么我的妹妹、玛格莱特跟欧苏拉都大错而特
　　　　错啦;因为她们发誓说您爱我的。

培尼狄克　他们发誓说您为了我差不多害起病来啦。

贝特丽丝　她们发誓说您为了我差不多活不下去啦。

培尼狄克　没有这回事。那么您不爱我吗?

贝特丽丝　不,真的,咱们不过是两个普通的朋友。

里奥那托　好了好了,侄女,我可以断定你是爱着这位绅士的。

克劳狄奥　我也可以赌咒他爱着她;因为这儿就有一首他亲笔写的歪
　　　　诗,是他从自己的枯肠里搜索出来,歌颂着贝特丽丝的。

希　罗　这儿还有一首诗,是我姊姊的亲笔,从她的口袋里偷出来的;
　　　　这上面申诉着她对于培尼狄克的爱慕。

培尼狄克　怪事怪事! 我们自己的手会写下跟我们心里的意思完全
　　　　不同的话。好,我愿意娶你;可是天日在上,我是因为可怜你才娶
　　　　你的。

贝特丽丝　我不愿拒绝您;可是天日在上,我只是因为却不过人家的
　　　　劝告,一方面也是因为要救您的性命,才答应嫁给您的;人家告诉
　　　　我您在一天天瘦下去呢。

培尼狄克　别多话! 让我堵住你的嘴。(吻贝特丽丝。)

彼德罗　结了婚的培尼狄克,请了!

培尼狄克　殿下,我告诉你吧,就是一大伙鼓唇弄舌的家伙向我鸣鼓
　　　　而攻,我也决不因为他们的讥笑而放弃我的决心。你以为我会把

那些冷嘲热讽的话儿放在心上吗？不，要是一个人这么容易给人家用空话打倒，他根本不配穿体面的衣服。总之，我既然立志结婚，那么无论世人说些什么闲话，我都不会去理会他们；所以你们也不必因为我从前说过反对结婚的话而把我取笑，因为人本来是个出尔反尔的东西，这就是我的结论了。至于讲到你，克劳狄奥，我倒很想把你打一顿；可是既然你就要做我的亲戚了，那么就让你保全皮肉，好好地爱我的小姨吧。

克劳狄奥　我倒很希望你会拒绝贝特丽丝，这样我就可以用棍子打你一顿，打得你不敢再做光棍了。我就担心你这家伙不大靠得住；我的大姨应该把你监管得紧一点才好。

培尼狄克　得啦得啦，咱们是老朋友。现在我们还是趁没有举行婚礼之前，大家跳一场舞，让我们的心跟我们妻子的脚跟一起飘飘然起来吧。

里奥那托　还是结过婚再跳舞吧。

培尼狄克　不，我们先跳舞再结婚；奏起音乐来！殿下，你好像有些什么心事似的；娶个妻子吧，娶个妻子吧。世上再没有比那戴上一顶绿帽子的丈夫更受人敬重了。

　　　　　　一使者上。

使　者　殿下，您的在逃的兄弟约翰已经在路上给人抓住，现在由武装的兵士把他押回到梅西那来了。

培尼狄克　现在不要想起他，明天再说吧；我可以给你设计一些最巧妙的惩罚他的方法。吹起来，笛子！（跳舞，众下。）

William Shakespeare
COMPLETE WORKS

爱的徒劳

朱生豪　译

莎士比亚
全集

剧中人物

腓迪南　那瓦国王

俾隆 ⎫
朗格维 ⎬ 国王侍臣
杜曼 ⎭

鲍益 ⎫
马凯德 ⎬ 法国公主侍臣

唐·阿德里安诺·德·亚马多　一个怪诞的西班牙人

纳森聂尔　教区牧师

霍罗福尼斯　塾师

德尔　巡丁

考斯塔德　乡人

毛子　亚马多的侍童

管林人

法国公主

罗瑟琳 ⎫
玛利娅 ⎬ 公主侍女
凯瑟琳 ⎭

杰奎妮妲　村女

群臣、侍从等

地 点

那 瓦

第一幕

第一场　那瓦王御苑

国王、俾隆、朗格维及杜曼上。

国　王　让众人所追求的名誉永远记录在我们的墓碑上,使我们在死亡的耻辱中获得不朽的光荣;不管饕餮的时间怎样吞噬着一切,我们要在这一息尚存的时候,努力博取我们的声名,使时间的镰刀不能伤害我们;我们的生命可以终了,我们的名誉却要永垂万古。所以,勇敢的战士们——因为你们都是向你们自己的感情和一切俗世的欲望奋勇作战的英雄——我们必须把我们最近的敕令严格实行起来;那瓦将要成为世界的奇迹;我们的宫廷将要成为一所小小的学院,潜心探讨有益人生的学术。你们三个人,俾隆、杜曼和朗格维,已经立誓在这三年之内,跟我一起生活,做我的学侣,并且绝对遵守这一纸戒约上所规定的各项条文;你们的誓已经宣过,现在就请你们签下自己的名字;这样一来,谁要是破坏了这戒约上最细微的一枝一节,就可以让亲笔的字迹勾消他的荣誉。要是你们已经下了最大的决心,愿你们签下名字,无渝斯盟。

朗格维　我已经决定了。左右不过是三年的长斋;身体虽然憔悴,精神上却享受着盛宴。饱了肚皮,饿了头脑;美食珍馐可以充实肌肤,却会闭塞心窍。

杜　曼　陛下，杜曼已经抑制了他的情欲，把世间一切粗俗的物质的欢娱丢给伧夫俗子们去享受。恋爱、财富和荣华把人暗中催老；我要在哲学中间找寻生命的奥妙。

俾　隆　我所能够说的话，他们俩人都已经说过了。我已经发誓，陛下，在这儿读书三年；可是其他严厉的戒条，例如在那时期以内，不许见一个女人，这一条我希望并不包括在内；还有每一星期中有一天不许接触任何食物，平常的日子，每天只有一餐，这一条我也希望并不包括在内，还有晚上只许睡三小时，白天不准瞌睡，这一条我也希望并不包括在内，因为我一向总是从天黑睡到天亮，还要再把半个白昼当作黑夜。啊！这些题目太难，叫人怎么办得到？不看女人尽读书，不吃饭又不许睡觉！

国　王　你在宣誓的时候，已经声明遵守这些条件了。

俾　隆　请陛下恕我，我并没有发这样的誓。我只发誓陪着陛下读书，在您的宫廷里居住三年。

朗格维　除了这一点以外，俾隆，其余的条件你也都发誓遵守的。

俾　隆　那么，先生，我只是开玩笑说说的。我倒要请问，读书的目的究竟是什么？

国　王　知道我们所不知道的事情。

俾　隆　您的意思是说那些我们常识所不能窥察的事情吗？

国　王　正是，那就是读书的莫大的报酬。

俾　隆　好，那么我要发誓苦读，把天地间的奥秘勤搜冥索：当煌煌的禁令阻止我宴乐的时候，我要知道什么地方可以填满我的饥肠；当我们的肉眼望不见一个女人的时候，我要知道什么地方可以遇见天仙般的姑娘；要是我发了一个难以遵守的誓言，我要知道怎样可以一边叛誓，一边把我的信誉保全。要是读书果然有这样的用处，能够知道目前还不知道的东西，你尽可以命我发誓，我一定踊跃从命,决无二言。

国　王　这些是学问途中的障碍,引导我们的智慧去追寻无聊的
　　　　愉快。

俾　隆　一切愉快都是无聊;最大的无聊却是为了无聊费尽辛劳。你
　　　　捧着一本书苦苦钻研,为的是追寻真理的光明;真理却虚伪地使
　　　　你的眼睛失明。这就叫作:本想找光明,反而失去了光明;因为
　　　　黑暗里的光明尚未发现,你两眼的光明已经转为黑暗。我宁愿消
　　　　受眼皮上的供养,把美人的妙目恣情鉴赏,那脉脉含情的夺人光
　　　　艳可以扫去我眼中的雾障。学问就像是高悬中天的日轮,愚妄的
　　　　肉眼不能测度它的高深;孜孜矻矻的腐儒白首穷年,还不是从前
　　　　人书本里掇拾些片爪寸鳞?那些自命不凡的文人学士,替每一颗
　　　　星球取下一个名字;可是在众星吐辉的夜里,灿烂的星光一样会
　　　　照射到无知的俗子。过分的博学无非浪博虚声;每一个教父都会
　　　　替孩子命名。

国　王　他反对读书的理由多么充足!

杜　曼　他用巧妙的言辞阻善济恶!

朗格维　他让莠草蔓生,刈除了嘉谷!

俾　隆　春天到了,小鹅孵出了蛋壳!

杜　曼　这句话是怎么接上去的?

俾　隆　各得其时,各如其分。

杜　曼　一点意思都没有。

俾　隆　聊以凑韵。

国　王　俾隆就像一阵冷酷无情的霜霰,用他的利嘴咬死了春天初生
　　　　的婴孩。

俾　隆　好,就算我是;要是小鸟还没有口转动它的新腔,为什么要让
　　　　盛夏夸耀它的荣光?为什么要我喜爱流产的婴儿?我不愿冰雪

遮掩了五月的花天锦地,也不希望蔷薇花在圣诞节含娇弄媚;万物都各自有它生长的季节,太早太迟同样是过犹不及。你们到现在才去埋头功课,等于爬过了墙头去拔开门上的键锁。

国　王　好,那么你退出好了。回家去吧,俾隆,再会!

俾　隆　不,陛下;我已经宣誓陪着您在一起;虽然我说了这许多话为无知的愚昧张目,使你们理竭词穷,不能为神圣的知识辩护,可是请相信我,我一定遵守我的誓言,安心忍受这三年的苦行。把那纸儿给我,让我一条一条读下去,在这些严厉的规律下面把我的名字签署。

国　王　你这样回心转意,免去了你终身的耻辱!

俾　隆　“第一条,任何女子不得进入离朕宫廷一英里之内。”这一条有没有公布?

朗格维　已经公布四天了。

俾　隆　让我们看看违禁的有些什么处分。“如有故违,割去该女之舌示儆。”这惩罚是谁定出来的?

朗格维　不敢,是我。

俾　隆　好大人,请问您的理由?

朗格维　她们看见了这样可怕的刑罚,就会吓得不敢来了。

俾　隆　好一条禁止良好风尚的野蛮法律!“第二条,倘有人在三年之内,被发现与任何女子交谈,当由其他朝臣共同议定最严厉之办法,予以公开之羞辱。”这一条,陛下,您自己就要破坏的;您知道法国国王的女儿,一位端庄淑美的姑娘,就要奉命到这儿来,跟您交涉把阿奎丹归还给她的老迈衰弱、卧病在床的父亲;所以这一条规律倘不是等于虚设,就只好让这位众人赞慕的公主白白跋涉这一趟。

国　王　你们怎么说,各位贤卿? 这一件事情我全然忘了。

俾　隆　读书人总是这样舍近而求远，当他一心研究着怎样可以达到他的志愿的时候，却把眼前所应该做的事情忘了；等到志愿成就，正像用火攻夺取城市一样，得到的只是一堆灰烬。

国　王　为了事实上的必要，我们只好废止这一条法令；她必须寄宿在我们的宫廷之内。

俾　隆　事实上的必要将使我们在这三年之内毁誓三千次，因为每个人都是生来就有他自己的癖好，对这些癖好只能宽大为怀，不能用强力来横加压制。要是我破坏了约誓，就可以用这个字眼作盾牌，说我所以背信是出于事实上的必要。所以我在这儿签下我的名字，全部接受这一切规律；（签名）谁要是违反了戒约上最微细的一枝一节，让他永远不齿于人口。倘然别人受到诱惑，我也会同样受到诱惑；可是我相信，虽然今天你们看我是这样地不情愿，我一定是最后毁誓的一个。可是戒约上有没有允许我们可以找些有趣的消遣呢？

国　王　有，有。你们知道我们的宫廷里来了一个文雅的西班牙游客，他的身上包罗着全世界各地的奇腔异调，他的脑筋里收藏着取之不尽的古怪的词句；从他自负不凡的舌头上吐出来的狂言，在他自己听起来就像迷人的音乐一样使人沉醉；他是个富有才能、善于折衷是非的人。这个幻想之儿，名字叫作亚马多的，将要在我们读书的余暇，用一些夸张的字句，给我们讲述在战争中丧生的热带之国西班牙骑士们的伟绩。我不知道你们喜不喜欢他；可是我自己很爱听他说谎，我要叫他做我的行吟诗人。

俾　隆　亚马多是一个最出色的家伙，一个会用崭新字句的十足时髦的骑士。

朗格维　考斯塔德那个村夫和他配成一对，可以替我们制造无穷的笑料；这样读书三年也不会觉得太长。

德尔持信及考斯塔德同上。

德　尔　哪一位是王上本人？

俾　隆　这一位便是，家伙。你有什么事？

德　尔　我自己也是代表王上的，因为我是王上陛下的巡丁；可是我
　　　　要看看王上本人。

俾　隆　这便是他。

德　尔　亚马——亚马——先生问候陛下安好。外边有人图谋不轨；
　　　　这封信可以告诉您一切。

考斯塔德　陛下，这封信里所提起的事情是跟我有关系的。

国　王　伟大的亚马多写来的信！

俾　隆　不管内容多么啰嗦，我希望它充满了夸大的字眼。

朗格维　问题不大，希望倒满大的，愿上帝给我们忍耐吧！

俾　隆　耐着听，还是忍住笑？

朗格维　随便听听，轻声笑笑，要不然就别听也别笑。

俾　隆　好，先生，我们应该怎么开心，还是让文章的本身替我们决
　　　　定吧。

考斯塔德　这件事，先生，是关于我和杰奎妮姐两个人的。至于情，我
　　　　确是知情的。

俾　隆　知什么情？

考斯塔德　其情其状随后即见分晓，先生；三者具备，一无欠缺：他们
　　　　看见我在庄上和她并坐谈情，行为有些莽撞；等她走到御苑里的
　　　　时候，我又随后跟着，结果被人抓住了。这不是"其情其状随后即
　　　　见分晓"吗？说到情，先生，那只是男女之情；说到状——咳，不
　　　　过是奇形怪状。

俾　隆　还有个随后呢，老兄？

考斯塔德　随后就要看对我的处置了；愿上帝保佑善人！

国　王　你们愿意用心听我读这一封信吗？

俾　隆　我们愿意洗耳恭听，就像它是天神的圣谕一般。

考斯塔德　愚蠢的世人对肉体的需要也是同样洗耳恭听的。

国　王　"上天的伟大的代理人，那瓦的唯一的统治者，我的灵魂的地
上的真神，我的肉体的养育的恩主——"

考斯塔德　还没有一个字提起考斯塔德。

国　王　"事情是这样的——"

考斯塔德　也许是这样的；可是假如他说是这样的，那他，说实话，也
不过这样。

国　王　闭嘴！

考斯塔德　像我们这种安分守己，不敢跟人家打架的人，只好把一张
嘴闭起来。

国　王　少说话！

考斯塔德　我也恳求你！对别人的私事还是少说话为妙。

国　王　"事情是这样的，我因为被黑色的忧郁所包围，想要借着你的
令人健康的空气的最灵效的医药，祛除这一种阴沉的重压的情
绪，所以凭着我的绅士的身份，使我自己出外散步。什么时间呢？
大约在六点钟左右，正是畜类纷纷吃草，鸟儿成群啄食，人们坐下
来享受那所谓晚餐的一种营养的时候；以上说明了时间。现在要
说到什么场所；我的意思是说我散步的场所；那是被称为你的御
苑的所在。于是要说到什么地点：我的意思是说我在什么地点碰
到这一桩最淫秽而荒谬的事件，使我从我的雪白的笔端注出了乌
黑的墨水，成为现在你所看见、查阅、诵读或者浏览的这一封信。
可是说到什么地点，那是在你的曲曲折折的花园里的西边角上东
北偏北而略近东首的方向；就在那边我看见那卑鄙的村夫，那可
发一笑的下贱的小人物——"

考斯塔德　我。

国　王　"那没有教养的孤陋寡闻的灵魂——"

考斯塔德　我。

国　王　"那浅薄的东西——"

考斯塔德　还是我。

国　王　"照我所记得,考斯塔德是他的名字——"

考斯塔德　啊,我。

国　王　"公然违反你的颁布晓谕的诏令和禁抑邪行的法典,跟一
　　　　个——跟一个——啊!跟一个说起了就使我万分气愤的人结伴
　　　　同行——"

考斯塔德　跟一个女人。

国　王　"跟一个我们祖母夏娃的孩儿,一个阴人;或者为了使你格外
　　　　明白起见,一个女子。受着责任心的驱策,我把他交给陛下的巡
　　　　丁安东尼·德尔。一个在名誉、态度、举止和信用方面都很优良
　　　　的人,带到你的面前,领受应得的惩戒。——"

德　尔　启禀陛下,我就是安东尼·德尔。

国　王　"至于杰奎妮妲——因为这就是那和前述村夫同时被我捕获
　　　　的脆弱的东西的名称——我让她等候着你的法律的威严;一得到
　　　　你的最轻微的传谕,我就会把她带来受审。抱着毕恭毕敬、燃烧
　　　　全心的忠诚,你的仆人唐·阿德里安诺·德·亚马多敬上。"

俾　隆　这封信还不能适如我的预期,可是在我所曾经听到过的书信
　　　　中间,这不失为最有趣的一封。

国　王　是的,这是古今恶札中的杰作。喂,你对于这封信有什么话
　　　　说吗?

考斯塔德　陛下,我承认是有这么一个女人。

国　王　你听见谕告吗?

考斯塔德　我听倒是听见的,不过没有十分注意。

国　王　谕告上说,和妇人在一起而被捕,处以一年的监禁。

考斯塔德　我不是和妇人在一起,陛下,我是跟一个姑娘在一起。

国　王　好,谕告上说姑娘也包括在内。

考斯塔德　这也不是一个姑娘,陛下;她是个处女。

国　王　处女也包括在内。

考斯塔德　那么我就否认她是个处女。我是跟一个女孩子在一起。

国　王　女孩子不女孩子,随你怎么说都没有用。

考斯塔德　这女孩子对我很有用呢,陛下。

国　王　听我的判决:你必须禁食一星期,每天吃些糠喝些水。

考斯塔德　我宁愿祈祷一个月,每天吃些羊肉喝些粥。

国　王　唐·亚马多将要做你的看守人。俾隆贤卿,你监视着把他押
送过去。各位贤卿,我们现在就去把我们彼此坚决立誓的事情实
行起来。(国王、朗格维、杜曼同下。)

俾　隆　我愿意用我的头去和无论哪一个人的帽子打赌,这些誓约和
戒律不过是一场无聊的笑柄。喂,来。

考斯塔德　我是为了真理而受难,先生;因为我跟杰奎妮妲在一起而
被他们捉住,这是一件真实的事实,而且杰奎妮妲也是一个真心
的女孩子。所以欢迎,幸运的苦杯! 痛苦也许会有一天露出笑容;
现在,歇歇吧,悲哀! (同下。)

第二场　同前

亚马多、毛子上。

亚马多　孩子,一个精神伟大的人要是变得忧郁起来,会有些什么
征象?

毛　子　他会显出悲哀的神气,主人,这是一个伟大的征象。

亚马多　忧郁和悲哀不是同样的东西吗,亲爱的小鬼?

毛　子　不,不,主啊! 不,主人。

亚马多　你怎么可以把悲哀和忧郁分开,我的柔嫩的青年?

毛　子　我可以从作用上举出很普通的证明,我的粗硬的长老?

亚马多　为什么是粗硬的长老? 为什么是粗硬的长老?

毛　子　为什么是柔嫩的青年? 为什么是柔嫩的青年?

亚马多　我说你是柔嫩的青年,因为这是对于你的弱龄的一个适当的
　　　　名称。

毛　子　我说您是粗硬的长老,因为这是对于您的老年的一个合宜的
　　　　尊号。

亚马多　美不可言,妙不可言!

毛　子　这怎么讲,主人? 你是说我美、我的话妙呢,还是说我妙,我
　　　　的话美?

亚马多　我是说你美,因为身材娇小。

毛　子　小人还美得了吗? 那么妙从何来呢?

亚马多　妙者,敏捷之谓也。

毛　子　你说这话,主人,是捧我吗?

亚马多　确系盛誉。

毛　子　我倒想把你这番盛誉送给鳝鱼。

亚马多　怎么,鳝鱼有何聪明可言?

毛　子　鳝鱼算是够敏捷的。

亚马多　我是说你应对敏捷;你要使我肝火旺盛了。

毛　子　得,主人,我没什么说的了。

亚马多　我最讨厌的是贫。

毛　子　(旁白)真叫他说着了,他口袋里一个子儿也没有。

亚马多　我已经答应陪着王上研究三年。

毛　子　主人，您用不着一点钟的功夫！就可以把它研究出来。

亚马多　不可能的事。

毛　子　一的三倍是多少？

亚马多　我不会计算；那是堂倌酒保们干的事。

毛　子　主人，您是一位绅士，也是一位赌徒。

亚马多　这两个名义我都承认；它们都是一个堂堂男子的标识。

毛　子　那么我相信您一定知道两点加一点一共几点。

亚马多　比两点多一点。

毛　子　那在下贱的俗人嘴里是称为三点的。

亚马多　不错。

毛　子　瞧，主人，这不是很容易的研究吗？您还没有眨过三次眼睛，我们已经把"三"字研究出来了；要是再在"三"字后面加上一个"年"字，一共两个字，不是用不着那匹会跳舞的马①也可以给您算出来吗？

亚马多　此论甚通。

毛　子　这说明您不通。

亚马多　我承认我是在恋爱了；一个军人谈恋爱是一件下流的事，所以我恋爱着一个下流的女人。要是我向爱情拔剑作战，可以把我从这种堕落的思想中间拯救出来的话，我就要把欲望作为我的俘虏，让无论哪一个法国宫廷里的朝士用一些新式的礼节把它赎去。我不屑于叹气，但是在骂誓这点上，丘比特见了我也得甘拜下风。安慰我，孩子；哪几个伟大的人物是曾经恋爱过的。

---

①　一匹名叫"摩洛哥"的马，曾轰动当时杂技界，屡见于伊丽莎伯时代的文学作品中。

毛　子　赫剌克勒斯,主人。

亚马多　最亲爱的赫剌克勒斯!再举几个例子,好孩子,再举几个;我的亲爱的孩子,你必须替我举几个赫赫有名身担重任的人。

毛　子　参孙①,主人;说起身担重任,谁也比不了他。他曾经像一个脚夫似地把城门负在背上;他也恋爱过的?

亚马多　啊,结实的参孙!强壮的参孙!你在剑法上不如我,我在背城门这一件事情上也不如你。我也在恋爱了。谁是参孙的爱人,我的好毛子?

毛　子　一个女人,主人。

亚马多　是什么肤色的女人?

毛　子　一共四种肤色,也许她四种都有,也许她有四种之中的三种、两种、或是一种颜色。

亚马多　正确一些告诉我她的皮肤是什么颜色?

毛　子　是海水一样碧绿的颜色,主人。

亚马多　那也是四种肤色中的一种吗?

毛　子　我在书上是这样读过的,主人;最好看的女人都是这种颜色。

亚马多　绿色的确是情人们的颜色;可是我想参孙会爱上一个绿皮肤的女人,却是不可思议的。他准是看中她有头脑。

毛　子　不错,主人。头脑要绿,帽子也会绿的。

亚马多　我爱的女人生得十分干净,红是红,白是白的。

毛　子　最污秽的思想,主人,都是藏匿在这种颜色之下的。

亚马多　说出你的理由来,懂事的婴孩。

毛　子　我的父亲的智慧,我的母亲的舌头,帮助我!

亚马多　一个孩子的可爱的祷告,非常佳妙而动人!

---

①　参孙（Samson）,《圣经》中的大力士,见《旧约·士师记》。

毛　子

要是她的脸色又红又白，

你永远不会发现她犯罪，

因为白色表示惊恐惶迫，

绯红的脸表示羞耻惭愧，

可是她倘然犯下了错误，

你不能从她的脸上看出，

因为红的羞愧白的恐怖，

都是她天然生就的颜色。

这几行诗句，主人，可以证明白和红是两种危险的颜色。

亚马多　孩子，不是有一支谣曲歌咏着国王恋爱丐女的故事吗？

毛　子　大概在三个世代以前，曾经流行着这么一支恶劣的谣曲；可是我想它现在已经失传了；即使还有人记得，也写不出来，而且不能歌唱的。

亚马多　我要把那题目重新写成一首诗，使它作为我的迷恋的一个有力的前例。孩子，我真的爱上了我在御苑里捉住的那个跟村夫考斯塔德在一起的乡下姑娘了；她应该有一个人好好地照顾她。

毛　子　（旁白）好好地抽一顿鞭子；可是她应该有一个比我的主人更好的情郎。

亚马多　唱吧，孩子；我的心灵因为爱情而沉重起来了。

毛　子　那是一件大大的奇事，因为您爱的是一个轻狂的女人。

亚马多　我说，唱吧。

毛　子　等这班人过去了再唱吧。

德尔、考斯塔德及杰奎妮妲上。

德　尔　先生，王上的旨意，叫你把考斯塔德看守起来，不要叫他寻欢作乐也不要叫他忏悔,还要叫他每星期禁食三天。讲到这一位姑娘,我必须让她留在御苑里挤牛乳。再会!

亚马多　我羞得满脸都红了。姑娘!

杰奎妮妲　汉子?

亚马多　我要到你居住的地方来看你。

杰奎妮妲　那就在附近。

亚马多　我知道它的所在!

杰奎妮妲　主啊,你是多么聪明!

亚马多　我会给你讲海外奇闻。

杰奎妮妲　凭着你这一副嘴脸吗?

亚马多　我爱你。

杰奎妮妲　我已经听见你说过了。

亚马多　再会!

杰奎妮妲　愿你平安!

德　尔　来,杰奎妮妲,去吧!　(德尔及杰奎妮妲下。)

亚马多　混蛋,你干了这样的坏事,非让你禁食不可。

考斯塔德　呃,先生,我希望您让我在禁食以前先吃个饱。

亚马多　我要把你重重惩罚一下。

考斯塔德　多谢您的盛意,可是这帮下人却叫王上轻轻就打发走了。

亚马多　把这混蛋带下去,把他关起来。

毛　子　来,你这胡作非为的奴才;去!

考斯塔德　别把我关起来吧,先生。把我放了,我一定禁食。

毛　子　既然放了,还能禁吗?快去坐牢吧!

考斯塔德　好,要是我有一天恢复了自由,我要叫一些人看看——

毛　子　叫一些人看看什么?

考斯塔德　不,没有什么,毛子少爷;他们爱看什么就看什么。做了囚犯是不能一声不响的,所以,我还是不要多说什么才好。谢谢上帝我是个没有耐性的人,所以我会安安静静住在牢里。(毛子及考斯塔德下。)

亚马多　我爱上了那被她穿在她的卑贱的鞋子里的更卑贱的脚所践踏的最卑贱的地面。要是我恋爱了,我将要破坏誓约,那就是说了一句虚伪的谎。虚伪的谎怎么可以换到真实的爱呢?爱情是一个魔鬼,是一个独一无二的罪恶的天使。可是参孙也曾被它引诱!他是个力气很大的人。所罗门也曾被它迷惑,他是个聪明无比的人。赫刺克勒斯的巨棍也敌不住丘比特的箭镞,所以一个西班牙人的宝剑怎么能够对抗得了呢?不消一两个回合,我的剑法就要完全散乱了。什么直刺,什么横劈,在他看来都是不值一笑。他的耻辱是被人称为孩子;他的光荣却是征服成人。别了,勇气!锈了吧,宝剑!静下来,战鼓!因为你们的主人在恋爱了;是的,他在恋爱了;即景生情的诗神啊,帮助我!因为我相信我要写起十四行诗来了。想吧,智慧;写吧,笔!我有足够的诗情,可以写满几大卷的对开大本呢。(下。)

第
二
幕

第一场　那瓦王御苑。远处设大小帐幕

法国公主、罗瑟琳、玛利娅、凯瑟琳、鲍益、群臣及其他侍从等上。

鲍　益　现在,公主,振起您的最宝贵的精神来吧;想想您的父王特
　　　意选择了一个什么人来充任他的使节,跟一个什么人接洽一件什
　　　么任务;他不派别人,却派他那为全世界所敬爱的女儿,您自己,
　　　来跟具备着一切人间完善的德性的、举世无双的那瓦国王进行谈
　　　判,而谈判的中心,又是适宜于作为一个女王的嫁奁的阿奎丹。
　　　造化不愿把才华丽色赋予庸庸碌碌的众人,却大量地把天地间所
　　　有的灵秀钟萃于您一身;您现在就该效法造化的大量,充分表现
　　　您的惊才绝艳。

公　主　好,鲍益大人,我的美貌虽然卑不足道,却也不需要你的谀辞
　　　的渲染;美貌是凭着眼睛判断的,不是贾人的利口所能任意抑扬。
　　　你这样搬弄你的智慧把我恭维,无非希望人家称赞你口齿伶俐;
　　　可是我听了你这一番褒美,却一点不觉得可以骄傲。现在我也要
　　　请你干一件事:好鲍益,你不会不知道,远近的人们都在议论纷
　　　纷,说那瓦王已经立下誓言,要在这三年之内发愤读书,不让一个
　　　女人走近他的静肃的宫廷;所以我们在没有进入他的禁门以前,
　　　似乎应该先去探问他的意旨;我相信你的才干可以胜任这一项使
　　　命,所以选择你做我的代言人,向他陈述我们的来意,告诉他法兰

−167
莎士比亚
全集

西国王的女儿有重要的事情希望得到迅速的解决,要求和他当面接洽。快去对他这样说了;我们就像一群谦卑的请愿人一般,等候着他的庄严的谕示。

鲍　益　得到这样的委任是我的莫大的荣幸,敢不踊跃拜命。

公　主　果真引以为荣,自然乐于从事,你正是这样。(鲍益下)各位爱卿,你们知道哪几个人是和这位贤德的国王一同立誓守戒的信徒?

臣　甲　朗格维勋爵是其中的一个。

公　主　你认识这个人吗?

玛利娅　我认识他,公主。当配力各特勋爵和杰奎斯·福康勃立琪的美丽的息女在诺曼第举行婚礼的时候,我在宴会上见过这位朗格维。他是一个被公认为才能出众的人,文学固然是他的擅长,武艺方面也十分了得。在他心怀善意的时候,言谈举止无可指责。要是美德的光彩可以蒙上污点的话,那么他的唯一的缺点是一副尖刻的机智配上一个太直率的意志:他的机智能够出口伤人,他的意志使他一往直前,不为他人留一点余地。

公　主　听起来是一位善于戏谑的贵人,是不是?

玛利娅　最熟悉他脾气的人都这样说他。

公　主　这种浮华之士往往是不成大器的。还有些什么人?

凯瑟琳　年少的杜曼,一个才华出众的青年,受到一切敬爱美德的人们的爱戴;最具有伤人的能力,却又最不怀恶心。他的智慧可以使一个形貌丑陋的人容光焕发,可是即使他没有智慧,他的堂堂的仪表也可以博取别人的爱悦。我在阿朗松公爵的府中见过他一次;我对于他的伟大的品格的赞美,实在不能道出我在他身上所看到的美德于万一。

罗瑟琳　要是我所听到的话并不虚假,那时候在阿朗松公爵那儿,还

有一个他们的同学也跟他在一起；他们叫他做俾隆；在我所交谈
过的人们中间，从来不曾有一个比他更会说笑的人，能够雅谑而
不流于鄙俗。他的眼睛一看到什么事情，他的机智就会把它编成
一段有趣的笑话，他的善于抒述种种奇思妙想的舌头，会用那样
灵巧而隽永的字句把它表达出来，使老年人听了娓娓忘倦，少年
人听了手舞足蹈；他的口才是这样敏捷而巧妙。

公　主　上帝祝福我的姑娘们！她们都在恋爱了吗？怎么每一个人
　　　都用这种夸张的修饰赞赏她自己中意的人？

臣　甲　鲍益来了。

　　　　　鲍益重上。

公　主　国王怎样招待你的，鲍益？

鲍　益　那瓦王已经知道您到来的消息；我还没有见他以前，他跟他
　　　那班一同立誓的学侣们已经准备来迎接您了。我听他的口气是
　　　这样的；他宁愿把您安顿在郊野里，就像你们是来围攻他的宫廷
　　　的一支军队一般，而不愿违反他的誓言，让您走进他的无人侍候
　　　的屋子。那瓦王来了。（众女戴脸罩。）

　　　　　国王、朗格维、杜曼、俾隆及侍从等上。

国　王　美貌的公主，欢迎你光临那瓦的宫廷。

公　主　我把"美貌"两字璧还陛下；至于说到"欢迎"，那么我还没有
　　　实受其惠。这复高的天宇不是您所能私有的，这辽阔的郊野也不
　　　是招待贵宾的所在。

国　王　公主，我们少不得有一天要请你到我们宫廷里屈驾一游。

公　主　那么我现在就接受您的邀请，请引我前往。

国　王　听我说，亲爱的公主，我曾经立下重誓。

公　主　圣母保佑陛下！您有一天会毁誓的。

国　王　凭着我的意志起誓，公主，我决不毁誓。

公　主　是啊,意志,也只有意志,能使您毁誓。

国　王　公主,你不知道我发下的是个什么誓。

公　主　要是陛下也不知道您自己所发的誓,那倒是陛下的聪明,因
为知道这样的誓,反而是一种愚昧。我听说陛下已经发誓不理家
政;谨守那样一个无聊的誓,真是一桩极大的罪恶,虽然毁弃它也
同样是一桩罪恶。可是恕我吧,我太放肆了,我不该向一个教师
训诲。请您读一读我此来的目的,迅速赐给我一个答复。(以文件
授国王。)

国　王　公主,我愿意尽快答复你的赐教。

公　主　您更愿意的还是早一点把我打发走,因为要是您让我羁留在
贵国,就等于把您的誓言毁弃了。

俾　隆　我不是有一次在勃拉旁跟您跳过舞吗?

罗瑟琳　我不是有一次在勃拉旁跟您跳过舞吗?

俾　隆　我知道您跟我跳过舞的。

罗瑟琳　既然知道,何必多问!

俾　隆　您不要这样火辣辣的。

罗瑟琳　谁叫你用这种问题引起我的火性来?

俾　隆　您的舌头就像一匹快马,奔得太快会把力气都奔完的。

罗瑟琳　它不到把骑马的人掀下在泥潭里,是不会止步的。

俾　隆　现在是什么时候了?

罗瑟琳　现在是傻瓜们向别人发问的时候。

俾　隆　愿幸运降在您的脸罩上!

罗瑟琳　愿脸罩下的脸能走运!

俾　隆　并且给您带来许多恋人!

罗瑟琳　阿门,但愿您不是其中之一。

俾　隆　哎哟,那么我要走了。

国　王　公主，令尊在这封信上说起他已经付了我们十万克郎，那只
　　　　是先父在日贵国所欠我们的战债的半数。这笔款子先父和我都
　　　　从未收到；即使果有此事，那么也还有十万克郎的欠款没有清还。
　　　　当初贵国同意把阿奎丹的一部分抵押给我们。作为这一笔欠款
　　　　的保证，虽然拿土地的价值说起来，实在抵不上这一个数目。现
　　　　在你的父王只要愿意把那未清偿的半数还给我们，我们也愿意放
　　　　弃我们在阿奎丹的权利，和他永结盟好！可是他似乎一点没有这
　　　　种意思，因为在这信上，他单单提出要我们偿还已经付出的十万
　　　　克郎这一点，却绝口不谈清付十万克郎余欠，以便收复他对阿奎
　　　　丹的权利的问题。其实我们只要收回先父在日出借的债款，对于
　　　　阿奎丹这一块瘦瘠不毛的地方，倒是很乐于割舍的。亲爱的公主，
　　　　倘不是令尊的要求太不近情理，这次蒙你芳踪莅止，我一定不会
　　　　让你失望而归。

公　主　家君从来没有愆约背信，不履行他的偿债的义务；陛下否认
　　　　收到这一笔偿款，不但诬蔑家君，而且有失一国元首的气度；我不
　　　　能不为陛下的名誉惋惜。

国　王　我郑重声明对于这一笔债款的归还未有所闻；你要是能够证
　　　　明此事属实，我愿意把它全数奉还贵国，或者把阿奎丹交出。

公　主　敬遵台命。鲍益，你去把那些曾经由他的父王查理手下的专
　　　　任大员签署，上面载明着这么一笔数目的收据找出来。

国　王　给我看。

鲍　益　启禀陛下，这一类有关文件的包裹还没有送到；明天一定可
　　　　以请您过目。

国　王　那很好；只要证据确凿，任何合理的要求我都可以允从。现
　　　　在请你接受在不毁弃盟誓的条件下我的荣誉所能给予你崇高地
　　　　位的一切礼遇吧。虽然你不能走进我的宫门，美貌的公主，我一

定尽力使你在这儿大自然的怀抱之中感到宾至如归的愉快;你将要觉得虽然我这样吝惜着自己的屋宇,可是你已经栖息在我的心灵的深处了。一切失礼之处,请你加以善意的原谅。再会;明天早上我们一定再来奉访。

公　主　愿陛下政躬康健,所愿皆偿!

国　王　也愿意为你做同样的祝祷!(国王及侍从下。)

俾　隆　姑娘,我要把您放在我的心坎里温存。

罗瑟琳　那么请您把我放进去吧,我倒要看看您的心是怎样的。

俾　隆　我希望您听见它的呻吟。

罗瑟琳　这傻瓜害病了吗?

俾　隆　害的是心病。

罗瑟琳　唉!替它放放血吧。

俾　隆　放血可以把它医治吗?

罗瑟琳　我的医药知识说是可以的。

俾　隆　您愿意用您的眼睛刺我的心出血吗?

罗瑟琳　我的眼睛太钝,用我的刀吧。

俾　隆　哎哟,上帝保佑你不要死于非命!

罗瑟琳　上帝保佑你早日归阴!

俾　隆　我不能呆在这儿答谢你的祷告。(退后。)

杜　曼　先生,请问您一句话,那位姑娘是什么人?

鲍　益　阿朗松的息女,凯瑟琳是她的名字。

杜　曼　一位漂亮的姑娘!先生,再会!(下。)

朗格维　请教那位白衣的姑娘是什么人?

鲍　益　您在光天化日之下,可以看清楚她是一个女人。

朗格维　要是看清楚了,多半很轻佻。请问她的名字?

鲍　益　她只有一个名字,您不能问她要。

朗格维　先生,请问她是谁的女儿?

鲍　益　我听说是她母亲的女儿。

朗格维　上帝祝福您的胡子!

鲍　益　好先生,别生气。她是福康勃立琪家的女儿。

朗格维　我现在不生气了,她是一位最可爱的姑娘。

鲍　益　也许是的,先生;或者是这样。

俾　隆　那位戴帽子的女人叫什么名字?

鲍　益　巧得很,她叫罗瑟琳。

俾　隆　她结过婚没有?

鲍　益　她只能说是守定了她自己的意志,先生。

俾　隆　欢迎,先生。再会!

鲍　益　彼此彼此。(俾隆下;众女去脸罩。)

玛利娅　最后的一个就是俾隆,那爱开玩笑的贵人;他的每一句话都
　　　　是一个笑话。

鲍　益　每一个笑话不过是一句话。

公　主　你能和他对答如流,不相上下,本领不小。

鲍　益　他一心想登船接战,我同样想靠拢杀敌。

玛利娅　不像两艘船,倒像两头疯羊。

鲍　益　为什么不像船? 我看倒是不像羊,除非把您的嘴唇当作我们
　　　　的芳草,可爱的羔羊小姐!

玛利娅　您算羊,我算牧场;笑话总算了结了吧?

鲍　益　那么请让我到牧场上来寻食吧。(欲吻玛利娅。)

玛利娅　不行,好牲口,我的嘴唇虽说不止一片,却不是公地。

鲍　益　它们属于谁呢?

玛利娅　属于我的命运和我自己。

公　主　你们老是爱斗嘴,大家不要闹了。这种舌剑唇枪,不应该在

自己人面前耍弄,还是用来对付那瓦王和他的学侣吧。

鲍　益　我这一双眼睛可以看出别人心里的秘密,难得有时错误;要是这一回我的观察没有把我欺骗,那么那瓦王是染上病了。

公　主　染上什么病?

鲍　益　他染上的是我们情人们所说的相思病。

公　主　何以见得?

鲍　益　他的一切行为都集中于他的眼睛,透露出不可遏抑的热情;他的心像一颗刻着你的小像的玛瑙,在他的眼里闪耀着骄傲;他急躁的嘴由于不能看,只能说,想平分眼睛的享受,反而张口结舌。一切感觉都奔赴他的眼底,争看那绝世无双的秀丽。仿佛他眼睛里锁藏着整个的灵魂,正像玻璃柜内陈列着珠翠缤纷,放射它们晶莹夺目的光彩,招引过路的行人购买。他脸上写满着无限的惊奇,谁都看得出他意夺神移。我可以给你阿奎丹和他所有的一切,只要你为了我的缘故吻一吻他的脸。

公　主　到我的帐里来;鲍益又在装疯卖傻了。

鲍　益　我不过把他的眼睛里所透露的意思用话表示出来。我使他的眼睛变成一张嘴,再替他安上一条不会说谎的舌头。

罗瑟琳　你是一个恋爱场中的老手,真会说话。

玛利娅　他是丘比特的外公,他的消息都是丘比特告诉他的。

罗瑟琳　那么维纳斯一定像她的母亲,因为她的父亲是很丑的。

鲍　益　你们听见吗,我的疯丫头们?

玛利娅　没听见。

鲍　益　那么你们看见些什么没有?

罗瑟琳　嗯,看见我们回去的路。

鲍　益　我真拿你们没有办法。(同下。)

第
三
幕

第一场　那瓦王御苑

亚马多及毛子上。

亚马多　唱吧,孩子,使我的听觉充满热情。

毛　子　(唱)

康考里耐尔——

亚马多　这调子真美！去,稚嫩的青春;拿了这钥匙去,把那乡下人放了,快快带他到这儿来;我必须叫他替我送一封信去给我的爱人。

毛　子　主人,您愿意用法国式的喧哗得到您的爱人的欢心吗?

亚马多　你是什么意思? 用法国话吵架吗?

毛　子　不,我的好主人;我的意思是说,从舌尖上溜出一支歌来,用您的脚和着它跳舞,翻起您的眼皮,唱一个音符叹息一个音符;有时候从您的喉咙里滚出来,好像您一边歌唱爱情,一边要把它吞下去似的;有时候从您的鼻孔里哼出来,好像您在嗅寻爱情的踪迹,要把它吸进去似的;您的帽檐斜罩住您的眼睛;您的手臂交叉在您的胸前,像一头炙叉上的兔子;或者把您的手插在口袋里,就像古画上的人像一般;也不要老是唱着一支曲子。唱几句就要换个曲子。这是台型,这是功架,可以诱动好姑娘们的心,虽然没有这些她们也会被人诱动;而且——请听众先生们注意——这还可以使那些最擅长于这个调调儿的人成为一世的红人.

亚马多　你这种经验是怎么得来的?

毛　子　这是我一点一点观察得来的结果。

亚马多　不过唉,不过唉,——

毛　子　柳条马给忘掉了。①

亚马多　怎么? 你把我的爱人叫柳条马吗?

毛　子　岂敢,主人。柳条马只能叫孩子骑着玩——**您的爱人却是谁**
　　　　都能骑的壮母马。可是您忘记您的爱人了吗?

亚马多　我几乎忘了。

毛　子　健忘的学生! 把她记住在您的心头。

亚马多　她不但在我的心头,而且在我的心坎里,孩子。

毛　子　而且还在您的心儿外面,主人;这三句话我都可以证明。

亚马多　证明什么?

毛　子　证明我是个男子汉,要是我能长大成人的话。至于说心头、
　　　　心里和心外,可以即时作证:您在心头爱着她,因为您的心得不到
　　　　她的爱;您在心里爱着她,因为她已经占据了您的心;您在心儿
　　　　外面爱着她,因为您已经为她失去您的心。

亚马多　这三样我果然都有。

毛　子　再加上三样。也还是个不折不扣的大零。

亚马多　把那乡下人带来;他必须替我送一封信。

毛　子　好得很,马儿替驴子送信。

亚马多　嘿,嘿! 你说什么?

毛　子　呃,主人,您该叫那驴子骑了马去,因为他走得太慢啦。我
　　　　去了。

———————————

① 一句流行的童谣,亦见于《哈姆莱特》第三幕第二场。

亚马多　路是很近的;快去!

毛　子　像铅一般快,主人。

亚马多　什么意思,小精灵鬼儿? 铅不是一种很沉重迟钝的金属吗?

毛　子　非也,我的好主人;也就是说,不,主人。

亚马多　我说,铅是迟钝的。

毛　子　主人,您这结论下得太快了;从炮口里放出来的铅丸,难道还算慢吗?

亚马多　好巧妙的辞锋! 他把我说成了一尊大炮;他自己是弹丸;好,我就把你向那乡下人轰了过去。

毛　子　那么您开炮吧,我飞出去了。(下。)

亚马多　一个乖巧的小子,又活泼又伶俐! 对不起,亲爱的苍天,我要把我的叹息呵在你的脸上了。最粗暴的忧郁,勇敢见了你也要远远退避。我的使者回来了。(毛子率考斯塔德重上。)

毛　子　怪事,主人! 这位"脑袋"①把腿给摔坏了。

亚马多　真是疑团,真是谜语;好,来个说明,讲吧。

考斯塔德　什么疑团、谜语、说明,装包的膏药我都用不着,先生。啊,先生,敷上个车前草叶子就成了! 不要说明,不要说明! 也不要膏药,先生,我就要车前草!

亚马多　凭我的德行起誓,你真逼得我不能不笑啦;你的愚蠢激动了我的肝火;我两肺的抽搐使我破例开颜。宽恕我吧,我的本命星! 难道凡夫俗子把膏药当说明,把"说明"这个名词当作一种膏药吗?

毛　子　智者贤人又何尝不然? 在说明里,不是也要这样、要那样吗?

亚马多　不,童子。"说明"乃是曲终奏雅的方式,阐述前文令人费解

———————
① 考斯塔德(Costard)原意是"脑袋"。

的言词。让我举例以明之：狐狸、猿猴与蜜蜂，三人吵闹不成双。这是正文，你再听说明。

毛　子　我可以加上说明。你把正文再念一遍。

亚马多　狐狸、猿猴与蜜蜂，三人吵闹不成双。

毛　子　出来一个大呆鹅，三加为四讲了和。好，现在我念正文，你随后念说明：狐狸、猿猴与蜜蜂，三人吵闹不成双。

亚马多　出来一个大呆鹅，三加为四讲了和。

毛　子　这说明很好，最后叫呆鹅出场。难道你还不满意吗？

考斯塔德　这孩子可叫他上当了，搞出个呆鹅来，真不错。先生，你的鹅要是肥，这买卖还做得过。会要价钱的人做生意准不吃亏，让我看，"说明"不瘦，鹅也挺肥。

亚马多　别扯了，别扯了，这议论是怎么起的？

毛　子　因为说起"脑袋"把腿摔坏了；接着你就要求说明。

考斯塔德　是啊，我就要求车前草。然后你的议论又来了，这孩子又搞出个老肥的"说明"，就是你买的那只鹅；这一来，市场上货色就都全了。

亚马多　不过你还得给我讲讲，"脑袋"怎么会把腿摔坏了？

毛　子　我一定给你讲得津津有味。

考斯塔德　你不知道这滋味，毛子。这"说明"还是让我来吧：

　　　　我，脑袋，不甘心坐守囚屋，
　　　　往外跑，绊一跤，跌断腿骨。

亚马多　这件事就不必再谈了。

考斯塔德　可是先得我的腿没事才行。

亚马多　考斯塔德，我要宽释你。

考斯塔德　咳，还不是把我配给一个臭花娘——这话里有几分说明，有几分呆鹅的味道。

亚马多　拿我美好的灵魂起誓，我是说使你解除桎梏，获得自由；你原来是被囚、被禁、被捕、被缚。

考斯塔德　不错，不错，现在你打算把我吐出来、放出来。

亚马多　我要恢复你的自由，免除你的禁锢；我只要你替我干这一件事。（以信授考斯塔德）把这封书简送给那村姑娘杰奎妮姐。（以钱授考斯塔德）这是给你的酬劳；因为对底下人赏罚分明，是我的名誉的最大的保障。毛子，跟我来。（下。）

毛　子　人家说狗尾续貂，我就像狗尾之貂。考斯塔德先生，再会！

考斯塔德　我的小心肝肉儿！我的可爱的小犹太人！（毛子下）现在我要看看他的酬劳。酬劳！啊！原来在他们读书人嘴里，三个铜子就叫作酬劳。"这条带子什么价钱？""一便士。""不"一个酬劳卖不卖？"啊，好得很！酬劳！这是一个比法国的克郎更好的名称。我再也不把这两个字转卖给别人。

　　　　　俾隆上。

俾　隆　啊！我的好小子考斯塔德，咱们碰见得巧极了。

考斯塔德　请问先生，一个酬劳可以买多少淡红色的丝带？

俾　隆　怎么叫一个酬劳？

考斯塔德　呃，先生，一个酬劳就是三个铜子。

俾　隆　那么你就可以买到值三个铜子的丝带了。

考斯塔德　谢谢您。上帝和您在一起！

俾　隆　不要走，家伙；我要差你干一件事。你要是希望得到我的恩宠，我的好小子，那么答应我这一个请托吧。

考斯塔德　您要我在什么时候干这件事，先生？

俾　隆　哦，今天下午。

考斯塔德　好，我一定给您办到，先生，再会！

俾　隆　　啊,你还没有知道是件什么事哩。

考斯塔德　　等我把它办好以后,先生,我就会知道是件什么事。

俾　隆　　嗨,混蛋,你该先知道了以后才去办呀。

考斯塔德　　那么我明儿早上来看您。

俾　隆　　这事情必须在今天下午办好。听着,家伙,很简单的一回事:
公主就要到这儿御苑里来打猎,她有一位随身侍从的贵女,我粗
俗的舌头不敢轻易提起她的名字,他们称她为罗瑟琳;你问清楚
了哪一个是她,就是这一通密封的书信交在她的洁白的手里。(以
一先令授考斯塔德)这是给你的犒赏;去。

考斯塔德　　犒赏,啊,可爱的犒赏!比酬劳好得多啦;多了足足十一便
士外加一个铜子。最可爱的犒赏!我一定给您送去,先生,决不
有错。犒赏!酬劳!(下。)

俾　隆　　而我——确确实实,我是在恋爱了!我曾经鞭责爱情;我是
抽打相思的鞭子手;我把刻毒的讥刺加在那个比一切人类都更傲
慢的孩子的身上,像一个守夜的警吏一般监视他的行动,像一个
厉害的塾师一般呵斥他的错误!这个盲目的、哭笑无常的、淘气
的孩子、这个年少的老爷、矮小的巨人!丘比特先生,掌管一切恋
爱的诗句!交叉的手臂!叹息,呻吟,一切无聊的踯躅和怨尤的
无上君主!受到天下痴男怨女敬畏的大王!统领忙于处理通奸
案件的衙役们的唯一将帅!啊!我怯弱的心灵!难道我倒要在
他的战场上充当一名班长,把他的标识带满在身上,活像卖艺人
耍的套圈!什么,我恋爱!我追求!我找寻妻子!一个像德国时
钟似的女人,永远要修理,永远出毛病,永远走不准,除非受到严
密注视,才能循规蹈矩!嘿,最不该的是叛弃了誓约!而且在三
个之中,偏偏爱上了最坏的一个。一个白脸盘细眉毛的风骚女人,
脸上嵌着两枚煤球作为眼睛;凭上天起誓,即使百眼的怪物阿耳

戈斯把她终日监视,她也会什么都干得出来。我却要为她叹息!
为她整夜不睡!为她祷告神明!罢了,这是丘比特给我的惩罚,
因为我藐视了他的全能而可怖的小小的威力。好吧,我要恋爱、
写诗、叹息、祷告、追求和呻吟;谁都有他心爱的姑娘,我的爱人也
该有痴心的情郎。(下。)

第
四
幕

第一场　那瓦王御苑

公主、罗瑟琳、玛利娅、凯瑟琳、鲍益、群臣、侍从及一管林人上。

公　　主　那向着峻峭的山崖加鞭疾驰的,不就是国王吗?

鲍　　益　我不知道;可是我想那不是他。

公　　主　不管他是谁,瞧上去倒是很雄心勃勃似的。好,各位贤卿,今
　　　　　天我们的文件就可以到;星期六就可以回法国去了。管林子的朋
　　　　　友,你说我们应该到哪一丛树木里去杀害生灵?

管林人　您只要站在那一簇小树林边搭起的台上,准可以百发百中。

公　　主　人家说,美人有沉鱼落雁之容;我只要用美目的利箭射了出
　　　　　去,无论什么飞禽走兽都会应弦而倒。

管林人　恕我,公主,我不是这个意思。

公　　主　什么,什么? 你不愿恭维我吗? 啊,一瞬间的骄傲! 我不美
　　　　　吗? 唉!

管林人　不,公主,您美。

公　　主　不,现在你不用把我妆点了;不美的人,怎样的赞美都不能使
　　　　　她变得好看一点的。这儿,我的好镜子;(以钱给管林人)给你这些
　　　　　钱,因为你不说谎,骂了人反得厚赐,这是分外的重赏。

管林人　您所有的一切都是美好的。

公　　主　瞧,瞧! 只要行了好事,就可以保全美貌。啊,不可靠的美

貌！正像这些覆雨翻云的时世，多花几个钱，丑女也会变成无双的姝丽。可是拿弓来；现在我们要不顾慈悲，杀生害命，显一显我们射猎的本领；要是射而不中，我可以饰词自辩，因为心怀不忍，才故意网开一面；要是射中了，那不是存心杀害，唯一的目的无非博取一声喝彩。人世间的煊赫光荣，往往产生在罪恶之中，为了身外的浮名，牺牲自己的良心；正像如今我去杀害一头可怜的麋鹿，只为了他人的赞美，并不为自己的怨毒。

鲍　益　凶悍的妻子拼命压制她们的丈夫，不也就是为了博得人们的赞美吗？

公　主　正是，无论哪一位太太，能够压倒她的老爷，总是值得赞美的。

考斯塔德上。

鲍　益　来了一个老百姓。

考斯塔德　列位好！请问这儿哪一位是有头脑儿的小姐？

公　主　朋友，你只要看别人都是没有头颅脑袋的，就知道哪一个是她了。

考斯塔德　哪一位小姐是顶大的顶高的？

公　主　她就是顶胖的顶长的一个。

考斯塔德　顶胖的，顶长的！对了，一点没有错儿。小姐，要是您的腰身跟我的心眼儿一样细，您就可以套得上这几位小姐们的腰带。您不是她们的首领吗？您在这儿是顶胖的一个。

公　主　你有什么见教，先生？你有什么见教？

考斯塔德　俾隆先生叫我带封信来，给一位叫作罗瑟琳的小姐。

公　主　啊！你的信呢？你的信呢？他是我的一个好朋友。站在一旁，好信差。鲍益，你会切肉的，把这块鸡切一切吧。

鲍　益　遵命。这封信送错了；它跟这儿每个人都没有关系；它是写给杰奎妮姐的。

公　主　我们也要读它一下。把封蜡打开了，大家听着。

鲍　益　（读）"凭着上天起誓，你是美貌的，这是一个绝无错误的事实；真的，你是娇艳的；真实的本身，你是可爱的。比美貌更美貌，比娇艳更娇艳，比真实更真实的，怜悯你的英雄的奴隶吧！慷慨知名的科菲多亚王看中了下贱污秽的丐女齐妮罗芳①，他可以说，余来，余见，余胜②；用俗语把它分析——啊，下流而卑劣的俗语！——即为，他来了，他看见，他战胜。他来了，一；看见，二；战胜，三；谁来了？国王。他为什么来？因为要看。他为什么看？因为要战胜。他到谁的地方来？到丐女的地方。他看见什么？丐女。他战胜谁？丐女。结果是胜利。谁的胜利？国王的胜利。俘虏因此而富有了。谁富有了？丐女富有了。收场是结婚。谁结婚？国王结婚；不，俩人合二为一，一人化而为二。我就是国王，因为在比喻上是这样的；你就是丐女，你的卑贱可以证明。我应该命令你爱我吗？我可以。我应该强迫你爱我吗？我能够。我应该请求你爱我吗？我愿意。你的褴褛将要换到什么？锦衣。你的灰尘将要换到什么？富贵。你自己将要换到什么？我。我让你的脚玷污我的嘴唇，让你的小像玷污我的眼睛，让你的每一部分玷污我的心，等候着你的答复。你的最忠实的唐·阿德里安诺·德·亚马多。"

　　　　你听那雄狮咆哮的怒响，

　　　　你已是他爪牙下的羔羊；

　　　　俯伏在他足前不要反抗，

---

① 科菲多亚（Cophetua）和培妮罗芳（Penelophon）是古代英国歌谣中的人物；亚马多将培妮罗芳误为齐妮罗芳（Zenelophon）。

② "余来，余见，余胜"是凯撒征服本都王法那西斯后告知罗马贵族院之有名豪语。

　　　　他不会把你的生命损伤；

　　　　倘然妄图挣扎，那便怎样？

　　　　免不了充他饥腹的食粮。

公　主　写这信的是一片什么羽毛，一个什么三心二意的人？你们有
　　　　没有听见过比这更妙的文章？

鲍　益　这文章的风格，我记得好像看见过的。

公　主　读过了这样的文章还会忘记，那你的记性真是太坏了。

鲍　益　这亚马多是这儿宫廷里豢养着的一个西班牙人；他是一个荒
　　　　唐古怪的家伙，一个疯子，常常用他的奇腔异调逗国王和他的学
　　　　侣们发笑。

公　主　喂，家伙，我问你一句话。谁给你这封信？

考斯塔德　我早对您说过了，是一位大人。

公　主　他叫你把信送给谁的？

考斯塔德　从一位大人送给一位小姐。

公　主　从哪一位大人送给哪一位小姐？

考斯塔德　从俾隆大人，我的一位很好的大爷，送给一位法国的小姐，
　　　　他说她名叫罗瑟琳。

公　主　你把他的信送错了。来！各位贤卿，我们走吧。好人儿，把
　　　　这信收起来；将来有一天也会轮到你的。（公主及侍从下。）

鲍　益　追你的是谁？是谁？

罗瑟琳　要不要我告诉你？

鲍　益　请，我绝色的美人儿。

罗瑟琳　那位拿弓的女郎便是。这可把你的嘴堵住啦！

鲍　益　公主拿弓是要害鹿；你若一旦结了婚，准得害得你的丈夫戴
　　　　上几打绿头巾。这可叫你开窍了！

罗瑟琳　　好吧,那么我拿弓来追。

鲍　益　　可是谁作你的鹿?

罗瑟琳　　如果要选脑袋绿的! 就请你屈尊让步。这才叫真开窍呢!

玛利娅　　你别和她纠缠,鲍益,她惯会迎头痛击。

鲍　益　　如果还手,她喊痛的地方比头可要低。这下子打着她了吧?

罗瑟琳　　说起"打着",当年法兰西国王培平还是个孩子的时候,就流
　　　　　行着一句俗语,让我奉送给你好吗?

鲍　益　　当年英格兰王后姬尼佛还是个小姑娘的时候,流行着另一句
　　　　　俗语,我就把它奉还给你吧。

罗瑟琳

　　　　管保你打不着,打不着,打不着,
　　　　管保你打不着,我的好先生。

鲍　益

　　　　就算我打不着,打不着,打不着,
　　　　就算我打不着,还有别人。(罗瑟琳及凯瑟琳下。)

考斯塔德　　说实话,真有趣儿;双方兴致都很高。

玛利娅　　既不偏,也不倚,两人全打个正着。

鲍　益　　要说打,就说打,我请姑娘瞧一瞧。靶上如果安红心,放射就
　　　　　能有目标。

玛利娅　　离开足有八丈远! 你的手段实在差。

考斯塔德　　的确他得站近点儿,不然没法射中靶。

鲍　益　　如果我的手段差,也许你的手段强。

考斯塔德　　她要是占了上风,大伙儿就全得缴枪。

玛利娅　　得了,得了,别耍贫。字眼儿太脏,不像话。

考斯塔德　射箭你射不过她；先生，跟她滚球吧。

鲍　益　我滚起来也没劲。晚安，我的猫头鹰。（鲍益及玛利娅下。）

考斯塔德　凭我的灵魂起誓，他口齿倒满伶俐。上帝！我和姑娘们说
　　　得他一败涂地；真逗乐，真有趣，既不雅来也不俗；你一句，我一
　　　句，有点荤味有点粗。亚马多，站一边，唉呀，真像个英雄，替姑
　　　娘拿着扇子，走在前面作先锋！又弯腰，又吻手，嘴里一串新字眼
　　　儿！旁边还有那娃娃，一个淘气的机灵鬼儿！老天在上，个儿不
　　　大，可是十分有心眼儿。（内打猎喊声）索拉，索拉！（跑下。）

第二场　同前

　　　　霍罗福尼斯、纳森聂尔牧师及德尔上。

纳森聂尔　真是一种敬畏神明的游戏，而且是很合人道的。

霍罗福尼斯　那头鹿，您知道，沐浴于血泊之中；像一只烂熟的苹果，
　　　刚才还是明珠般悬在太虚、穹苍、天空的耳边，一下子就落到平
　　　陆、原壤、土地的面上！

纳森聂尔　真的，霍罗福尼斯先生，您的字眼变化得非常巧妙，不愧学
　　　者的吐属。可是先生，相信我，它是一头新出角的牝鹿。

霍罗福尼斯　纳森聂尔牧师，信哉！

德　尔　它不是信哉；它是一头两岁的公鹿。

霍罗福尼斯　最愚昧的指示！然而这也是他用他那种不加修饰、未经
　　　琢磨、既无教育、又鲜训练，或者不如说是浑噩无知，或者更不如
　　　说是诞妄无稽的方式，反映或者不如说是表现他的心理状态的一
　　　种解释性的暗示，把我的信哉说成了一头鹿。

德　尔　我说那鹿不是信哉；它是一头两岁的公鹿。

霍罗福尼斯　蠢而又蠢的蠢物，愚哉愚哉！啊！你无知的魔鬼，你的

容貌多么伧俗！

纳森聂尔　先生，他不曾饱餐过书本中的美味；他没有吃过纸张，喝过墨水；他的智力是残缺破碎的；他不过是一头畜生，只有下等的感觉。这种愚鲁的木石放在我们的面前，我们这些有情趣有性灵的人，应该感谢上帝，赐给我们如许的智慧才能，使我们不至于像他一样。论起我，如果狂妄、放肆、愚蠢、自然有失身份，但叫他去学习，去进塾读书也是枉费心机。但是，知足常乐；正如先哲所云：天气晴雨莫测，不能扰乱吾心。

德　尔　你们两位都是读书人；你们能不能用你们的智慧告诉我，什么东西在该隐出世的时候已经有一个月大，到现在还没有长满五星期？

霍罗福尼斯　狄克丁娜，德尔好伙计；狄克丁娜，德尔好伙计。

德　尔　狄克丁娜是什么？

纳森聂尔　狄克丁娜是菲苾，也就是琉娜，也就是月亮的别名。

霍罗福尼斯　亚当生下一个月以后，月亮已经长满了一个月；可是他到了一百岁的时候，月亮还是一百年前的月亮，不曾多老了一个星期。名异实同。

德　尔　不错，这名字满有意思。

霍罗福尼斯　愿上帝治愈你的脑筋！我是说"差异"的"异"。

德　尔　我也是说"差异"的"异"，因为月亮横竖总不会老过一个月；我还要说"公主射死的是一头两岁的公鹿"。

霍罗福尼斯　纳森聂尔牧师，你想不想听一首信口吟成的咏死鹿的诗篇？为了使愚氓易解，姑且称之为鹿，亦无不可。

纳森聂尔　请开篇，好霍罗福尼斯先生，请开篇；然君子出言应远鄙俚。

霍罗福尼斯　我要试用谐声体，因为那才算尽才人之能事：

> 公主一箭鹿身亡，
>
> 昔日矫健今负伤。
>
> 猎犬争吠鹿逃奔，
>
> 猎人寻路找上门。
>
> 猎人有路，鹿无路——
>
> 无路，无禄，哀哉，一命呜呼！

纳森聂尔　真奇才也，可仰，可仰！

德　　尔　可痒大概是有虱子，你看他浑身直搔。

霍罗福尼斯　此乃小技，何足道哉？为诗之诀在有气、有势、有情、有韵、有起、有承、有转、有合，体之于心，厚之以虑，发之以时。此虽别才，得来亦属不易，聊堪自怡而已。

纳森聂尔　先生，我为您赞美上帝，我的教区里的全体居民也都要为您赞美上帝，因为他们的儿子受到您很好的教诲，他们的女儿也从您的地方得益不少；您是社会上的功臣。

霍罗福尼斯　诚然，他们的儿子如果是天真诚朴的，不怕得不到我的教诲；他们的女儿如果是聪慧可教的，我也愿意尽力开导她们。可是哲人寡言。有一个阴性之人找我们来了。

　　　　　杰奎妮妲及考斯塔德上。

杰奎妮妲　早安，牧师先生，愿您尊体安隐。

霍罗福尼斯　把"安稳"说成"安隐"。余将安隐乎？

考斯塔德　塾师先生，找个大酒桶，您不就可以痛饮一阵吗？

霍罗福尼斯　以"隐"谐"饮"！愚者千虑，亦有一得；可称美玉杂于顽石，明珠出于老蚌。小有才思，深堪嘉许。

杰奎妮妲　牧师先生，(以一信授纳森聂尔)谢谢您把这一封信读给我听听；这是亚马多叫考斯塔德送来给我的。请你读一读好不好？

霍罗福尼斯　"群羊树下趁风凉"云云……。啊,妇孺皆晓的诗篇。旅
人称道威尼斯的话可以移赠给你:

> 威尼斯,威尼斯,
> 未曾见面不相知。

此诗何尝不然? 不能理解的人也不能欣赏。多、莱、索、
拉、密、发。对不起,先生,这里面写些什么? 或者正像贺拉
斯 ①所说的——什么,一首诗吗?

纳森聂尔　正是,先生,而且写得非常典雅。

霍罗福尼斯　愿闻一二,先生其为余诵之乎?

纳森聂尔　(读)

> 为爱背盟,怎么向你自表寸心?
> 啊! 美色当前,谁不要失去操守?
> 虽然抚躬自愧,对你誓竭忠贞;
> 昔日的橡树已化作依人弱柳:
> 请细读它一叶叶的柔情蜜爱,
> 它的幸福都写下在你的眼中。
> 你是全世界一切知识的渊海,
> 赞美你便是一切学问的尖峰;
> 倘不是蠢如鹿豕的冥顽愚人,
> 谁见了你不发出惊奇的嗟叹?
> 你目藏闪电,声音里藏着雷霆;
> 平静时却是天乐与星光灿烂。

---

① 贺拉斯(Horace,公元前65—8),罗马诗人。

> 你是天人，啊！赦免爱情的无知，
>
> 以尘俗之舌讴歌绝世的仙姿。

霍罗福尼斯　您没有把应该重读的地方读了出来，所以完全失去了抑扬顿挫之妙。让我把这首小诗推敲一下：在韵律方面倒还不错；可是讲到高雅、流利和诗歌的铿锵的音调，此则尚有憾焉。奥维狄斯·奈索①才是真正的诗人；然而奈索之所以为奈索者，不是因为他嗅出了想象的芬芳的花朵，那激发创作的动力吗？摹拟算得了什么？猎犬也会追随它的主人，猴子也会效学它的饲养者，马儿也会听从它的骑师。可是姑娘淑女，这封信是寄给你的吗？

杰奎妮妲　嗯，先生；这封信是一位俾隆先生寄给我的，他是那位外国公主手下的一位贵人。

霍罗福尼斯　我要看看那上面的题名："敬献于最美丽的罗瑟琳小姐的雪白的手中。"我还要看看信里面寄信人的署名："乐于供你驱使的俾隆。"——纳森聂尔牧师，这俾隆是一个和王上一同发下誓愿的人；现在他却写了一封信给那外国公主手下的一个侍女，这封信由于一时的偶然，被送信的人送错了地方。快去，我的好人儿；把这封信给王上看，也许它是很有关系的。不必多礼，尽管去吧；再见！

杰奎妮妲　好考斯塔德，跟我去。先生，上帝保佑您！

考斯塔德　去吧，我的姑娘。（考斯塔德、杰奎妮妲下。）

纳森聂尔　先生，您把这件事情干得非常严正，充分显出了敬畏上帝的精神；正像有一位神父说的——

霍罗福尼斯　先生，别对我提起什么神父不神父啦；我最怕那些似是

---

① 奥维狄斯·奈索（Ovidius Naso）即奥维德（Ovid，公元前43—公元17？），罗马诗人，《变形记》的作者。

而非的论调。可是让我们再来讨论讨论那首诗；纳森聂尔牧师，您觉得它怎么样？

纳森聂尔　写是写得非常之好。

霍罗福尼斯　今天我要到我的一个学生的父亲家里吃饭；要是您愿意在进餐之前替在座众人作一次祈祷，凭着该生家长对我的交情，我可以介绍您出席；在宴会上我愿意向您证明这首诗非常浅薄，既无诗趣，又无巧思，一点没有匠心独运之处。请您一定光临。

纳森聂尔　那真是多谢了；因为《圣经》上说，交际是人生的幸福。

霍罗福尼斯　不错，《圣经》上这句话是一个很确当的结论。（向德尔）朋友，请你也一同出席，千万不要推却，毋多言！去！那些绅士们正在打猎，我们还是去满足我们口腹的享受。（同下。）

第三场　同前

　　　　　俾隆持一纸上。

俾　　隆　王上正在逐鹿；我却在追赶我自己。他们张罗设网；我却陷身在泥坑之中。泥坑，这字眼真不好听。好，歇歇吧，悲哀！因为他们说那傻子曾经这样说，我也这样说，我就是傻子：证明得很好，聪明人！上帝啊，这恋爱疯狂得就像埃阿斯①一样；它会杀死一头绵羊；它会杀死我，我就是绵羊；又是一个很好的证明！我不愿恋爱：要是我恋爱，把我吊死了吧；真的，我不愿。啊！可是她的眼睛——天日在上，倘不是为了她的眼睛——我绝不会爱她；是的，只是为了她的两只眼睛。唉，我这个人一味说谎，全然地胡说八道。天哪，我在恋爱，它已经教会我作诗，也教会我发愁；这

---

①　埃阿斯（Ajax），特洛伊战争中的英雄。参阅《特洛伊罗斯与克瑞西达》一剧。

儿是我的一部分的诗,这儿是我的愁。她已经收到我的一首十四行诗了;送信的是个蠢货,寄信的是个呆子,收信的是个佳人;可爱的蠢货,更可爱的呆子,最可爱的佳人! 凭着全世界发誓,即使那三个家伙都落下了情网,我也不以为意。这儿有一个拿了一张纸来了;求上帝让他呻吟吧!

国王持一纸上。

国　王　唉!

俾　隆　(旁白)射中了,天哪! 继续施展你的本领吧,可爱的丘比特;你已经用你的鸟箭从他的左乳下面射进去了。当真他也有秘密!

国　王　(读)

　　旭日不曾以如此温馨的蜜吻
　　给予蔷薇上晶莹的黎明清露?
　　有如你的慧眼以其灵辉耀映
　　那淋下在我颊上的深宵残雨;
　　皓月不曾以如此璀璨的光箭
　　穿过深海里透明澄澈的波心,
　　有如你的秀颜照射我的泪点,
　　一滴滴荡漾着你冰雪的精神。
　　每一颗泪珠是一辆小小的车,
　　载着你在我的悲哀之中驱驰;
　　那洋溢在我睫下的朵朵水花,
　　从忧愁里映现你胜利的荣姿;
　　请不要以我的泪作你的镜子,
　　你顾影自怜,我将要永远流泪。
　　啊,倾国倾城的仙女,你的颜容

使得我搜索枯肠也感觉词穷。

她怎么可以知道我的悲哀呢？让我把这纸儿丢在地上；可爱的草叶啊，遮掩我的痴心吧。谁到这儿来了？什么，朗格维！他在读些什么东西！听着！

朗格维持一纸上。

俾　隆　现在又有一个跟你同样的傻子来了！

朗格维　唉！我破了誓了！

俾　隆　果然像个破誓的，还带着证明罪行的文件呢。

国　王　我希望他也在恋爱，同病相怜的罪人！

俾　隆　一个酒鬼会把另一个酒鬼引为同调。

朗格维　我是第一个违反誓言的人吗？

俾　隆　我可以给你安慰；照我所知道的，已经有两个人比你先破誓了，你来刚好凑成一个三分鼎足，三角帽子，爱情的三角绞刑台，专叫傻瓜送命。

朗格维　我怕这几行生硬的诗句缺少动人的力量。啊，亲爱的玛利娅，我的爱情的皇后！我还是把诗撕了，用散文写吧。

俾　隆　诗句是爱神裤子上的花边，别让它见不得人。

朗格维　算了，还是让它去吧。（读）

　　　　你眼睛里有天赋动人的辞令，
　　　　能使全世界的辩士唯唯俯首，
　　　　不是它劝诱我的心寒盟背信？
　　　　为了你把誓言毁弃不应遭咎。
　　　　我所舍弃的只是地上的女子，
　　　　你却是一位美妙的天仙化身；
　　　　为了天神之爱毁弃人世的誓，

> 你的垂怜可以洗涤我的罪名。
> 一句誓只是一阵口中的雾气，
> 禁不起你这美丽的太阳晒蒸；
> 我脆弱的愿心既已被你引起，
> 这毁誓的过失怎能由我担承？
> 即使是我的错，谁会那样疯狂，
> 不愿意牺牲一句话换取天堂！

俾　隆　一个人发起疯来，会把血肉的凡人敬若神明，把一只小鹅看作一个仙女；全然的、全然的偶像崇拜！上帝拯救我们，上帝拯救我们！我们都走到邪路上去了。

朗格维　我应该叫谁把这首诗送去呢？——有人来了！且慢。

俾　隆　大家躲好了，大家躲好了，就像小孩子捉迷藏似的。我像一尊天神一般，在这儿高坐天空，察看这些可怜的愚人们的秘密。再多来点！天啊，真应了我的话了。

　　　　杜曼持一纸上。

俾　隆　杜曼也变了；一个盘子里盛着四只山鹬！

杜　曼　啊，最神圣的凯德①！

俾　隆　啊，亵渎神圣的傻瓜！

杜　曼　凭着上天起誓，一个凡夫眼中的奇迹！

俾　隆　凭着土地起誓，她是个平平常常的女人；你在说谎。

杜　曼　她的琥珀般的头发使琥珀为之逊色。

俾　隆　琥珀色的乌鸦倒是很少有的。

杜　曼　像杉树一般亭亭直立。

俾　隆　我说她身体有点弯屈；她的肩膀好像怀孕似的。

---

①　凯德是凯瑟琳的爱称。

杜　曼　像白昼一般明朗。

俾　隆　像，有几天的白昼一般，不过是没有太阳的白昼。

杜　曼　啊！但愿我能够如愿以偿！

朗格维　但愿我也如愿以偿！

国　王　主啊，但愿我也如愿以偿！

俾　隆　阿门，但愿我也如愿以偿！这总算够客气了吧？

杜　曼　我希望忘记她；可是她像热病一般焚烧我的血液，使我再也忘不了她。

俾　隆　你血液里的热病！那么只要请医生开一刀，就可以把她放出来盛在盘子里了。

杜　曼　我还要把我所写的那首歌读一遍。

俾　隆　那么我就再听一次爱情怎样改变了一个聪明人。

杜　曼　（读）

　　　　有一天，唉，那一天！
　　　　爱永远是五月天，
　　　　见一朵好花娇媚，
　　　　在款款风前游戏；
　　　　穿过柔嫩的叶网，
　　　　风儿悄悄地来往。
　　　　憔悴将死的恋人，
　　　　羡慕天风的轻灵；
　　　　风能吹上你面颊，
　　　　我只能对花掩泣！
　　　　我已向神前许愿，
　　　　不攀折鲜花嫩瓣；

少年谁不爱春红?

这种誓情理难通。

今日我为你叛誓,

请不要把我讥刺;

你曾经迷惑乔武,

使朱诺变成黑人,

放弃天上的威尊,

来作尘世的凡人。

　　我要把这首歌寄去,另外再用一些更明白的字句,说明我的真诚的恋情的痛苦。啊!但愿王上、俾隆和朗格维也都变成恋人!作恶的有了榜样,可以抹去我叛誓的罪名;大家都是一样有罪,谁也不能把谁怨怼。

朗格维　(上前)杜曼,你希望别人分担你的相思的痛苦,你这种恋爱太自私了。你可以脸色发白,可是我要是也这样被人听见了我的秘密,我知道我一定会满脸通红的。

国　王　(上前)来,先生,你的脸红起来吧。你的情形和他正是一样;可是你明于责人,暗于责己,你的罪比他更加一等。你不爱玛利娅,朗格维从来不曾为她写过一首十四行诗,从来不曾绞着两手,安放在他的多情的胸前,压下他那跳动的心。我躲在这一丛树木后面,已经完全窥破你们的秘密了;我替你们俩人好不害羞!我听见你们罪恶的诗句,留心观察着你们的举止,看见你们长吁短叹,注意到你们的热情:一个说,唉!一个说,天哪!一个说她的头发像黄金,一个说她的眼睛像水晶;你愿意为了天堂的幸福寒盟背信;(向杜曼)乔武为了你的爱人不惜毁弃誓言。要是俾隆听见你们已经把一个用极大的热心发下的誓这样破坏了，他会怎么说呢？他会把你们怎样嘲笑！他会怎样掉弄他的刻毒的舌头！他会怎样高兴得跳起来！我宁愿失去全世界所有的财富，也不愿让他知道我有这样不可告人的心事。

俾　隆　现在我要挺身而出，揭破伪君子的面目了。（自树上跳下）啊！我的好陛下，请您原谅我；好人儿！您自己沉浸在恋爱之中，您有什么权利责备这两个可怜虫？您的眼睛不会变成马车；您的泪珠里不会反映出一位公主的笑容；您不会毁誓，那是一件可憎的罪恶；呸！只有无聊的诗人才会写那些十四行的歌曲。可是您不害羞吗？你们三人一个个当场出丑，都不觉得害羞吗？您发现了他眼中的微尘；王上发现了你们的；可是我发现了你们每人眼中的梁木。啊！我看见了一幕多么愚蠢的话剧，不是这个人叹息呻吟，就是那个人捶胸顿足。哎哟！我好容易捺住我的心，看一位国王变成一只飞蝇，伟大的赫刺克勒斯抽弄陀螺，渊深的所罗门起舞婆娑，年老的涅斯托①变成儿童的游侣，厌世的泰门戏弄无聊的玩具！你的悲哀在什么地方？啊！告诉我，好杜曼。善良的朗格维，你的痛苦在什么地方？陛下，您的又在什么地方？都在这心口儿里，喂，煮一锅稀粥来！这儿有很重的病人哩。

国　王　你太挖苦人了。那么我们的秘密都被你窥破了吗？

俾　隆　我算是受了你们的骗。我是个老实人，我以为违背一个自己所发的誓是一件罪恶；谁料竟会受一班虚有其表、反复无常的人们的欺骗。你们什么时候会见我写一句诗？或者为了一个女人而痛苦呻吟？或者费一分钟的时间把我自己修饰？你们什么时候会听见我赞美一只手，一只脚，一张脸，一双眼，一种姿态，一段

_____

① 涅斯托（Nestor），荷马史诗《伊利亚特》中年纪最大的希腊将领，以严肃著名。

丰度,一副容貌,一个胸脯,一个腰身,一条腿,一条臂?——

国　王　且慢!你又不是怕有人在后面追赶的偷儿,用不着这样急急
　　　　忙忙地奔跑。

俾　隆　我这样急急忙忙,是为了要逃避爱情;好情人,放我去吧。

　　　　杰奎妮妲及考斯塔德上。

杰奎妮妲　上帝祝福王上!

国　王　你有什么东西送来?

考斯塔德　一件叛逆的阴谋。

国　王　已经成事的叛逆吗?

考斯塔德　没有成事!陛下。

国　王　那么也不要叫它败事。请你和叛逆安安静静地一同退场吧。

杰奎妮妲　陛下,请您读一读这封信;我们的牧师先生觉得它很可疑;
　　　　他说其中有叛逆的阴谋。

国　王　俾隆,你把它读一读。(以信授俾隆)这封信你是从什么地方得
　　　　来的?

杰奎妮妲　考斯塔德给我的。

国　王　你从什么地方得来的?

考斯塔德　邓·阿德拉马狄奥,邓·阿德拉马狄奥给我的。

国　王　怎么!你怎么啦?为什么把它撕碎?

俾　隆　无关重要,陛下,无关重要,您用不着担心。

朗格维　这封信看得他面红耳赤,让我们听听吧。

杜　曼　这是俾隆的笔迹,这儿还有他的名字。

俾　隆　(向考斯塔德)啊,你这下贱的蠢货!你把我的脸丢尽了。我承
　　　　认有罪,陛下,我承认有罪。

国　王　什么?

俾　隆　你们三个呆子加上了我,刚巧凑成一桌;他、他、您陛下,跟

我,都是恋爱场中的扒手,我们都有该死的罪名。啊!把这两个人打发走了,我可以详详细细告诉你们。

杜　曼　现在大家都是一样的了。

俾　隆　不错,不错,我们是同道四人。叫这一双斑鸠去吧。

国　王　你们去吧!

考斯塔德　好人走了,让坏人留在这儿。(考斯塔德、杰奎妮妲下。)

俾　隆　亲爱的朋友们,亲爱的情人们,啊!让我们拥抱吧。我们都是有血有肉的凡人;大海潮升潮落,青天终古长新,陈腐的戒条不能约束少年的热情。我们不能反抗生命的意志,我们必须推翻不合理的盟誓。

国　王　什么!你也会在这些破碎的诗句之中表示你的爱情吗?

俾　隆　"我也会!"谁见了天仙一样的罗瑟琳,不会像一个野蛮的印度人,只要东方的朝阳一开始呈现它的奇丽!就俯首拜伏,用他虔诚的胸膛贴附土地?哪一道鹰隼般威棱闪闪的眼光,不会炫耀于她的华艳,敢仰望她眉宇间的天堂?

国　王　什么狂热的情绪鼓动着你?我的爱人,她的女主人,是一轮美丽的明月,她只是月亮旁边闪烁着微光的一点小星。

俾　隆　那么我的眼睛不是眼睛,我也不是俾隆。啊!倘不是为了我的爱人,白昼都要失去它的光亮。她的娇好的颊上集合着一切出众的美点,她的华贵的全身找不出丝毫缺陷。借给我所有辩士们的生花妙舌——啊,不!她不需要夸大的辞藻;待沽的商品才需要赞美,任何赞美都比不上她自身的美妙。形容枯瘦的一百岁的隐士,看了她一眼会变成五十之翁;美貌是一服换骨的仙丹,它会使扶杖的衰龄返老还童。啊!她就是太阳,万物都被她照耀得灿烂生光。

国　王　凭着上天起誓,你的爱人黑得就像乌木一般。

俾　隆　乌木像她吗？啊，神圣的树木！娶到乌木般的妻子才是无上的幸福。啊！我要按着《圣经》发誓，她那点漆的瞳仁，泼墨的脸色，才是美的极致，不这样便够不上"美人"两字。

国　王　一派胡说！黑色是地狱的象征，囚牢的幽暗，暮夜的阴沉；美貌应该像天色一样清明。

俾　隆　魔鬼往往化装成光明的天使引诱世人。啊！我的爱人有两道黑色的修眉，因为她悲伤世人的愚痴，让涂染的假发以伪乱真，她要向他们证明黑色的神奇。她的美艳转变了流行的风尚，因为脂粉的颜色已经混淆了天然的红白，自爱的女郎们都知道洗尽铅华，学着她把皮肤染成黝黑。

杜　曼　打扫烟囱的人也是学着她把烟煤涂满一身。

朗格维　从此以后，炭坑夫都要得到俊美的名称。

国　王　非洲的黑人夸耀他们美丽的肤色。

杜　曼　黑暗不再需要灯烛，因为黑暗即是光明。

俾　隆　你们的爱人们永远不敢在雨中走路，她们就怕雨水洗去了脸上的脂粉。

国　王　你的爱人倒该淋雨，让雨水把她的脸冲洗干净。

俾　隆　我要证明她的美貌，拼着舌敝唇焦，一直讲到世界末日的来临。

国　王　到那时候你就知道没有一个魔鬼不比她漂亮几分。

杜　曼　像你这样钟情丑妇的人真是世间少见。

朗格维　瞧，这儿是你的爱人；(举鞋示俾隆)把她的脸多看两眼。

俾　隆　啊！要是把你的眼睛铺成道路，也会玷污了她的姗姗微步。

杜　曼　啊！真下流！街道上若都是眼睛，她走起路来一迈步，多么丢人。

国　王　可是何必这样斤斤争论？我们不是大家都在恋爱吗？

俾　隆　一点不错，我们大家都毁了誓啦。

国　王　那么不要作这种无聊的空谈。好俾隆，现在请你证明我们的
　　　　恋爱是合法的；我们的信心并没有遭到损害。

杜　曼　对了，赞美赞美我们的罪恶。

朗格维　啊！用一些充分的理由壮壮我们的胆；用一些巧妙的诡计把
　　　　魔鬼轻轻骗过。

杜　曼　用一些娓娓动听的辩解减除我们叛誓的内疚。

俾　隆　啊，那是不必要的。好，那么，爱情的战士们，想一想你们最
　　　　初发下的誓，绝食，读书，不近女色，全然是对于绚烂的青春的重
　　　　大的谋叛！你们能够绝食吗？你们的肠胃太娇嫩了，绝食会引起
　　　　种种的病症。你们虽然立誓发愤读书，要是你们已经抛弃了各人
　　　　的一本最宝贵的书籍，你们还能在梦寐之中不废吟哦吗？因为除
　　　　了一张女人的美丽的容颜以外，您，我的陛下，或是你，或是你，什
　　　　么地方找得到学问的真正价值？从女人的眼睛里我得到这一个
　　　　教训：它们是艺术的经典，知识的宝库，是她们燃起了智慧的神
　　　　火。刻苦的钻研可以使活泼的心神变为迟钝，正像长途的跋涉消
　　　　耗旅人的精力。你们不看女人的脸，不但放弃了眼睛的天赋的功
　　　　用，而且根本违背你们立誓求学的原意；因为世上哪一个著作家
　　　　能够像一个女人的眼睛一般把如许的美丽启示读者？学问是我
　　　　们随身的财产，我们自己在什么地方，我们的学问也跟着我们在
　　　　一起；那么当我们在女人的眼睛里看见我们自己的时候，我们不
　　　　是也可以看到它里边存在着我们的学问吗？啊！朋友们，我们发
　　　　誓读书，同时却抛弃了我们的书本；因为在你们钝拙的思索之中，
　　　　您，我的陛下，或是你，或是你，几曾歌咏出像美人的慧眼所激发
　　　　你们的那种火一般热烈的诗句？一切沉闷的学术都局限于脑海
　　　　之中，它们因为缺少活动，费了极大的艰苦还是一无收获；可是从
　　　　一个女人的眼睛里学会了恋爱，却不会禁闭在方寸的心田，它会

随着全身的血液，像思想一般迅速地通过五官四肢，使每一个器官发挥出双倍的效能；它使眼睛增加一重明亮，恋人眼中的光芒可以使猛鹰眩目；恋人的耳朵听得出最微细的声音，任何鬼祟的奸谋都逃不过他的知觉；恋人的感觉比戴壳蜗牛的触角还要微妙灵敏；恋人的舌头使善于辨味的巴克科斯①显得迟钝；讲到勇力，爱情不是像赫剌克勒斯一般，永远在乐园里爬树想摘金苹果吗？像斯芬克斯②一般狡狯；像那以阿波罗的金发为弦的天琴一般和谐悦耳；当爱情发言的时候，就像诸神的合唱，使整个天界陶醉于仙乐之中。诗人不敢提笔抒写他的诗篇，除非他的墨水里调和着爱情的叹息！啊！那时候他的诗句就会感动野蛮的猛兽，激发暴君的天良。从女人的眼睛里我得到这一个教训：它们永远闪耀着智慧的神火；它们是艺术的经典，是知识的宝库，装饰、涵容、滋养着整个世界；没有它们，一切都会失去它们的美妙。那么你们真是一群呆子，甘心把这些女人舍弃；你们谨守你们的誓约，就可以证明你们的痴愚。为了智慧，这一个众人喜爱的名词，为了爱情，这一个喜爱众人的名词，为了男人，一切女人的创造者，为了女人，没有她们便没有男人，让我们放弃我们的誓约，找到我们自己，否则我们就要为了谨守誓约而丧失自己，这样的毁誓是为神明所容许的；因为慈悲的本身可以代替法律，谁能把爱情和慈悲分而为二？

国　王　那么凭着圣丘比特的名字，兵士们，上阵呀！

俾　隆　举起你们的大旗，向她们努力进攻吧，朋友们！来它一阵混杀！但是先要当心，交手的时候哪个太阳是归你的。

①　巴克科斯（Bacchus），希腊神话里的酒神。
②　斯芬克斯（Sphinx），希腊神话中狮身女首有翼之怪物，常坐路旁以其狡诡之谜语难人。

朗格维　把这些巧妙的字句搁在一旁,老老实实谈一谈吧。我们要不
　　　　要决定去向这些法国女郎们求爱?

国　王　是的,而且我们一定要达到目的。所以让我们商量商量用些
　　　　什么方法娱乐她们。

俾　隆　让我们从御苑里护送她们到她们的帐幕之内;然后每一个人
　　　　握着他的美貌的恋人的纤手回来。在下午我们要计划一些短时
　　　　间内可以筹备起来的新奇的娱乐安慰她们;因为饮酒、跳舞和狂
　　　　欢是恋爱的先驱,是它们把缤纷的花朵铺成一道康衢。

国　王　去,去!我们现在必须利用每一秒钟的时间。

俾　隆　去,去!种下莠草哪能收起佳禾?

　　　　　　那昭昭的天道从不会有私心:

　　　　　　轻狂的娘儿嫁给背信的丈夫;

　　　　　　是顽铜怎么换得到美玉精金?　(同下。)

第
五
幕

第一场　那瓦王御苑

霍罗福尼斯、纳森聂尔牧师及德尔上。

霍罗福尼斯　已而者，已而而已矣。

纳森聂尔　先生，我为您赞美上帝。您在宴会上这一番议论，的确是犀利隽永，风趣而不俚俗，机智而不做作，大胆而不轻率，渊博而不固执，新奇而不乖僻。我前天跟一个王上手下的人谈话，他的雅篆、他的尊号、他的大名是唐·阿德里安诺·德·亚马多。

霍罗福尼斯　后生小子，何足道哉！这个人秉性傲慢，出言武断，满口虚文，目空一世，高视阔步，旁若无人，可谓狂妄之尤。他太拘泥不化，太矫揉造作，太古怪，也可以说太不近人情了。

纳森聂尔　一个非常确切而巧妙的断语。（取出笔记簿。）

霍罗福尼斯　他从贫弱的论据中间抽出他的琐碎而繁缛的言辞。我痛恨这种荒唐的妄人，这种乖僻而苛细的家伙，这种破坏文字的罪人；明明是 doubt，他却说是 dout；明明是 d，e，b，t，debt，他偏要读做 d，e，t，det；他把 calf 读成了 cauf，half 读成了 hauf；enighbour 变成 nebour，neigh 的音缩做了 ne。这简直是 abhominable，可是叫他说起来又是 abominable 了。此类谬误之读音，闻之殆于令人痫发；足下其知之乎？所谓痫发者，即发疯之谓也。

纳森聂尔　赞美上帝，真乃打开茅塞。

—205
莎士比亚
全集

霍罗福尼斯　打开？应该是"顿开"。用词不甚得当,尚可,尚可。

　　　　亚马多、毛子及考斯塔德上。

纳森聂尔　来者其谁耶？

霍罗福尼斯　此固余所乐见者也。

亚马多　（向毛子）崽子！

霍罗福尼斯　不曰小子而曰崽子,何哉？

亚马多　两位文士,幸会了。

霍罗福尼斯　最英勇的骑士,敬礼。

毛　子　（向考斯塔德旁白）他们刚从一场文字的盛宴上,偷了些吃剩的
　　　肉皮鱼骨回来。

考斯塔德　啊！他们一向是靠着咬文嚼字过活的。我奇怪你家
　　　主人没有把你当作一个字吞了下去,因为你连头到脚,还没有
　　　bonorifcabilitudinitatibus①这一个字那么长;把你吞下去,一点也不费事。

毛　子　静些！钟声敲起来了。

亚马多　（向霍罗福尼斯）先生,你不是有学问的吗？

毛　子　是的,是的,他会教孩子们认字呢。请问把 a,b 颠倒拼起来,
　　　头上再加一只角,是个什么字？

霍罗福尼斯　孺子听之,这是一个 Ba 字,多了一只角。

毛　子　Ba,好一头出角的蠢羊。你们听听他的学问。

霍罗福尼斯　谁,谁,你说哪一个,你这没有母音的子音？

毛　子　你自己说起来,是五个母音中间的第三个;要是我说起来,就
　　　是第五个。

霍罗福尼斯　让我说说看——a,e,i,就是我。

毛　子　对了,你就是那头羊,让我接下去—— o,u—— You 就是你,

━━━━━━━━

①　拉丁文,意为"在充满了荣誉的情况中"。

那头羊还是你。

亚马多　凭着地中海里滚滚的波涛起誓,好巧妙的讥刺,好敏捷的才智! 爽快,干脆,一剑就刺中了要害! 它欣慰了我的心灵;真是呱呱叫。

毛　子　孩子要是呱呱叫,大人就该 "咩咩" 叫了。

霍罗福尼斯　什么意思? 什么意思?

毛　子　还是蠢羊。

霍罗福尼斯　孺子焉知应对? 去抽陀螺玩吧。

毛　子　把你的角借给我做个陀螺,我准保抽得你体无完肤。羊角做陀螺最好。

考斯塔德　要是我在这世上一共只剩了一个便士,我也要把它送给你买姜饼吃。拿去,这是你的主人给我的酬劳,你这智慧的小钱囊,你这伶俐的鸽蛋。啊! 要是上天愿意让你做我的私生子,你将要使我成为一个多么快乐的爸爸! 好,你正像人家说的,连屁股尖上都是聪明的。

霍罗福尼斯　哎哟! 这是什么话? 应该说手指尖上,他说成屁股尖上啦。

亚马多　学士先生,请了;我们不必理会那些无知无识的人。你不是在山顶上那所学校里教授青年的吗?

霍罗福尼斯　亦即峰头。

亚马多　峰头或者山顶,谨听尊便。

霍罗福尼斯　正是。

亚马多　先生,王上已经宣布他的最圣明的意旨,要在这一个白昼的尾闾,那就是粗俗的群众所称为下午的,到公主的帐幕里访问佳宾。

霍罗福尼斯　最高贵的先生,用白昼的尾闾代替下午,果然是再合适、确切、恰当不过的了;真的,先生,这一个名词拣选得非常佳妙。

亚马多　先生,王上是一位高贵的绅士,不瞒你说,他是我的知交,很
　　　好的朋友。讲到我们俩人之间的交情,那可以不用提了。——请
　　　你不要多礼,请你务必戴上你的帽子——还有其他许多既重要又
　　　重大又严重的情节,可是那都不用提了。因为我必须告诉你,王
　　　上陛下往往靠在我的卑贱的肩上,用他的御指玩弄我的废物——
　　　我的胡子;可是好人儿,那也不用提了。我可以发誓我说的不是
　　　假话;他老人家曾经把特殊的恩宠赏给亚马多,一个军人,一个见
　　　过世面的旅行者;可是那也不用提了。一切的一切是这样的,可
　　　是好人儿,我要请你保守秘密。王上的意思要,我在那公主面前,
　　　可爱的小东西! 表演一些有趣的节目,一些玩意儿,一些热闹的
　　　花样,一些滑稽的戏剧,或是一些焰火。我因为知道你跟牧师先
　　　生两位对于这种寻开心的事情是很来得的,所以特来跟你们商量
　　　商量,请你们帮帮我的忙。

霍罗福尼斯　先生,您可以在她面前表演九大伟人。纳森聂尔牧师,
　　　我们奉王上的命令,承这位最倜傥贵显而博学的绅士的嘱托,略
　　　效微劳,在这一个白昼的尾闾,表演一些应时的娱乐于公主之前,
　　　照我说起来,没有比扮演九大伟人的事迹更适当的了。

纳森聂尔　您在什么地方可以找得到胜任愉快的人来扮演他们呢?

霍罗福尼斯　您自己扮约书亚;我自己或是这位倜傥的绅士扮犹
　　　大·麦卡俾斯,这乡下人手脚粗大,可以充庞贝大王;[①]这童儿就
　　　叫他扮赫剌克勒斯——

亚马多　对不起,先生,你错了;他还没有那位伟人的拇指那么大,他
　　　的棍子的一头也要比他粗一些。

---

① 　约书亚（Joshua）,古代以色列先知;犹大·麦卡俾斯（Judas Maccabeus）,古代犹
　　太民族英雄,庞贝大王（Pompey the Great）,罗马大将。

霍罗福尼斯　你们愿意听我说吗？他可以扮演幼年的赫剌克勒斯，上
　　　　场下场都在绞弄一条蛇；我还可以预备一段话向观众解释。

毛　子　妙极了的设计！这样要是观众中间有人喝倒彩，你就可以
　　　　嚷：“好呀，赫剌克勒斯！你把蛇儿勒死了！”这样就可以把错处
　　　　遮掩过去，虽然没有什么人会有这么厚的脸皮。

亚马多　还有那五位伟人呢？——

霍罗福尼斯　我一个人可以扮演三个。

毛　子　三重的伟人！

亚马多　我可以告诉你们一句话吗？

霍罗福尼斯　我们愿意洗耳恭听。

亚马多　伟人要是扮不成功，我们可以演一出滑稽戏。请你们跟我来。

霍罗福尼斯　来，德尔好伙计！你直到现在，还没有说过一句话哩。

德　尔　而且我一句话也没有听懂，先生。

霍罗福尼斯　来，我们也要叫你做些事情。

德　尔　我可以跟着人家跳跳舞，或者替伟人们打打小鼓，让别人去
　　　　跳舞。

霍罗福尼斯　最笨的老实的德尔；来，我们去准备我们的玩意儿吧！

　　　　（同下。）

第二场　公主帐幕前

　　　　公主、凯瑟琳、罗瑟琳及玛利娅同上。

公　主　好人儿们，要是每天有这么多的礼物源源而来，我们在回国
　　　　以前，一定可以变成巨富了。一个被金刚钻包围的女郎！瞧这就
　　　　是那多情的国王给我的。

罗瑟琳　公主，没有别的东西跟着它一起送来吗？

公　主　没有别的东西！怎么没有？他用塞满了爱情的诗句密密地写在一张纸的两面，连边上都不留出一点空白；他恨不得用丘比特的名字把它封起来呢。

罗瑟琳　只有这样才能使这位小神仙老起来；他已经做了五千年的孩子了。

凯瑟琳　嗯，他也是个倒霉的催命鬼。

罗瑟琳　你再也不会跟他要好，因为他杀死了你的姊姊。

凯瑟琳　他使她悲哀忧闷；她就是这样死的。要是她也像你一样轻狂，有你这样一副风流活泼的性情，她也许会做了祖母才死。你大概也有做祖母的一天，因为无忧无虑的人是容易长寿的。

罗瑟琳　你说我轻狂，耗子，可是你的话没说清楚。

凯瑟琳　皮肤黑的人绝不会稳重。

罗瑟琳　你的脑子才真是漆黑一团。

凯瑟琳　既然你气得黑白不分，我这番话也就只好糊涂了之。

罗瑟琳　当心你在黑里别做什么糊涂事。

凯瑟琳　你不用等到黑，因为你本性就轻狂。

罗瑟琳　说轻我承认；至于你那一身肉有多重，我没称过。

凯瑟琳　你没称过我？这不是对我不关心吗？

罗瑟琳　正是；俗话说得好："没救的事少操心。"

公　主　俩人的嘴都够利害，堪称旗鼓相当。可是罗瑟琳，你不是也收到一件礼物吗？是谁送来的？是什么东西？

罗瑟琳　我希望您知道，只要我的脸也像您一样娇艳，我也可以收到像您的一样贵重的礼物；瞧这个吧。嘿，我也有一首诗呢，谢谢俾隆；那音律倒是毫无错误；要是那诗句也没有说错，我就是地上最美的女神；他把我跟两万个美人比较。啊！他在这信里替我描下了一幅小像哩。

公　主　像不像呢?

罗瑟琳　文字倒不错,赞美的辞句却用得很糟糕。

公　主　像墨水一样美;比喻很恰当。

凯瑟琳　和楷书一样端正大方。

罗瑟琳　近墨者黑,近朱者赤。你的脸色像日历上的星期日;你的头
　　　　发像个金字;但愿你一脸不生满了斑痣!

凯瑟琳　这种玩笑就是天花!会把所有的悍妇都染上!

公　主　可是漂亮的杜曼送给你什么东西?

凯瑟琳　公主,他给我这一只手套。

公　主　他没有送你一双吗?

凯瑟琳　是的,公主;而且他还写了一千行表明他爱情忠实的诗句,全
　　　　然是一大堆假惺惺的废话,非但拙劣不堪,而且无聊透顶!

玛利娅　这个,还有这些珍珠,都是朗格维送给我的;他的信写得足足
　　　　有半英里路长。

公　主　我完全同意。你心里不是希望这项链再长一些,这信再短一
　　　　些吗?

玛利娅　正是,否则愿我这双手合拢了再也分不开来。

公　主　我们都是聪明的女孩子,才会这样讥笑我们的爱人。

罗瑟琳　他们都是蠢透了的傻瓜,才会出这样的代价来买我们的讥
　　　　笑。我要在我未去以前,把那个俾隆大大折磨一下。啊,要是我
　　　　知道他在一星期内就会落下情网!我一定要叫他摇尾乞怜,殷勤
　　　　求爱;叫他静候时机!耐心等待;叫他呕尽才华,写下无聊的诗
　　　　句;叫他奉命驱驰,甘受诸般的辛苦:我尽管冷嘲热骂,他却是受
　　　　宠若惊;他做了我手中玩物,我变成他司命灾星。

公　主　聪明人变成了痴愚,是一条最容易上钩的游鱼;因为他凭恃
　　　　才高学广,看不见自己的狂妄。

罗瑟琳　中年人动了春心，比年轻的更一发难禁。

玛利娅　愚人的蠢事算不得稀奇，聪明人的蠢事才叫人笑痛肚皮；因为他用全副的本领证明他自己的愚笨。

　　　　鲍益上。

公　主　鲍益来了，他满脸都是高兴。

鲍　益　啊！我笑死了。公主殿下呢？

公　主　你有什么消息，鲍益？

鲍　益　预备，公主，预备！——武装起来，姑娘们，武装起来！大队人马要来破坏你们的和平了。爱情用说辞做它的武器，乔装改扮，要来袭击你们了。集合你们的智慧，布置你们的防御；否则像懦夫一样缩紧了头，赶快逃走吧。

公　主　圣丘比特呀！那些用言语来向我们挑战的是什么人？说，探子，说。

鲍　益　在一株枫树的凉荫之下，我正想睡它半点钟的时间，忽然在树阴的对面，我看见了国王和他的一群同伴；我就小小心心地溜进了一丛附近的树林，听听他们说些什么话；原来他们打算过一会儿就化了装到这儿来呢。他们的先驱是一个刁钻伶俐的童儿，他已经背熟了他们叫他传达的使命；他们就在那边教他动作的姿势和说话的声调："你必须这样说，你的身体必须站得这个样子。"他们又怕他当着贵人的面前会吓得说不出话来；"因为，"那国王说："你将要看见一位天使；可是不用害怕，尽管放大胆子说。"那孩子却回答说，"天使又不是妖精；倘然她是一个魔鬼，我才会怕她哩。"大家听了这句话，都笑起来，拍他的肩膀，那大胆的小油嘴得到他们的夸奖，便格外大胆了。一个高兴地掀着他的肘子，咧开了嘴，发誓说从来没有人说过一句比这更俏皮的话；一个翘起了手指嚷着："嘿！不管结果如何，我们一定要干一下。"

一个边跳边嚷："一切顺利。"还有一个踮起脚趾旋了个身,一跤跌在地上。于是大家全都在地上打起滚来,疯了似地笑个不停,笑得连眼泪都淌下来了。

公　主　可是,可是,他们要来访问我们吗?

鲍　益　是的,是的;照我猜想起来,他们都要扮成俄罗斯人的样子。他们的目的是谈情求爱和跳舞,凭着他们赠送的礼物,认明各人恋爱的对象,倾吐自己倾慕的衷诚。

公　主　他们想要这样吗?我们倒要把这些情人们捉弄一下。姑娘们,我们每一个人都要套上脸罩,无论他们怎样请求,我们都不让他们瞧见我们的脸。拿着,罗瑟琳,你把这一件礼物佩在身上,国王就会把你当作他心爱的人;你把这拿了去,我的好人儿,再把你的给我,俾隆就会把我当作罗瑟琳了。你们俩人也各人交换了礼物,让你们的情人大家认错求爱的对象。

罗瑟琳　那么来,大家把礼物佩戴在最注目的地方。

凯瑟琳　可是这样交换了,您有什么目的呢?

公　主　我的目的就是要使他们不能达到目的。他们的用意不过是向我们开开玩笑。所以我们也要开开他们的玩笑,他们现在向认错了的爱人吐露心曲,下回我们用本来面目和他们相见的时候,便可以把他们尽情奚落。

罗瑟琳　可是假如他们要求我们跳舞,我们要不要陪他们跳呢?

公　主　不,我们死也不动一步。我们也不要理会他们预先写就的说辞,当来人开口的时候,各人都把脸扭过去。

鲍　益　哎哟,说话的人遭到了这样的冷淡,一定会伤心得忘记了他的词句。

公　主　那正是我的用意所在;我相信只要那打头阵的受了没趣,别人都会失去勇气。最有意味的戏谑是以谑攻谑,让那存心侮弄的自取其辱；且看他们碰了一鼻子的灰；乘兴而来，败兴而归。（内吹喇叭声。）

鲍　益　喇叭响了；戴上脸罩；跳舞的人来啦。（众女戴脸罩。）

众乐工扮黑人，毛子前行，国王、俾隆、朗格维及杜曼各扮俄罗斯人戴假面上。

毛　子

万福，地上最富丽的美人们！

鲍　益　只有黑缎子脸罩称不起富丽。

毛　子

最娇艳的女郎的神圣之群，你们曼妙的——背影——为世人所瞻仰！

俾　隆　"你们曼妙的容华"，混蛋，"你们曼妙的容华。"

毛　子

你们曼妙的容华为世人所瞻仰！　天——

鲍　益　你听，急得叫天了。

毛　子

天仙们啊，愿你们大发慈悲，闭上你们——

俾　隆　"睁开你们"，混蛋！

毛　子

睁开你们阳光普照的眼睛——阳光普照的眼睛——

鲍　益　这样形容她们完全不对；应该说："黑夜笼罩的眼睛。"

毛　子　她们睬也不睬我,我念不下去了。

俾　隆　这就是你的好记性吗? 滚开,你这混蛋! （毛子下。）

罗瑟琳　这些异邦人到这儿来有什么事? 鲍益,你去问问他们,要是他们会讲我们的言语,就叫他们举出一个老老实实的人来说明他们的来意。你去问吧。

鲍　益　你们来见公主有什么事?

俾　隆　我们唯一的愿望,只是和平而善意的晋谒。

罗瑟琳　他们说他们有什么事?

鲍　益　他们唯一的愿望,只是和平而善意的晋谒。

罗瑟琳　那么他们已经谒见过了;叫他们走吧。

鲍　益　公主说,你们已经谒见过了,叫你们走吧。

国　王　对她说,我们为了希望在这草坪上和她跳一次舞,已经跋涉山川,用他们的脚步丈量了不少的路程。

鲍　益　他说,他们为了希望在这草坪上和您跳一次舞,已经跋涉山川,用我们的脚步丈量了不少的路程。

罗瑟琳　没有的事。问他们一英里路有多少寸;要是他们已经丈量过不少路程,一英里路的寸数是很容易计算出来的。

鲍　益　要是你们迢迢来此,已经丈量过不少路程,公主问你们一英里路有多少寸。

俾　隆　告诉她我们是用疲乏的脚步丈量的。

鲍　益　她已经听见了。

罗瑟琳　在你们所经过的许多疲乏的路程之中,走一英里路需要多少疲乏的脚步?

俾　隆　我们从不计算我们为您所费的辛勤;我们的忠心是无限的富有,是不能用数字估计的。愿您展现您脸上的阳光,让我们像一群野蛮人一样,可以向它顶礼膜拜。

罗瑟琳　我的脸不过是一个月亮,而且是遮着乌云的。

国　王　遮蔽着这样的明月,那乌云是幸福的! 皎洁的明月,和你的
　　　　灿烂的众星啊,愿你们扫去浮云,把你们的光明照射在我们的眼
　　　　波之上。

罗瑟琳　愚妄的祈求者啊! 你不要追寻镜里的空花,水中的明月;你
　　　　应该请求一些更重要的事物。

国　王　那么请你陪我们跳一回舞。你叫我请求,这一个请求应该不
　　　　算过分。

罗瑟琳　那么音乐,奏起来,你要跳舞必须赶快。(奏乐)不! 不跳了!
　　　　我正像月亮一般,一下子又有了更改。

国　王　您不愿跳舞吗? 怎么又突然走开了?

罗瑟琳　你刚才看见的是满月,现在她已经变了。

国　王　可是她还是这一个月亮,我还是这一个人。音乐在奏着,请
　　　　给它一些动作吧。

罗瑟琳　我们的耳朵在听着呢。

国　王　可是您必须提起您的腿来。

罗瑟琳　既然你们都是些异邦人,偶然来到这里,我们也不必过于拘
　　　　谨;挽着我的手,我们不跳舞了。

国　王　那么为什么要挽手呢?

罗瑟琳　因为我们可以像朋友似的握手而别。好人儿们,行个礼;跳
　　　　舞已经完了。

国　王　再跳两步吧;不要这样吝啬。

罗瑟琳　凭着这样的代价,我们不能满足你们超过限度的要求。

国　王　那么你们是有价格的吗? 怎样的代价才可以买到你们伴舞
　　　　的光荣?

罗瑟琳　唯一的代价是请你们离开这里。

国　王　那是永远不可能的。

罗瑟琳　那么我们是买不到的;再会!

国　王　要是您拒绝跳舞,让我们谈谈心怎么样?

罗瑟琳　那么找个僻静点儿的所在吧。

国　王　那好极了。(二人趋一旁谈话。)

俾　隆　玉手纤纤的姑娘,让我跟你谈一句甜甜的话儿。

公　主　蜂蜜,牛乳,蔗糖,我已经说了三句了。

俾　隆　你既然这样俏皮,我也要回答你三句,百花露,麦芽汁,葡萄
　　　　酒。好得很,我们各人都掷了个三点。现在有六种甜啦。

公　主　第七种甜,再会吧;您既然是个无赖的赌徒,我不要再跟您玩啦。

俾　隆　让我悄悄地告诉你一句话。

公　主　可不要是句甜甜的话儿。

俾　隆　你不知道我心里多苦!

公　主　和黄连一样苦。

俾　隆　一点不错。(二人趋一旁谈话。)

杜　曼　您愿意跟我交换一句话吗?

玛利娅　说吧。

杜　曼　美貌的姑娘——

玛利娅　您这样说吗?"漂亮的先生";把这句话交换您的"美貌的姑娘"吧。

杜　曼　请您允许我跟您悄悄地说句话,我就向您告辞。(二人趋一旁谈话。)

凯瑟琳　怎么! 您的假面上没有舌头吗?

朗格维　姑娘,我知道您这样问我的原因。

凯瑟琳　啊! 把您的原因说出来;快些,先生;我很想听一听呢。

朗格维　在您的脸罩之内,您有两条舌头,所以要想借一条给我那不
　　　　会说话的假面。

凯瑟琳　还是叫荷兰人借给你一条牛舌头吧。

朗格维　牛，美人！

凯瑟琳　不，牛先生。

朗格维　我们把这牛平分了吧。

凯瑟琳　不，我可不跟你配对儿。你一人全牵去吧；大了也许是头好牲口。

朗格维　看啊，你出语伤人，和牛没有两样。贞洁的女郎，请不要用角
　　　　勾搭人！

凯瑟琳　你怕头上长角，最好在作牛犊子的时候就一命归天。

朗格维　让我在归天以前跟您悄悄地说句话吧。

凯瑟琳　那么轻轻地叫吧，小牛儿；屠夫在听着呢。（二人趋一旁谈话。）

鲍　益

　　　　姑娘们一张尖刻的利嘴，

　　　　就像无形的剃刀般锋锐，

　　　　任是最纤细的秋毫微末，

　　　　碰着它免不了迎刃而折；

　　　　她们的想象驾起了羽翼，

　　　　最快的风比不上它迅疾。

罗瑟琳　别再说下去了，我的姑娘们；停止，停止。

俾　隆　天哪！大家都被她们取笑得狼狈不堪！

国　王　再会，疯狂的姑娘们，你们真是稀有的刁钻。

公　主　二十个再会，我的冰冻的莫斯科人！（国王、众臣、乐工及侍从等
　　　　下。）这些就是举世钦佩的聪明人吗？

鲍　益　他们的聪明不过是蜡烛的微光，被你们可爱的气息一吹就吹
　　　　熄了。

罗瑟琳　他们都有一点小小的才情，可是粗俗不堪。

公　主　啊，贫乏的智慧！身为国王，受到这样无情的揶揄！你们想

　　他们今晚会不会上吊？或者从此以后，不套假脸再也不敢见人？
　　这放肆的俳隆今天丢尽了脸。

罗瑟琳　啊，他们全都狼狈万分。那国王因为想不出一句巧妙的答复，
　　　　急得简直要哭出来呢。

公　主　俳隆发了无数的誓；他越是发誓，人家越是不相信他。

玛利娅　杜曼把他自己和他的剑呈献给我，愿意为我服役；我说："可
　　　　惜你的剑是没有锋的。"我的仆人立刻闭住了嘴。

凯瑟琳　朗格维大人说，我占据着他的心；你们猜他叫我什么？

公　主　是不是他的心病？

凯瑟琳　正是。

公　主　去，你这无药可治的恶症！

罗瑟琳　你们要不要知道？国王是我的信誓旦旦的爱人哩。

公　主　伶俐的俳隆已经向我矢告他的忠诚。

凯瑟琳　朗格维愿意终身供我驱策。

玛利娅　杜曼是我的，正像树皮长在树干上一般毫无疑问。

鲍　益　公主和各位可爱的姑娘们，听着：他们立刻就会用他们的本
　　　　来面目再到这儿来，因为他们绝不能忍受这样刻毒的侮辱。

公　主　他们还会回来吗？

鲍　益　他们会来的，他们会来的，上帝知道；虽然打跛了脚，他们也
　　　　会高兴得跳起来。所以把你们的礼物各还原主，等他们回来的时
　　　　候，像芬芳的蔷薇一般在熏风里开放吧。

公　主　怎么开放？怎么开放？说得明白一些。

鲍　益　美貌的姑娘们蒙着脸罩，是一朵朵含苞待放的蔷薇；卸下脸罩，
　　　　露出她们娇媚的红颜，就像云中出现的天使，或是盈盈展瓣的鲜花。

公　主　不要说这种哑谜似的话！要是他们用他们的本来面目再来
　　　　向我们求爱，我们应该怎么办呢？

罗瑟琳　好公主,他们改头换面地来,我们已经把他们取笑过了;要是您愿意采纳我的意见,他们明目张胆地来,我们还是要把他们取笑。让我们向他们诉苦,说是刚才来了一群傻瓜,装扮做俄罗斯人的样子,穿着不三不四的服饰,不知道究竟是些什么东西;他们凭着一股浮薄的腔调,一段恶劣的致辞和一副荒唐的形状,到我们帐里来显露他们的丑态,不知究竟有些什么目的。

鲍　益　姑娘们,进去吧;那些情人们就要来了。

公　主　像一群小鹿似的,跳进你们的帐里去吧。(公主、罗瑟琳、凯瑟琳、玛利娅同下。)

　　　　国王、俾隆、朗格维及杜曼各穿原服重上。

国　王　好先生!上帝保佑你!公主呢?

鲍　益　进帐去了。请问陛下有没有什么谕旨,要我向她传达?

国　王　请她允许我见见面,我有一句话要跟她谈谈。

鲍　益　遵命;我知道她一定会允许您的,陛下。(下。)

俾　隆　这家伙惯爱拾人牙慧,就像鸽子啄食青豆,一碰到天赐的机会,就要卖弄他的伶牙俐齿。他是个智慧的稗贩,宴会里、市集上,到处向人兜卖;我们这些经营批发的,上帝知道,再也学不会他这一副油腔滑调。他是妇人的爱宠,娘儿们见了他都要牵裳挽袖;要是他做了亚当,夏娃免不了被他勾引。他会扭捏作态!他会吞吐其声;他会把她的手吻个不住,表示他礼貌的殷勤。他是文明的猴儿,他是儒雅的绅士;他在赌博的时候,也不会用恶言怒骂他的骰子。不错,他还会唱歌,唱的是中音,高不成、低不就、还惯会招待、看门。"好人儿"是妇女们给他的名称;他走上楼梯,梯子也要吻他脚下的泥尘;他见了每一个人满脸生花,嘻开了那鲸骨一样洁白的齿牙;谁只要一提起鲍益的名字,都知道他是位舌头上涂蜜的绅士。

国　王　愿他舌头上长疮,这个混账;是他把毛子奚落得晕头转向!

鲍益前导、公主、罗瑟琳、玛利娅、凯瑟琳及侍从等重上。

俾　隆　瞧,他来了!礼貌啊,在这个人还没有把你表现出来以前,你是什么东西?现在你又是什么东西?

国　王　万福,亲爱的公主,愿你安好!

公　主　听来似乎我目前的处境不妙。

国　王　请你善意地解释我的言辞。

公　主　你若是说得好,我并不吹毛求疵。

国　王　我们今天专程拜访的目的,是要迎接你到我们宫廷里去盘桓盘桓,略尽地主之谊,愿你不要推辞。

公　主　这一块广场可以容留我,它也必须替您保全您的誓言;上帝和我都不喜欢背誓的人。

国　王　不要责备我,因为这不是我自己的过失;你的美目的魔力使我破坏了誓言。

公　主　你不该说美目,应该说恶目;美的事物不会使人破坏誓言。凭着我那像一尘不染的莲花一般纯洁的处女的贞操起誓,即使我必须忍受无穷尽的磨难,我也不愿做您府上的客人;我不愿因为我的缘故,使您毁弃了立誓信守的神圣的盟约。

国　王　啊!你冷冷清清地住在这儿不让人家看见,也没有人来看你,实在使我感到莫大的歉仄。

公　主　不,陛下,我发誓您的话不符事实;我们在这儿并不缺少消遣娱乐,刚才还有一队俄罗斯人来过,他们离去还不久哩。

国　王　怎么,公主!俄罗斯人?

公　主　是的,陛下,都是衣冠楚楚、神采轩昂、温文有礼的风流人物。

罗瑟琳　公主,不要骗人。不是这样的。陛下;我家公主因为沾染了时尚,所以会作这样过分的赞美。我们四个人刚才的确碰见四个穿着俄罗斯装束的人,他们在这儿停留了一小时的时间,啰哩啰

　　　　嗦地讲了许多话；可是在那一小时之内，陛下，他们不曾让我们听到一句有意思的话。我不敢骂他们呆子；可是我想，当他们口渴的时候，呆子们一定很想喝一点水。

俾　隆　这一句笑话在我听起来很是干燥。温柔美貌的佳人，您的智慧使您把聪明看成了愚蠢。当我们仰望着天上的火眼的时候，无论我们自己的眼睛多么明亮，也会在耀目的金光之下失去它本来的光彩；您自己因为有了浩如烟海的才华，所以在您看起来，当然聪明也会变成愚蠢，富有也会变成贫乏啦。

罗瑟琳　这可以证明您是聪明而富有的，因为在我的眼中——

俾　隆　我是一个傻瓜，一个穷光蛋。

罗瑟琳　这个头衔倘不是本来属于您的，您就不该从我的舌头上夺去我的话。

俾　隆　啊，我是您的，我所有的一切也都是您的。

罗瑟琳　这一个傻瓜整个儿是属于我的吗？

俾　隆　我所给您的，不能更少于此了。

罗瑟琳　您本来套的是哪一张假面？

俾　隆　哪儿？什么时候？什么假面？您为什么问我这个问题？

罗瑟琳　当地，当时，就是那一张假面；您不是套着一具比您自己好看一些的脸壳，遮掩了一副比它更难看的尊容吗？

国　王　我们的秘密被她们发现了；她们现在一定要把我们取笑得体无完肤了。

杜　曼　我们还是招认了，把这回事情当作一场笑话过去了吧。

公　主　发呆了吗，陛下？陛下为什么这样不高兴？

罗瑟琳　哎哟，救命！按住他的额角！他要晕过去了。您为什么脸色发白？我想大概因为从莫斯科来，多受了些海上的风浪吧。

俾　隆　天上的星星因为我们发了伪誓，所以把这样的灾祸降在我们头上。那一张铁铸的厚脸能够恬不为意呢？——姑娘，我站在这儿，把你的舌剑唇枪向我投射，用嘲笑把我伤害，用揶揄使我昏迷，用你锋锐的机智刺透我的愚昧，用你尖刻的思想把我寸寸解剖吧；我再也不穿着俄罗斯人的服装，希望你陪我跳舞了。啊！从此以后，我再也不信任那些预先拟就的说辞，像学童背书似的诉述我的情思；我再也不套着面具访问我的恋人，像盲乐师奏乐似的用诗句求婚；那些绢一般柔滑、绸一般细致的字句，三重的夸张，刻意雕琢的言语，还有那冬烘的辞藻像一群下卵的苍蝇，让蛆一样的矜饰沮没了我的性灵，我从此要把这一切全都抛弃；凭着这洁白的手套——那手儿有多么白，上帝知道！——我发誓要用土布般坚韧的"是"，粗毡般质朴的"不"，把我恋慕的深情向你诉说。让我现在开始，姑娘，——上帝保佑我！——我对你的爱是完整的，没有一点残破。海枯石烂——

罗瑟琳　不要"海枯石烂"了，我求求你。

俾　隆　这是我积习未除；原谅我，我的病根太深了，必须把它慢慢除去。慢点！有了，给他们三个人都贴上"重病"的封条；他们的心灵都得了不治之症，受到你眼睛的传染，神志不清。这些贵人的症状准确无误，满脸通红——那正是瘟疫的礼物。

公　主　他们送礼来的时候，神智很清。

俾　隆　我们已经破产了，请您留情。

罗瑟琳　哪里，你们的言词如此体面，如此富有，怎么说得上破产？

俾　隆　住口，我今后不再和你交战。

罗瑟琳　能这样最好，这正是我的心愿。

俾　隆　你们开言吧！我简直一筹莫展。

国　王　亲爱的公主，为了我们卤莽的错误，指点我们一个巧妙的辩解吧。

公　主　坦白的供认是最好的辩解。您刚才不是改扮了到这儿来过的吗?

国　王　公主,是的。

公　主　您这样做是有道理的吗?

国　王　有道理的,公主。

公　主　那时候您在您爱人的耳边轻轻地说过些什么来着?

国　王　我说我尊敬她甚于整个的世界。

公　主　等到她要求您履行您对她的誓言的时候,您就要否认说过这样的话了。

国　王　凭着我的荣誉起誓;我决不否认。

公　主　且慢! 且慢! 不要随便发誓;一次背誓以后,什么誓都靠不住了。

国王　我要是毁弃了这一个誓,你可以永远轻视我。

公主　我要轻视您的,所以千万遵守着吧。罗瑟琳,那俄罗斯人在你的耳边轻轻地说过些什么来着?

罗瑟琳　公主,他发誓说他把我当作自己的瞳仁一样珍爱,重视我甚于整个的世界;他还说他要娶我为妻,否则就要爱我而死。

公　主　上帝祝福你嫁到这样一位丈夫! 这位高贵的君王是绝不食言的。

国　王　这是什么意思,公主? 凭着我的生命和忠诚起誓,我从不曾向这位姑娘发过这样的盟誓。

罗瑟琳　苍天在上,您发过的;为了证明您的信实,您还给我这一件东西;可是陛下,请您把它拿回去吧。

国　王　我把我的赤心和这东西一起献给公主的;凭着她衣袖上佩带的宝石,我认明是她。

公　主　对不起,陛下,刚才佩带这宝石的是她呀。俾隆大人才是我的爱人,我得谢谢他。喂,俾隆大人,您还是要我呢,还是要我把您的珍珠还给您?

俾　隆　什么都不要;我全都放弃了。我懂得你们的诡计,你们预先
　　　知道了我们的把戏,有心捣乱,让它变成一本圣诞节的喜剧。哪
　　　一个鼓唇摇舌的家伙,哪一个逢迎献媚的佞人,哪一个无聊下贱
　　　的蠢物,哪一个搬弄是非的食客,哪一个侍候颜色的奴才,泄漏了
　　　我们的计划;这些淑女们因为听到这样的消息,才把各人收到的
　　　礼物交换佩带,我们只知道认明标记,却不曾想到已经张冠李戴。
　　　我们本来已经负上一重欺神背誓的罪名,现在又加上第二次的背
　　　誓;第一次是有意,这一次是无心。(向鲍益)看来都是你破坏了我
　　　们的兴致,使我们言而无信。你不是连我们公主的脚寸有多少长
　　　短也知道得清清楚楚,老是望着她的眼睛堆起一脸笑容吗?你不
　　　是常常靠着火炉,站在她的背后,手里捧了一盆食物,讲些逗人发
　　　笑的话吗?你把我们的侍童也气糊涂了。好,你是个享有特权的
　　　人,你什么时候死了,让一件女人的衬衫做你的殓衾吧。你把眼
　　　睛瞟着我吗?哼,你的眼睛就像一柄铅剑,伤不了人的。

鲍　益　这一场玩意儿安排得真好,怪有趣的。

俾　隆　听!他简直向我挑战。算了,我可不跟你斗嘴啦。

　　　　考斯塔德上。

俾　隆　欢迎,纯粹的哲人!你来得正好,否则我们又要开始一场恶战了。

考斯塔德　主啊!先生,他们想要知道那三位伟人要不要就进来?

俾　隆　什么,只有三个吗?

考斯塔德　不,先生;好得很,因为每一个人都扮着三个哩。

俾　隆　三个的三倍是九个。

考斯塔德　不,先生;您错了,先生,我想不是这样!我们知道就知道,
　　　不知道就不知道;我希望,先生,三个的三倍——

俾　隆　不是九个。

考斯塔德　先生，请你宽恕，我们是知道总数多少的。

俾　隆　天哪，我一向总以为三个的三倍是九个。

考斯塔德　主啊，先生！您可不能靠着打算盘吃饭哩，先生。

俾　隆　那么究竟多少呀？

考斯塔德　主啊，先生！那班表演的人，先生，可以让您知道究竟一共有几个；讲到我自己，那么正像他们说的，我这个下贱的人，只好扮演一个；我扮的是庞贝大王，先生。

俾　隆　你也是一个伟人吗？

考斯塔德　他们以为我可以扮演庞贝大王；讲到我自己，我可不知道伟人是一个什么官衔，可是，他们要叫我扮演他。

俾　隆　去，叫他们预备起来。

考斯塔德　我们一定会演得好好的，先生；我们一定演得非常小心。（下。）

国　王　俾隆，他们一定会丢尽我们的脸；叫他们不要来吧。

俾　隆　我们的脸已经丢尽了，陛下，还怕什么？让他们表演一幕比国王和他的同伴们所表演的更拙劣的戏剧，也可以遮遮我们的羞。

国　王　我说不要叫他们来。

公　主　不，我的好陛下，这一回让我作主吧。最有趣的游戏是看一群手脚无措的人表演一些他们自己也不明白的玩意儿；他们拼命卖力，想讨人家的喜欢，结果却在过分卖力之中失去了原来的意义；虽然他们糟蹋了大好的材料，他们那慌张的姿态却很可以博人一笑。

俾　隆　陛下，这几句话把我们的游戏形容得确切之至。

　　　　亚马多上。

亚马多　天命的君王，我请求你略微吐出一些芳香的御气，赐给我一两句尊严的圣语。（亚马多与国王谈话，以一纸呈国王。）

公　主　这个人是敬奉上帝的吗？

俾　隆　您为什么问这个问题？

公　主　他讲的话不像是一个上帝造下的人所说的。

亚马多　那都一样，我的美好的、可爱的、蜜一般甜的王上；因为我要声明一句，那教书先生是太乖僻，太太自负，太太自负了；可是我们只好像人家说的，胜败各凭天命，愿你们心灵安静，最尊贵的！（下）

国　王　看来要有一场很出色的伟人表演哩。他扮的是特洛伊的赫克托；那乡人扮庞贝大王；教区牧师扮亚历山大；亚马多的童儿扮赫剌克勒斯；那村学究扮犹大·麦卡俾斯；要是这四位伟人在第一场表演中得到成功，他们就要改换服装，再来表演其余的五个。

俾　隆　在第一场里有五个伟人。

国　王　你弄错了，不是五个。

俾　隆　一个冬烘学究，一个法螺骑士，一个穷酸牧师，一个傻瓜，一个孩子；除了掷骰子五点可以算九之外，照我看全世界也找不出同样的五个人来。

国　王　船已经扯起帆篷，乘风而来了。

　　　　考斯塔德穿甲胄扮庞贝重上。

考斯塔德

　　　　我是庞贝——

鲍　益　胡说，你不是他

考斯塔德

　　　　我是庞贝——

鲍　益　抱着盾摔了个马爬。

俾　隆　说得好，快嘴佬，我俩讲和啦。

考斯塔德

> 我是庞贝,人称庞贝老大!——

杜　曼　"大王"。

考斯塔德　是"大王",先生。

> ——人称庞贝大王;
>
> 在战场上挺起盾牌,杀得敌人流浆;
>
> 这回沿着海岸旅行,偶然经过贵邦;
>
> 放下武器,敬礼法兰西的可爱姑娘。

公主小姐要是说一声"谢谢你,庞贝",我就可以下场了。

公　主　多谢多谢,伟大的庞贝。

考斯塔德　这不算什么;可是我希望我没有闹了笑话。我就是把"大王"念错了。

俾　隆　我拿我的帽子跟别人打赌半便士,庞贝是最好的伟人。

纳森聂尔牧师穿甲胄扮亚历山大上。

纳森聂尔

> 当我在世之日,我是世界的主人;
>
> 东西南北四方传布征服的威名:
>
> 我的盾牌证明我就是亚历山大——

鲍　益　你的鼻子说不,你不是;因为它太直了。

俾　隆　你的鼻子也会嗅出个"不"字来,真是一位嗅觉灵敏的骑士。

公　主　这位征服者在发恼了。说下去,好亚历山大。

纳森聂尔

> 当我在世之日,我是世界的主人;——

鲍　益　不错,对的;你是世界的主人,亚历山大。

俾　隆　庞贝大王——

考斯塔德　您的仆人考斯塔德在此。

俾　隆　把这征服者,把这亚历山大摔下去。

考斯塔德　(向纳森聂尔)啊! 先生,您丧尽了亚历山大的威风! 从此以后,人家要把您的尊容从画布上擦掉,把您那衔着斧头坐在便桶上的狮子送给埃阿斯;他将要坐第九把伟人的交椅了。一个盖世的英雄,吓得不敢说话! 赶快溜走吧,亚历山大,别丢脸啦! (纳森聂尔退下)各位看吧,一个又笨又和善的人;一个老实的家伙,你们瞧,一下子就会着慌! 他是个很好的邻居,凭良心说,而且滚得一手好球;可是叫他扮亚历山大——唉,你们都看见的,——实在有点儿不配。可是还有几个伟人就要来啦,他们会用另外一种样式说出他们的心思来的。

公　主　站开,好庞贝。

　　　　霍罗福尼斯穿甲胄扮犹大,毛子穿甲胄扮赫剌克勒斯上。

霍罗福尼斯

　　　　这小鬼扮的是赫剌克勒斯,

　　　　他一棍打得死三头猘犬;

　　　　他在儿童孩提少小之时,

　　　　叫两条蛇死于他的铁腕。

　　　　诸位听了我这一番交代,

　　　　请看他幼年的英雄气概。

　　　　放出一些威势来,下去。(毛子退下。)

　　　　我是犹大——

杜　曼　一个犹大！

霍罗福尼斯　不是犹大·伊斯凯里奥特①先生。

　　　　我是犹大，姓麦卡俾斯——

杜　曼　去了姓，不就是货真价实的犹大吗？

俾　隆　你怎么证明你不是当面接吻，背地里出卖基督的犹大？

霍罗福尼斯

　　　　我是犹大——

杜　曼　不要脸的犹大！

霍罗福尼斯　您是什么意思，先生？

鲍　益　他的意思是要叫你去上吊。

霍罗福尼斯　得了，先生，你比我大。

俾　隆　不然，要说大还得让犹大。

霍罗福尼斯　你们不能这样不给我一点面子。

俾　隆　因为你是没有脸的。

霍罗福尼斯　这是什么？

杜　曼　一个针孔。

俾　隆　一个指环上的骷髅。

朗格维　一张模糊不清的罗马古钱上的面孔。

鲍　益　凯撒的剑把。

杜　曼　水瓶上的骨雕人面。

俾　隆　别针上半面的圣乔治。

杜　曼　嗯，这别针还是铅的。

————————

① 犹大·伊斯凯里奥特（Judas Iscariot），耶稣门徒，耶稣即被其出卖。

俾隆　嗯　插在一个拔牙齿人的帽子上。现在说下去吧,你有面子了。

霍罗福尼斯　你们叫我把面子丢尽了。

俾　隆　胡说,我们给了你许多面子。

霍罗福尼斯　可是你们自己的面皮比哪个都厚。

俾　隆　你的狮子皮也不薄。

鲍　益　可惜狮子皮底下蒙的是一头驴,叫他走吧。再见,好犹大。怎么,你还等什么?

杜　曼　他等你吹喝呢。

俾隆说　"犹——大——"还不够吗?——好,再听着:"犹——大——咳——喝,"快走!

霍罗福尼斯　这太刻薄、太欺人、太不客气啦。

鲍　益　替犹大先生拿一个火来! 天黑起来了,他也许会跌跤。

公　主　唉,可怜的麦卡俾斯! 他给你们捉弄得好苦!

　　　　　亚马多披甲胄扮赫克托重上。

俾　隆　藏好你的头,阿喀琉斯;赫克托全身甲胄来了。

杜　曼　虽然叫我自作自受了,但是我仍然很开心。

国　王　跟这个人一比,赫克托不过是一个特洛伊人。

鲍　益　可是这是赫克托吗?

国　王　我想赫克托不会长得这么漂亮。

朗格维　赫克托的小腿也不会有这么粗。

杜　曼　确实很粗!

鲍　益　也许是整天逃跑练出来的!

俾　隆　这个人绝不是赫克托!

杜　曼　他不是一个天神,就是一个画师,因为他会制造千变万化的脸相!

亚马多

> 马斯,那长枪万能的无敌战神,
> 垂眷于赫克托,——

杜　曼　　马斯给了赫克托一颗镀金的豆。

俾　隆　　一只柠檬。

朗格维　　里头塞着丁香。

杜　曼　　不,塞着茴香。

亚马多　　不要吵。

> 马斯,那长枪万能的无敌战神,
> 垂眷于赫克托,伊利恩的后人,
> 把无限勇力充满了他的全身,
> 使他百战不殆,从清晨到黄昏。
> 我就是那战士之花,——

杜　曼　　那薄荷花。

朗格维　　那白鸽花。

亚马多　　亲爱的朗格维大人,请你把你的舌头收住一下。

朗格维　　我必须用缰绳拉住它,免得它冲倒了赫克托。

杜　曼　　是啊,赫克托也是猎狗的名字。

亚马多　　这位可爱的骑士早已死去烂掉了;好人儿们,不要敲死人的
　　　　　骨头;当他在世的时候,他也是一条汉子。可是我要继续我的台
　　　　　词。(向公主)亲爱的公主,请你俯赐垂听。

公　主　　说吧,勇敢的赫克托;我们很喜欢听着你哩。

亚马多　　我崇拜你的可爱的纤履。

鲍　益　　你只能在她脚底下爬着。

杜　曼　　再高一点也不行。

亚马多

　　　这赫克托比汉尼拔①凶狠万分——

考斯塔德　那个人已经有了孕啦；赫克托朋友，她有了孕啦；她已经
　　怀了两个月的身孕。

亚马多　你说什么话。

考斯塔德　真的，您要是不做一个老老实实的特洛伊人，这可怜的丫
　　头从此就要完啦。她有了孕，那孩子已经在她的肚子里说话了；
　　它是您的。

亚马多　你要在这些君主贵人之前破坏我的名誉吗？我要叫你死。

考斯塔德　赫克托害杰奎妮姐有了身孕，本该抽一顿鞭子；要是他再
　　犯了杀死庞贝的人命重案，绞罪是免不了的。

杜　曼　举世无双的庞贝！

鲍　益　遐迩闻名的庞贝！

俾　隆　比伟大更伟大，伟大的、伟大的。伟大的庞贝！

杜　曼　赫克托发抖了。

俾　隆　庞贝也动怒了。打！打！叫他们打起来！叫他们打起来！

杜　曼　赫克托会向他挑战的。

俾　隆　嗯，即使他肚子里所有的男人的血，还喂不饱一个跳蚤。

亚马多　凭着北极起誓，我要向你挑战。

考斯塔德　我不知道什么北极不北极；我只知道拿起一柄剑就砍。请
　　你让我再去借那身盔甲穿上。

杜　曼　伟人发怒了，让开！

考斯塔德　我就穿着衬衫跟你打。

---

① 汉尼拔（Hannibal，公元前247—183）迦太基名将。

杜　曼　最坚决的庞贝！

毛　子　主人，让我给您解开一个钮扣。您不看见庞贝已经脱下衣服，
　　　　准备厮杀了吗？您是什么意思？您这样会毁了您的名誉的。

亚马多　各位先生和骑士，原谅我；我不愿穿着衬衫决斗。

杜　曼　你不能拒绝；庞贝已经向你挑战了。

亚马多　好人们，我可以拒绝，我必须拒绝。

俾　隆　你凭着什么理由拒绝？

亚马多　赤裸裸的事实是，我没有衬衫。我因为忏悔罪孽，贴身只穿
　　　　着一件羊毛的衣服。

鲍　益　真的，罗马因为缺少麻布，所以向教徒们下了这样的命令；自
　　　　从那时候起，我可以发誓，他只有一方杰奎妮妲的揩碟布系在他
　　　　的胸前，作为一件纪念的礼物。

　　　　　　法国使者马凯德上。

马凯德　上帝保佑您，公主！

公　主　欢迎，马凯德；可是你打断我们的兴致了。

马凯德　我很抱歉，公主，因为我给您带来了一个我所不愿意出口的
　　　　消息。您的父王——

公　主　死了，一定是的！

马凯德　正是，我的话已经让您代说了。

俾　隆　各位伟人，大家去吧！这场面被愁云笼罩起来了。

亚马多　讲到我自己，却呼吸到了自由的空气。通过一点能屈能伸的
　　　　手腕，我总算逃过了这场威胁，我要像一个军人般赎回这个侮辱。

国　王　公主安好吗？

公　主　鲍益，准备起来。我今天晚上就要动身。

国　王　公主，不；请你再少留几天。

公　主　我说，准备起来。殷勤的陛下和各位大人，我感谢你们一切

善意的努力;我还要用我这一颗新遭惨变的心灵向你们请求,要是我们在言语之间有什么放肆失礼之处,愿你们运用广大的智慧,多多包涵我们任性的孟浪;是你们的宽容纵坏了我们。再会,陛下!一个人在悲哀之中,说不出娓娓动听的话;原谅我用这样菲薄的感谢,交换您的慷慨的允诺。

国　　王　　人生的种种鹄的,往往在最后关头达到了完成的境界;长期的艰辛所不能取得结果的,却会在紧急的一刻中得到决定。虽然天伦的哀痛打断了爱情的温柔的礼仪,使它不敢提出那萦绕心头的神圣的请求,可是这一个论题既然已经开始,让悲伤的暗云不要压下它的心愿吧,因为欣幸获得新交的朋友,是比哀悼已故的亲人更为有益的。

公　　主　　我不懂您的意思;我的悲哀是双重的。

俾　　隆　　坦白直率的言语,最容易打动悲哀的耳朵;让我替王上解释他的意思。为了你们的缘故,我们蹉跎了大好的光阴,毁弃了神圣的誓言。你们的美貌,女郎们,使我们神魂颠倒,违反了我们本来的意志。恋爱是充满了各种失态的怪癖的,因此它才使我们表现出荒谬的举止,像孩子一般无赖、淘气而自大;它是产生在眼睛里的,因此它像眼睛一般,充满了无数迷离惝恍、变幻多端的形象,正像眼珠的转动反映着它所观照的事事物物一样。要是恋爱加于我们身上的这一种轻佻狂妄的外表,在你们天仙般的眼睛里看来,是不适宜于我们的誓言和身份的,那么你们必须知道,就是这些看到我们的缺点的天仙般的眼睛,使我们造成了这些缺点。所以,女郎们,我们的爱情既然是你们的,爱情所造成的错误也都是你们的,我们一度不忠于自己,从此以后,永远把我们的一片忠心,紧系在那能使我们变心也能使我们尽忠的人的身上——美貌的女郎们,我们要对你们永远忠实,凭着这一段耿耿的至诚,洗净我们叛誓的罪愆。

公　主　我们已经收到你们充满了爱情的信札,并且拜领了你们的礼物,那些爱情的使节;在我们这几个少女的心目中看来,这一切不过是调情的游戏、风雅的玩笑的酬酢的虚文,有些夸张过火而适合时俗的习尚,可是我们却没有看到比这更挚诚的情感;所以我们才用你们自己的方式应付你们的爱情,只把它当作一场玩笑。

杜　曼　公主,我们的信里并不只是一些开玩笑的话。

朗格维　我们的眼光里也流露着真诚的爱慕。

罗瑟琳　我们却不是这样解释。

国　王　现在在这最后一分钟的时间,把你们的爱给了我们吧。

公　主　我想这是一个太短促的时间,缔结这一注天长地久的买卖。不,不,陛下,您毁过太多的誓,您的罪孽太深重啦;所以请您听我说,要是您为了我的爱,愿意干无论什么事情——我知道这种情形是不会有的——您就得替我做这一件事:我不愿相信您所发的誓;您必须赶快找一处荒凉僻野的隐居的所在,远离一切人世的享乐;在那边安心住下,直到天上的列星终结了它们一岁的行程。要是这种严肃而孤寂的生活,改变不了您在一时热情冲动之中所作的提议;要是霜雪和饥饿、粗劣的居室和菲薄的衣服,摧残不了您的爱情的绚艳的花朵;它经过了这一番磨炼,并没有憔悴而枯萎;那么在一年终了的时候,您就可以凭着已经履行这一条件,来向我提出要求,我现在和您握手为盟,那时候我一定愿意成为您的;在那时以前,我将要在一所惨淡凄凉的屋子里闭户幽居,为了纪念死去的父亲而流着悲伤的泪雨。要是这一个条件你不能接受!让我们从此分手;分明不是姻缘,要请您另寻佳偶。

国　王　倘为了贪图身体的安乐,我拒绝了你这一番提议,让死的魔手掩闭我的双目!从今以往,我的心永远和你在一起。

俾　隆　你对我有什么话说,我的爱人? 你对我有什么话说?

罗瑟琳　你也必须洗涤你的罪恶;你的身上沾染着种种恶德,而且还
　　　　负着叛誓的重罪;所以要是你希望得到我的好感,你必须在这一
　　　　年之内,昼夜不休地服侍那些呻吟床榻的病人。

杜　曼　可是你对我有什么话说,我的爱人,可是你对我有什么话
　　　　说? 我能得到个妻子吗?

凯瑟琳　一把胡须,一个健康的身体,一颗正直的良心;我用三重的爱
　　　　希望你有这三种东西。

杜　曼　啊! 我可不可以说,谢谢你,温柔的妻子?

凯瑟琳　不,我的大人。在这一年之内,无论哪一个小白脸来向我求
　　　　婚,我都一概不理睬他们。等你们的国王来看我们公主的时候,
　　　　你也来看我;要是那时候我有很多的爱,我会给你一些的。

杜　曼　我一定对你克尽忠诚,等候那一天的到来。

凯瑟琳　不要发誓了,免得再背誓。

朗格维　玛利娅怎么说?

玛利娅　一年过去以后,我愿意为了一个忠心的朋友脱下我的黑衣。

朗格维　我愿意耐心等候;可是这时间太长了。

玛利娅　正像你自己,年轻轻的,个子却很长。

俾　隆　我的爱人在想些什么? 姑娘,瞧着我吧。瞧我的心灵的窗门,
　　　　我的眼睛,在多么谦恭而恳切地等候着你的答复;吩咐我为了你
　　　　的爱干些什么事吧。

罗瑟琳　俾隆大人,我在没有识荆以前,就常常听到你的名字;世间的
　　　　长舌说你是一个玩世不恭的人物,满嘴都是借题影射的讥讽和尖
　　　　酸刻薄的嘲笑;无论贵贱贫富,只要触动了你的灵机,你都要把他
　　　　们挖苦得不留余地。要是你希望得到我的爱,第一就得把这种可
　　　　恶的习气从你的脑海之中根本除去;为了达到这一个目的,你必

须在这一年的时期之内,不许有一天间断!去访问那些无言的病人,和那些痛苦呻吟的苦人儿谈话;你的唯一的任务,就是竭力运用你的才智,逗那受着疾病折磨的人们一笑。

俾　隆　在濒死者的喉间激起哄然的狂笑来吗?那可办不到,绝对不可能的;谐谑不能感动一个痛苦的灵魂。

罗瑟琳　这是克服口头上的轻薄的唯一办法。自恃能言的傻子,正因为有了浅薄的听众随声哗笑,才会得意扬扬。可笑或不可笑取决于听者的耳朵,而不是说者的舌头。如果病人能够不顾自己的呻吟惨叫,忘却本身的痛苦,而来听你的无聊的讥嘲,那么继续把你的笑话说下去吧,我愿意连同你这一个缺点把你接受下来;可是如其他们没有那样的闲情听你说笑,那么还是赶快丢掉这种习气的好,我看见你这样勇于改过,一定会非常高兴的。

俾　隆　十二个月!好,不管命运怎样把人玩弄,我要把一岁光阴,三寸妙舌,在病榻之前葬送。

公　主　(向国王)是的,好陛下;我就此告别了。

国　王　不,公主,我们要送你一程。

俾　隆　我们的求婚结束得不像一本旧式的戏剧;有情人未成眷属,好好的喜剧缺少一幕团圆的场面。

国　王　算了,老兄,只要挨过一年就好了。

俾　隆　那么这本戏演得又太长了。

　　　　亚马多重上。

亚马多　亲爱的陛下,准许我——

公　主　这不是赫克托吗?

杜　曼　特洛伊的可尊敬的骑士。

亚马多　我要敬吻你的御指,然后向你告别。我已经许下愿心,向杰奎妮姐发誓,为了她的爱,我要帮助她耕种三年。可是,最可尊敬

的陛下,你们要不要听听那两位有学问的人所写的赞美鸥鹋和杜

鹃的一段对话? 它本来是预备放在我们的表演以后歌唱的。

国　王　快叫他们来;我们倒要听听。

亚马多　喂! 进来!

　　　　霍罗福尼斯、纳森聂尔、毛子、考斯塔德及余人等重上。

亚马多　这一边是冬天,这一边是春天;鸥鹋代表冬天,杜鹃代表春

天。春天,你先开始。

春之歌

　　　　　　当杂色的雏菊开遍牧场,

　　　　　　蓝的紫罗兰,白的美人衫,

　　　　　　还有那杜鹃花吐蕾娇黄,

　　　　　　描出了一片广大的欣欢;

　　　　　　听杜鹃在每一株树上叫,

　　　　　　把那娶了妻的男人讥笑:

　　　　　　咯咕!

　　　　　　咯咕! 咯咕! 啊,可怕的声音!

　　　　　　害得做丈夫的肉跳心惊。

　　　　　　当无愁的牧童口吹麦笛,

　　　　　　清晨的云雀惊醒了农人,

　　　　　　斑鸠乌鸦都在觅侣求匹,

　　　　　　女郎们漂洗夏季的衣裙;

　　　　　　听杜鹃在每一株树上叫,

　　　　　　把那娶了妻的男人讥笑;

　　　　　　咯咕!

　　　　　　咯咕! 咯咕! 啊,可怕的声音!

害得做丈夫的肉跳心惊。

冬之歌

当一条条冰柱檐前悬吊，
汤姆把木块向屋内搬送，
牧童狄克呵着他的指爪，
挤来的牛乳凝结了一桶，
刺骨的寒气，泥泞的路途，
大眼睛的鸱鸮夜夜高呼：
哆呵！
哆呵，哆呵！它歌唱着欢喜，
当油垢的琼转她的锅子。
当怒号的北风漫天吹响，
咳嗽打断了牧师的箴言，
鸟雀们在雪里缩住颈项，
玛利恩冻得红肿了鼻尖，
炙烤的螃蟹在锅内吱喳，
大眼睛的鸱鸮夜夜喧哗：
哆呵！
哆喊，哆呵！它歌唱着欢喜，
当油垢的琼转她的锅子。

亚马多　听罢了阿波罗的歌声，麦鸠利①的语言是粗糙的。你们向那边
　　去;我们向这边去。(各下。)

①　麦鸠利（Mercury），罗马神话中的商神，又为盗贼等的保护神。

William Shakespeare
COMPLETE WORKS

仲夏夜之梦

朱生豪　译

莎士比亚
全集

剧中人物

忒修斯　雅典公爵

伊吉斯　赫米娅之父

拉山德　 ⎫
　　　　 ⎬ 同恋赫米娅
狄米特律斯　 ⎭

菲劳斯特莱特　忒修斯的掌戏乐之官

昆斯　木匠

斯纳格　细工木匠

波顿　织工

弗鲁特　修风箱者

斯诺特　补锅匠

斯塔佛林　裁缝

希波吕忒　阿玛宗女王,忒修斯之未婚妻

赫米娅　伊吉斯之女,恋拉山德

海丽娜　恋狄米特律斯

奥布朗　仙王

提泰妮娅　仙后

迫克　又名好人儿罗宾

豆花　 ⎫
　　　 ⎪
蛛网　 ⎪
　　　 ⎬ 小神仙
飞蛾　 ⎪
　　　 ⎪
芥子　 ⎭

其他侍奉仙王仙后的小仙人们

忒修斯及希波吕忒的侍从

地　点

雅典及附近的森林

第一幕

第一场　雅典。忒修斯宫中

忒修斯，希波吕忒，菲劳斯特莱特及侍从等上。

忒修斯　美丽的希波吕忒，现在我们的婚期已快要临近了，再过四天幸福的日子，新月便将出来；但是唉！这个旧的月亮消逝得多么慢，她耽延了我的希望，像一个老而不死的后母或寡妇，尽是消耗着年轻人的财产。

希波吕忒　四个白昼很快地便将成为黑夜，四个黑夜很快地可以在梦中消度过去，那时月亮便将像新弯的银弓一样，在天上临视我们的良宵。

忒修斯　去，菲劳斯特莱特，激起雅典青年们的欢笑的心情，唤醒了活泼泼的快乐精神，把忧愁驱到坟墓里去；那个脸色惨白的家伙，是不应该让他参加在我们的结婚行列中的。（菲劳斯特莱特下。）希波吕忒，我用我的剑向你求婚，用威力的侵凌赢得了你的芳心；①但这次我要换一个调子，我将用豪华、夸耀和狂欢来举行我们的婚礼。

伊吉斯、赫米娅、拉山德、狄米特律斯上。

---

①　忒修斯（Theseus），希腊神话里的英雄，曾远征阿玛宗（Amazon），克之，娶其女王希波吕忒（Hippolyta）。

伊吉斯　威名远播的忒修斯公爵,祝您幸福!

忒修斯　谢谢你,善良的伊吉斯!你有什么事情?

伊吉斯　我怀着满心的气恼,来控诉我的孩子,我的女儿赫米娅。走上前来,狄米特律斯。殿下,这个人,是我答应把我女儿嫁给他的。走上前来,拉山德。殿下,这个人引诱坏了我的孩子。你,你,拉山德,你写诗句给我的孩子,和她交换着爱情的纪念物;你在月夜到她的窗前用做作的声调歌唱着自作多情的诗篇;你用头发编成的腕环、戒指、虚华的饰物、琐碎的玩具、花束、糖果——这些可以强烈地骗诱一个稚嫩的少女之心的"信使"来偷得她的痴情;你用诡计盗取了她的心,煽惑她使她对我的顺从变成倔强的顽抗。殿下,假如她现在当着您的面仍旧不肯嫁给狄米特律斯,我就要要求雅典自古相传的权利,因为她是我的女儿,我可以随意处置她;按照我们的法律,遇到这样的情况,她要是不嫁给这位绅士,便应当立时处死。

忒修斯　你有什么话说,赫米娅?当心一点吧,美貌的姑娘!你的父亲对于你应当是一尊神明;你的美貌是他给予的,你就像在他手中捏成的一块蜡像,他可以保全你,也可以毁灭你。狄米特律斯是一个很好的绅士呢。

赫米娅　拉山德也很好啊。

忒修斯　他本人当然很好;但是要做你的丈夫,如果不能得到你父亲的同意,那么比起来他就要差一筹了。

赫米娅　我真希望我的父亲和我有同样的看法。

忒修斯　实在还是你应该依从你父亲的看法才对。

赫米娅　请殿下宽恕我!我不知道是什么一种力量使我如此大胆,也不知道在这里披诉我的心思将会怎样影响到我的美名,但是我要敬问殿下,要是我拒绝嫁给狄米特律斯,就会有什么最恶的命运临到我的头上？

忒修斯　　不是受死刑，便是永远和男人隔绝。因此，美丽的赫米娅，仔细问一问你自己的心愿吧！考虑一下你的青春，好好地估量一下你血脉中的搏动；倘然不肯服从你父亲的选择，想想看能不能披上尼姑的道服，终生幽闭在阴沉的庵院中，向着凄凉寂寞的明月唱着黯淡的圣歌，做一个孤寂的修道女了此一生？她们能这样抑制热情，到老保持处女的贞洁，自然应当格外受到上天的眷宠；但是结婚的女子有如被采下炼制过的玫瑰，香气留存不散，比之孤独地自开自谢，奄然朽腐的花儿，在尘俗的眼光看来，总是要幸福得多了。

赫米娅　　就让我这样自开自谢吧，殿下，我不愿意把我的贞操奉献给我心里并不敬服的人。

忒修斯　　回去仔细考虑一下。等到新月初生的时候——我和我的爱人缔结永久的婚约的一天——你必须作出决定，倘不是因为违抗你父亲的意志而准备一死，便是听从他而嫁给狄米特律斯；否则就得在狄安娜的神坛前立誓严守戒律，终生不嫁。

狄米特律斯　　悔悟吧，可爱的赫米娅！拉山德！放弃你那没有理由的要求，不要再跟我确定了的权利抗争吧！

拉山德　　你已经得到她父亲的爱，狄米特律斯，让我保有着赫米娅的爱吧；你去跟她的父亲结婚好了。

伊吉斯　　无礼的拉山德！一点不错，我欢喜他，我愿意把属于我所有的给他；她是我的，我要把我在她身上的一切权利都授给狄米特律斯。

拉山德　　殿下，我和他出身一样好；我和他一样有钱；我的爱情比他深得多；我的财产即使不比狄米特律斯更多，也绝不会比他少；比起这些来更值得夸耀的是，美丽的赫米娅爱的是我。那么为

什么我不能享有我的权利呢？讲到狄米特律斯，我可以当他的
面宣布，他曾经向奈达的女儿海丽娜调过情，把她弄得神魂颠
倒；那位可爱的姑娘还痴心地恋着他，把这个缺德的负心汉当偶
像一样崇拜。

忒修斯　的确我也听到过不少闲话，曾经想和狄米特律斯谈谈这件
事；但是因为自己的事情太多，所以忘了。来，狄米特律斯；来，
伊吉斯；你们俩人跟我来，我有些私人的话要开导你们。你，美丽
的赫米娅，好好准备着，丢开你的情思，依从你父亲的意志，否则
雅典的法律将要把你处死，或者使你宣誓独身；我们没有法子变
更这条法律。来，希波吕忒；怎样，我的爱人？狄米特律斯和伊吉
斯，走吧；我必须差你们为我们的婚礼办些事，还要跟你们商量一
些和你们有点关系的事。

伊吉斯　我们不敢不欣然跟从殿下。（除拉山德、赫米娅外均下。）

拉山德　怎么啦，我的爱人！为什么你的脸颊这样惨白？你脸上的蔷
薇怎么会凋谢得这样快？

赫米娅　多半是因为缺少雨露，但我眼中的泪涛可以灌溉它们。

拉山德　唉！我在书上读到的，在传说或历史中听到的，真正的爱情，
所走的道路永远是崎岖多阻；不是因为血统的差异——

赫米娅　不幸啊，尊贵的要向微贱者屈节臣服！

拉山德　便是因为年龄上的悬殊——

赫米娅　可憎啊，年老的要和年轻人发生关系！

拉山德　或者因为信从了亲友们的选择——

赫米娅　倒霉啊，选择爱人要依赖他人的眼光！

拉山德　或者，即使彼此两情悦服，但战争、死亡或疾病却侵害着它，
使它像一个声音、一片影子、一段梦、黑夜中的一道闪电那样短
促，在一刹那间展现了天堂和地狱，但还来不及说一声"瞧啊！"

黑暗早已张开口把它吞噬了。光明的事物，总是那样很快地变成
了混沌。

赫米娅　既然真心的恋人们永远要受磨折似乎已是一条命运的
定律，那么让我们练习着忍耐吧；因为这种磨折，正和忆念、
幻梦、叹息、希望和哭泣一样，都是可怜的爱情缺不了的随
从者。

拉山德　你说得很对。听我吧，赫米娅。我有一个寡居的伯母，很有
钱，却没有儿女，她看待我就像亲生的独子一样。她的家离开雅
典二十英里路！温柔的赫米娅，我可以在那边和你结婚，雅典法
律的利爪不能追及我们。要是你爱我，请你在明天晚上溜出你父
亲的屋子，走到郊外三英里路地方的森林里——我就是在那边遇
见你和海丽娜一同庆祝五月节①的——我将在那面等你。

赫米娅　我的好拉山德！凭着丘比特的最坚强的弓，凭着他的金镞的
箭，凭着维纳斯的鸽子的纯洁，凭着那结合灵魂、祐祐爱情的神
力，凭着古代迦太基女王焚身的烈火，当她看见她那负心的特洛
伊人扬帆而去的时候，凭着一切男子所毁弃的约誓——那数目是
远超过于女子所曾说过的，我向你发誓，明天一定会到你所指定
的那地方和你相会。

拉山德　愿你不要失约，情人。瞧，海丽娜来了。

　　　　海丽娜上。

赫米娅　上帝保佑美丽的海丽娜！你到哪里去？

海丽娜　你称我"美丽"吗？请你把那两个字收回了吧！狄米特律斯
爱着你的美丽；幸福的美丽啊！你的眼睛是两颗明星，你的甜蜜
的声音比之小麦青青、山楂蓓蕾的时节送入牧人耳中的云雀之歌

---

①　英国旧俗于五月一日早起以露盥身，采花唱歌。

还要动听。疾病是能染人的;唉! 要是美貌也能传染的话,美丽的赫米娅,我但愿染上你的美丽:我要用我的耳朵捕获你的声音,用我的眼睛捕获你的睇视,用我的舌头捕获你那柔美的旋律。要是除了狄米特律斯之外,整个世界都是属于我所有,我愿意把一切捐弃,但求化身为你。啊! 教给我怎样流转眼波,用怎么一种魔力操纵着狄米特律斯的心?

赫米娅 我向他皱着眉头,但是他仍旧爱我。

海丽娜 唉,要是你的颦蹙能把那种本领传授给我的微笑就好。

赫米娅 我给他咒骂,但他给我爱情。

海丽娜 唉,要是我的祈祷也能这样引动他的爱情就好了!

赫米娅 我越是恨他,他越是跟随着我。

海丽娜 我越是爱他,他越是讨厌我。

赫米娅 海丽娜,他的傻并不是我的错。

海丽娜 但那是你的美貌的错处;要是那错处是我的就好了!

赫米娅 宽心吧,他不会再见我的脸了;拉山德和我将要逃开此地。在我不曾遇见拉山德之前,雅典对于我就像是一座天堂;啊,我的爱人身上,存在着一种多么神奇的力量,竟能把天堂变成一座地狱!

拉山德 海丽娜,我们不愿瞒你。明天夜里,当月亮在镜波中反映她的银色的容颜、晶莹的露珠点缀在草叶尖上的时候——那往往是情奔最适当的时候,我们预备溜出雅典的城门。

赫米娅 我的拉山德和我将要相会在林中,就是你我常常在那边淡雅的樱草花的花坛上躺着彼此吐露柔情的衷曲的所在,从那里我们便将离别雅典,去访寻新的朋友,和陌生人做伴了。再会吧,亲爱的游侣! 请你为我们祈祷;愿你重新得到狄米特律斯的心! 不要失约,拉山德;我们现在必须暂时忍受一下离别的痛苦,到明晚夜深时再见面吧!

拉山德　一定的,我的赫米娅。(赫米娅下。)海丽娜,别了;如同你恋着
　　　　他一样,但愿狄米特律斯也恋着你!　(下。)

海丽娜　有些人比起其他的人来是多么幸福!在全雅典大家都认为
　　　　我跟她一样美,但那有什么相干呢,狄米特律斯是不这么认为的;
　　　　除了他一个人之外大家都知道的事情,他不会知道。正如他那样
　　　　错误地迷恋着赫米娅的秋波一样,我也是只知道爱慕他的才智;
　　　　一切卑劣的弱点,在恋爱中都成为无足重轻,而变成美满和庄严。
　　　　爱情是不用眼睛而用心灵看着的,因此生着翅膀的丘比特常被描
　　　　成盲目;而且爱情的判断全然没有理性,光有翅膀,不生眼睛,一
　　　　味表示出卤莽的急躁,因此爱神便据说是一个孩儿,因为在选择
　　　　方面他常会弄错。正如顽皮的孩子惯爱发假誓一样,司爱情的小
　　　　儿也到处赌着口不应心的咒。狄米特律斯在没有看见赫米娅之
　　　　前,也曾像下雹一样发着誓,说他是完全属于我的,但这阵冰雹一
　　　　感到身上的一丝热力,便立刻溶解了!无数的盟言都化为乌。我
　　　　要去告诉他美丽的赫米娅的出奔;他知道了以后,明夜一定会到
　　　　林中去追寻她。如果为着这次的通报消息,我能得到一些酬谢,
　　　　我的代价也一定不小;但我的目的是要补报我的苦痛,使我能再
　　　　一次聆接他的音容。(下。)

第二场　同前。昆斯家中

　　　　昆斯、斯纳格、波顿、弗鲁特、斯诺特、斯塔佛林上。

昆　斯　咱们一伙人都到了吗?

波　顿　你最好照着名单一个儿一个儿拢总地点一下名。

昆　斯　这儿是每个人名字都在上头的名单,整个雅典都承认,在公
　　　　爵跟公爵夫人结婚那晚上当着他们的面前扮演咱们这一出插戏,

这张名单上的弟兄们是再合适也没有的了。

波　顿　第一，好彼得·昆斯，说出来这出戏讲的是什么，然后再把扮戏的人名字念出来，好有个头脑。

昆　斯　好，咱们的戏名是《最可悲的喜剧，以及皮拉摩斯和提斯柏①的最残酷的死》。

波　顿　那一定是篇出色的东西，咱可以担保，而且是挺有趣的。现在，好彼得·昆斯，照着名单把你的角儿们的名字念出来吧。列位，大家站开。

昆　斯　咱一叫谁的名字，谁就答应。尼克·波顿，织布的。

波　顿　有。先说咱应该扮哪一个角儿，然后再挨次叫下去。

昆　斯　你，尼克·波顿，派着扮皮拉摩斯。

波　顿　皮拉摩斯是谁呀？一个情郎呢，还是一个霸王？

昆　斯　是一个情郎，为着爱情的缘故，他挺勇敢地把自己毁了。

波　顿　要是演得活龙活现，那还得掉下几滴泪来。要是咱演起来的话，让看客们大家留心着自个儿的眼睛吧；咱要叫全场痛哭流涕，管保风云失色。把其余的人叫下去吧；但是扮霸王挺适合咱的胃口了。咱会把赫剌克勒斯扮得非常好，或者什么吹牛的角色，管保吓破了人的胆。

　　　　山岳狂怒的震动！
　　　　　裂开了牢狱的门，
　　　　太阳在远方高升！
　　　　　慑伏了神灵的魂。

那真是了不得！现在把其余的名字念下去吧。这是赫剌克勒斯

---

① 皮拉摩斯（Pyramus）和提斯柏（Thisbe）的故事见奥维德《变形记》第四章。

的神气,霸王的神气;情郎还得忧愁一点。

昆　斯　法兰西斯·弗鲁特,修风箱的。

弗鲁特　有,彼得·昆斯。

昆　斯　你得扮提斯柏。

弗鲁特　提斯柏是谁呀? 一个游行的侠客吗?

昆　斯　那是皮拉摩斯必须爱上的姑娘。

弗鲁特　噢,真的,别叫咱扮一个娘儿们;咱的胡子已经长起来啦。

昆　斯　那没有问题;你得套上假脸扮演,你可以小着声音讲话。

波　顿　咱也可以把脸孔罩住,提斯柏也让咱来扮吧。咱会细声细气
　　　　地说话,"提斯妮! 提斯妮!""啊呀! 皮拉摩斯! 奴的情哥哥!
　　　　是你的提斯柏,你的亲亲爱爱的姑娘!"

昆　斯　不行,不行,你必须扮皮拉摩斯。弗鲁特,你必须扮提
　　　　斯柏。

波　顿　好吧,叫下去。

昆　斯　罗宾·斯塔佛林,当裁缝的。

斯塔佛林　有,彼得·昆斯。

昆　斯　罗宾·斯塔佛林,你扮提斯柏的母亲。汤姆·斯诺特,补锅
　　　　子的。

斯诺特　有,彼得·昆斯。

昆　斯　你扮皮拉摩斯的爸爸;咱自己扮提斯柏的爸爸;斯纳格,做
　　　　细木工的,你扮一只狮子;咱想这本戏就此分配好了。

斯纳格　你有没有把狮子的台词写下? 要是有的话,请你给我,因为
　　　　我记性不大好。

昆　斯　你不用预备,你只要嚷嚷就算了。

波　顿　让咱也扮狮子吧。咱会嚷嚷,叫每一个人听见了都非常高兴;
　　　　咱会嚷着嚷着,连公爵都传下谕旨来说:"让他再嚷下去吧! 让

他再嚷下去吧!"

昆　斯　你要嚷得那么可怕,吓坏了公爵夫人和各位太太小姐们,吓得她们尖声叫起来;那准可以把咱们一起给吊死了。

众　人　那准会把咱们一起给吊死,每一个母亲的儿子都逃不了。

波　顿　朋友们,你们说的很是;要是你把太太们吓昏了头,她们一定会不顾三七二十一把咱们给吊死。但是咱可以把声音压得高一些,不,提得低一些;咱会嚷得就像一只吃奶的小鸽子那么地温柔,嚷得就像一只夜莺。

昆　斯　你只能扮皮拉摩斯;因为皮拉摩斯是一个讨人欢喜的小白脸,一个体面人,就像你可以在夏天看到的那种人;他又是一个可爱的堂堂绅士模样的人;因此你必须扮皮拉摩斯。

波　顿　行,咱就扮皮拉摩斯。顶好,咱挂什么须?

昆　斯　那随你便吧。

波　顿　咱可以挂你那稻草色的须,你那橙黄色的须,你那紫红色的须,或者你那法国金洋钱色的须,纯黄色的须。

昆　斯　你还是光着脸蛋吧。列位,这儿是你们的台词。咱请求你们,恳求你们,要求你们,在明儿夜里念熟,趁着月光,在郊外一英里路地方的禁林里咱们碰头,在那边咱们要排练排练;因为要是咱们在城里排练,就会有人跟着咱们,咱们的玩意儿就要泄漏出去。同时咱要开一张咱们演戏所需要的东西的单子。请你们大家不要误事。

波　顿　咱们一定在那边碰头;咱们在那边排练起来可以像样点儿,胆大点儿。大家辛苦干一下,要干得非常好。再会吧。

昆　斯　咱们在公爵的橡树底下再见。

波　顿　好了,可不许失约。(同下。)

第二幕

第一场　雅典附近的森林

一小仙及迫克自相对方向上。

迫　克　喂,精录! 你飘流到哪里去?

小　仙

越过了谿谷和山陵,

穿过了荆棘和丛薮,

越过了围场和园庭,

穿过了激流和爝火:

我在各地漂游流浪,

轻快得像是月亮光;

我给仙后奔走服务,

草环①上缀满轻轻露。

亭亭的莲馨花是她的近侍,

黄金的衣上饰着点点斑痣;

那些是仙人们投赠的红玉,

中藏着一缕缕的芳香馥郁;

我要在这里访寻几滴露水,

---

①　野地上有时发现环形的茂草,传谓仙人夜间在此跳舞所成。

　　　　　　　给每朵花挂上珍珠的耳坠。
　　　　　　　再会,再会吧,你粗野的精灵!
　　　　　　　因为仙后的大驾快要来临。

迫　克

　　　　　　　今夜大王在这里大开欢宴,
　　　　　　　千万不要让他俩彼此相见;
　　　　　　　奥布朗的脾气可不是顶好,
　　　　　　　为着王后的固执十分着恼;
　　　　　　　她偷到了一个印度小王子,
　　　　　　　就像心肝一样怜爱和珍视;
　　　　　　　奥布朗看见了有些儿眼红,
　　　　　　　想要把他充作自己的侍童;
　　　　　　　可是她哪里便肯把他割爱,
　　　　　　　满头花朵她为他亲手插戴;
　　　　　　　从此林中! 草上! 泉畔和月下,
　　　　　　　他们一见面便要破口相骂;
　　　　　　　小妖们往往吓得胆战心慌,
　　　　　　　没命地钻向橡斗中间躲藏;

小　仙　要是我没有把你认错,你大概便是名叫罗宾好人儿的狡狯
　　　的、淘气的精灵了。你就是惯爱吓唬乡村的女郎,在人家的牛乳
　　　上撮去了乳脂,使那气喘吁吁的主妇整天也搅不出奶油来;有时
　　　你暗中替人家磨谷,有时弄坏了酒使它不能发酵;夜里走路的人,
　　　你把他们引入了迷路,自己却躲在一旁窃笑;谁叫你"大仙"或是
　　　"好迫克"的,你就给他幸运,帮他做工:那就是你吗?

迫　　克　　仙人，你说得正是；我就是那个快活的夜游者。我在奥布朗
跟前想出种种笑话来逗他发笑，看见一头肥胖精壮的马儿，我就
学着雌马的嘶声把它迷昏了头；有时我化作一颗焙熟的野苹果，
躲在老太婆的酒碗里，等她举起碗想喝的时候，我就啪得弹到他
嘴唇上，把一碗麦酒都倒在她那皱瘪的喉皮上；有时我化作三脚
的凳子，满肚皮人情世故的婶婶刚要坐下来一本正经讲她的故
事，我便从她的屁股底下滑走，把她翻了一个大元宝，一头喊"好
家伙！"一头咳呛个不住，于是周围的人大家笑得前仰后合，他们
越想越好笑，鼻涕眼泪都笑了出来，发誓说从来不曾遇到过比这
更有趣的事。但是让开路来，仙人，奥布朗来了。

小　　仙　　仙后也来了。他要是走开了才好！

奥布朗及提泰妮娅各带侍从自相对方向上。

奥布朗　　真不巧又在月光下碰见你，骄傲的提泰妮娅！

提泰妮娅　　嘿，嫉妒的奥布朗！神仙们，快快走开；我已经发誓不和他
同游同寝了。

奥布朗　　等一等，坏脾气的女人！我不是你的夫君吗？

提泰妮娅　　那么我也一定是你的尊夫人了。但是你从前溜出了仙
境，扮作牧人的样子，整天吹着麦笛，唱着情歌，向风骚的牧女
调情，这种事我全知道。今番你为什么要从迢迢的印度平原
上赶到这里来呢？无非是为着那位身材高大的阿玛宗女王，
你的穿靴子的爱人，要嫁给忒修斯了，所以你得来向他们道贺
道贺。

奥布朗　　你怎么好意思说出这种话来，提泰妮娅，把我的名字和希波
吕忒牵涉在一起侮蔑我？你自己知道你和忒修斯的私情瞒不
过我。不是你在朦胧的夜里引导他离开被他所俘虏的佩丽古
娜？不是你使他负心地遗弃了美丽的伊葛尔、爱丽亚邓和安提

奥巴?

提泰妮娅　这些都是因为嫉妒而捏造出来的谎话。自从仲夏之初,我
　　　们每次在山上、谷中、树林里、草场上、细石铺底的泉旁或是海滨
　　　的沙滩上聚集,预备和着鸣啸的风声跳环舞的时候,总是被你打
　　　断我们的兴致。风因为我们不理会他的吹奏,生了气,便从海中
　　　吸起了毒雾;毒雾化成瘴雨下降地上,使每一条小小的溪河都耀
　　　武扬威地泛滥到岸上:因此牛儿白白牵着轭,农夫枉费了他的血
　　　汗,青青的嫩禾还没有长上芒须便腐烂了;空了的羊栏露出在一
　　　片汪洋的田中,乌鸦饱啖着瘟死了的羊群的尸体;跳舞作乐的草
　　　泥坂上满是湿泥,杂草乱生的曲径因为没有人行走,已经无法辨
　　　认。人们在五月天要穿冬季的衣服;晚上再听不到欢乐的颂歌。
　　　执掌潮汐的月亮,因为再也听不见夜间颂神的歌声,气得脸孔发
　　　白,在空气中播满了湿气,人一沾染上就要害风湿症。因为天时
　　　不正,季候也反了常:白头的寒霜倾倒在红颜的蔷薇的怀里,年迈
　　　的冬神却在薄薄的冰冠上嘲讽似地缀上了夏天芬芳的蓓蕾的花
　　　环。春季、夏季、丰收的秋季、暴怒的冬季,都改换了他们素来的
　　　装束,惊愕的世界不能再凭着他们的出产辨别出谁是谁来!这都
　　　因为我们的不和所致,我们是一切灾祸的根源。

奥布朗　那么你就该设法补救;这全然在你的手中!为什么提泰妮娅
　　　要违拗她的奥布朗呢?我所要求的,不过是一个小小的换儿①做
　　　我的侍童罢了。

提泰妮娅　请你死了心吧,拿整个仙境也不能从我手里换得这个孩
　　　子。他的母亲是我神坛前的一个信徒,在芬芳的印度的夜里!她
　　　常常在我身旁闲谈!陪我坐在海边的黄沙上!凝望着海上的商

---

① 传说仙人常于夜间将人家美丽小儿窃去,以愚蠢的妖童换置其处。

船；我们一起笑着，看那些船帆因狂荡的风而怀孕，一个个凸起了
肚皮；她那时正也怀孕着这个小宝贝，便学着船帆的样子，美妙而
轻快地凌风而行，为我往岸上寻取各种杂物，回来时就像航海而
归，带来了无数的商品。但她因为是一个凡人，所以在产下这孩
子时便死了。为着她的缘故我才抚养她的孩子，也为着她的缘故
我不愿舍弃他。

奥布朗　你预备在这林中耽搁多少时候？

提泰妮娅　也许要到忒修斯的婚礼以后。要是你肯耐心地和我们一
起跳舞，看看我们月光下的游戏，那么跟我们一块儿走吧；不然的
话，请你不要见我，我也决不到你的地方来。

奥布朗　把那个孩子给我，我就和你一块儿走。

提泰妮娅　把你的仙国跟我掉换都别想。神仙们，去吧！要是我再多
留一刻，我们就要吵起来了。（率侍从等下。）

奥布朗　好，去你的吧！为着这次的侮辱，我一定要在你离开这座林
子之前给你一些惩罚。我的好迫克，过来，你记不记得有一次我
坐在一个海岬上，望见一个美人鱼骑在海豚的背上！她的歌声是
这样婉转而谐美，镇静了狂暴的怒海，好几个星星都疯狂地跳出
了它们的轨道，为了听这海女的音乐？

迫　克　我记得。

奥布朗　就在那个时候，你看不见，但我能看见持着弓箭的丘比特在
冷月和地球之间飞翔；他瞄准了坐在西方宝座上的一个美好的
童贞女，很灵巧地从他的弓上射出他的爱情之箭，好像它能刺
透十万颗心的样子。可是只见小丘比特的火箭在如水的冷洁
的月光中熄灭，那位童贞的女王心中一尘不染同，沉浸在纯洁
的思念中安然无恙；但是我看见那支箭却落下在西方一朵小小
的花上！那花本来是乳白色的，现在已因爱情的创伤而被染成

紫色,少女们把它称作"爱懒花"。去给我把那花采来。我曾经给你看过它的样子;它的汁液如果滴在睡着的人的眼皮上,无论男女,醒来一眼看见什么生物,都会发疯似地对它恋爱。给我采这种花来;在鲸鱼还不曾游过三英里路之前,必须回来复命。

迫　　克　我可以在四十分钟内环绕世界一周。(下。)

奥布朗　这种花汁一到了手,我便留心着等提泰妮娅睡了的时候把它滴在她的眼皮上;她一醒来第一眼看见的东西,无论是狮子也好,熊也好,狼也好,公牛也好,或者好事的猕猴、忙碌的无尾猿也好,她都会用最强烈的爱情追求它。我可以用另一种草解去这种魔力,但第一我先要叫她把那个孩子让给我。可是谁到这儿来啦?凡人看不见我,让我听听他们的谈话。

　　　　　狄米特律斯上,海丽娜随其后。

狄米特律斯　我不爱你,所以别跟着我。拉山德和美丽的赫米娅在哪儿?我要把拉山德杀死,但我的命却悬在赫米娅手中。你对我说他们私奔到这座林子里,因此我赶到这儿来;可是因为遇不见我的赫米娅,我简直要在这林子里发疯啦。滚开!快走,不许再跟着我!

海丽娜　是你吸引我跟着你的,你这硬心肠的磁石!可是你所吸的却不是铁,因为我的心像钢一样坚贞。要是你去掉你的吸引力,那么我也就没有力量再跟着你了!

狄米特律斯　是我引诱你吗?我曾经向你说过好话吗?我不是曾经明明白白地告诉过你,我不爱你,而且也不能爱你吗?

海丽娜　即使那样,也只是使我爱你爱得更加厉害。我是你的一条狗,狄米特律斯;你越是打我,我越是向你献媚。请你就像对待你的狗一样对待我吧,踢我、打我、冷淡我、不理我,都好,只容许我跟

　　　　　随着你,虽然我是这么不好。在你的爱情里我要求的地位还能比
　　　　一条狗都不如吗? 但那对于我已经是十分可贵了!

狄米特律斯　　不要过分惹起我的厌恨吧;我一看见你就头痛。

海丽娜　　可是我不看见你就心痛。

狄米特律斯　　你太不顾虑你自己的体面了,竟擅自离开城中,把你
　　　　自己交托在一个不爱你的人手里;你也不想想你的贞操多么
　　　　值钱,就在黑夜中这么一个荒凉的所在盲目地听从着不可知的
　　　　命运。

海丽娜　　你的德行使我安心这样做:因为当我看见你面孔的时候,黑
　　　　夜也变成了白昼,因此我并不觉得现在是在夜里;你在我的眼里
　　　　是整个世界,因此在这座林中我也不愁缺少伴侣:要是整个世界
　　　　都在这儿瞧着我,我怎么还是单身独自一人呢?

狄米特律斯　　我要逃开你,躲在丛林之中,任凭野兽把你怎样处置。

海丽娜　　最凶恶的野兽也不像你那样残酷。你要逃开我就逃开吧;
　　　　从此以后,古来的故事要改过了:逃走的是阿波罗,追赶的是达芙
　　　　妮①;鸽子追逐着鹰隼;温柔的牝鹿追捕着猛虎;然而弱者追求勇
　　　　者,结果总是徒劳无益的。

狄米特律斯　　我不高兴听你再唠叨下去。让我走吧;要是你再跟着我,
　　　　相信我,在这座林中你要被我欺负的。

海丽娜　　嗯,在神庙中,在市镇上,在乡野里,你到处欺负我。唉,狄米
　　　　特律斯! 你的虐待我已经使我们女子蒙上了耻辱。我们是不会
　　　　像男人一样为爱情而争斗的;我们应该被人家求爱,而不是向人
　　　　家求爱。(狄米特律斯下。)我要立意跟随你;我愿死在我所深爱的

---

① 希腊罗马神话中日神阿波罗(Apollo)爱仙女达芙妮(Daphne),达芙妮避之而化为
　　月桂树。

人的手中，好让地狱化为天宫！（下。）

奥布朗　再会吧，女郎！当他还没有离开这座树林，你将逃避他，他将
　　　追求你的爱情。

　　　　　　迫克重上。

奥布朗　你已经把花采来了吗？欢迎啊，浪游者！
迫　克　是的，它就在这儿。
奥布朗　请你把它给我。

　　　　我知道一处茴香盛开的水滩，
　　　　长满着樱草和盈盈的紫罗兰，
　　　　馥郁的金银花芬泽的野蔷薇，
　　　　漫天张起了一幅芬芳的锦帷。
　　　　有时提泰妮娅在群花中酣醉，
　　　　柔舞清歌低低地抚着她安睡；
　　　　小花蛇在那里丢下发亮的皮，
　　　　小仙人拿来当作合身的外衣，
　　　　我要洒一点花汁在她的眼上，
　　　　让她充满了各种可憎的幻象。
　　　　其余的你带了去在林中访寻，
　　　　一个娇好的少女见弃于情人；
　　　　倘见那薄幸的青年在她近前，
　　　　就把它轻轻地点上他的眼边。
　　　　他的身上穿着雅典人的装束，
　　　　你须仔细辨认清楚，不许弄错；
　　　　小心地执行着我谆谆的吩咐，
　　　　让他无限的柔情都向她倾吐，

等第一声雄鸡啼时我们再见。

迫　克　放心吧，主人，一切如你的意念。(各下。)

第二场　林中的另一处

提泰妮娅及其小仙侍从等上。

提泰妮娅　来跳一回舞，唱一曲神仙歌，然后在一分钟内余下来的三
　　分之一的时间里，大家散开去；有的去杀死麝香玫瑰嫩苞中的蛀
　　虫；有的去和蝙蝠作战，剥下它们的翼革来为我的小妖儿们做外
　　衣；剩下的去驱逐每夜啼叫、看见我们这些伶俐的小精灵们而惊
　　骇的猫头鹰。现在唱歌给我催眠吧；唱罢之后，大家各做各的事，
　　让我休息一会儿。

小仙们　(唱)

一

两舌的花蛇，多刺的猬，
不要打扰着她的安睡；
蝾螈和蜥蜴，不要行近，
仔细毒害了她的宁静。
夜莺，鼓起你的清弦，
为我们唱一曲催眠：
睡啦，睡啦，睡睡吧！睡啦，睡啦，睡睡吧！
一切害物远走高飞，

不要行近她的身旁；

晚安，睡睡吧！

二

织网的蜘蛛，不要过来；

长脚的蛛儿快快走开！

黑背的蜣螂，不许走近；

不许莽撞，蜗牛和蚯蚓。

夜莺，鼓起你的清弦，

为我们唱一曲催眠：

睡啦，睡啦，睡睡吧！睡啦，睡啦，睡睡吧！

一切害物远走高，

不要行近她的身旁；

晚安，睡睡吧！

一小仙　去吧！现在一切都已完成，

　　　只须留着一个人做哨兵。（众小仙下，提泰妮娅睡。）

　　　　奥布朗上，挤花汁滴在提泰妮娅眼皮上。

奥布朗

　　　等你眼睛一睁开，

　　　你就看见你的爱，

　　　为他担起相思债：

　　　山猫、豹子、大狗熊，

　　　野猪身上毛蓬蓬；

　　　等你醒来一看见

　　　丑东西在你身边，

　　　芳心可可为他恋。（下。）

拉山德及赫米娅上。

拉山德　好人,你在林中东奔西走,疲乏得快要昏倒了。说老实话,我已经忘记了我们的路。要是你同意,赫米娅,让我们休息一下,等待到天亮再说。

赫米娅　就照你的意思吧,拉山德。你去给你自己找一处睡眠的所在,因为我要在这花坛安息我的形骸。

拉山德　一块草地可以作我们俩人枕首的地方;两个胸膛一条心,应该合睡一个眠床。

赫米娅　哎,不要,亲爱的拉山德;为着我的缘故,我的亲亲,再躺远一些,不要挨得那么近。

拉山德　啊,爱人!不要误会了我的无邪的本意,恋人们原是能够领会彼此所说的话的。我是说我的心和你的心连结在一起,已经打成一片,分不开来;两个心胸彼此用盟誓连系,共有着一片忠贞。因此不要拒绝我睡在你的身旁,赫米娅!我一点没有坏心肠。

赫米娅　拉山德真会说话。要是赫米娅疑心拉山德有坏心肠,愿她从此不能堂堂做人。但是好朋友!为着爱情和礼貌的缘故,请睡得远一些;在人间的礼法上,保持这样的距离对于束身自好的未婚男女,是最为合适的。这么远就行了。晚安,亲爱的朋友!愿爱情永无更改,直到你生命的尽头!

拉山德　依着你那祈祷我应和着阿门!阿门!我将失去我的生命,如其我失去我的忠贞!（略就远处退卧）这里是我的眠床了,但愿睡眠给与你充分的休养!

赫米娅　那愿望我愿意和你分享!（二人入睡。）

迫克上。

迫　克

　　我已经在森林中间走遍,

但雅典人可还不曾瞧见，

我要把这花液在他眼上。

试一试激动爱情的力量，

静寂的深宵！啊，谁在这厢？

他身上穿着雅典的衣裳。

我那主人所说的正是他，

狠心地欺负那美貌娇娃；

她正在这一旁睡得酣熟，

不顾到地上的潮湿龌龊；

美丽的人儿她竟然不敢，

睡近这没有心肝的恶汉。（挤花汁滴拉山德眼上）

我已在你眼睛上，坏东西！

倾注着魔术的力量神奇；

等你醒来的时候，让爱情

从此扰乱你睡眠的安宁！

别了，你醒来我早已去远，

奥布朗在盼我和他见面。（下。）

狄米特律斯及海丽娜奔驰上。

海丽娜　　你杀死了我也好，但是请你停步吧，亲爱的狄米特律斯！

狄米特律斯　我命令你走开，不要这样缠扰着我！

海丽娜　　啊！你要把我丢在黑暗中吗？请不要这样！

狄米特律斯　站住！否则叫你活不成。我要独自走我的路。（下。）

海丽娜　　唉！这痴心的追赶使我乏得透不过气来。我越是千求万告，
　　　　越是惹他憎恶。赫米娅无论在什么地方都是那么幸福，因为她有
　　　　一双天赐的迷人的眼睛。她的眼睛怎么会这样明亮呢？不是为

着泪水的缘故,因为我的眼睛被眼泪洗着的时候比她更多。不,不,我是像一头熊那么难看,就是野兽看见我也会因害怕而逃走;因此难怪狄米特律斯会这样逃避我,就像逃避一个丑妖怪一样。哪一面欺人的坏镜子使我居然敢把自己跟赫米娅的明星一样的眼睛相比呢?但是谁在这里?拉山德!躺在地上!死了吗,还是睡了?我看不见有血,也没有伤处。拉山德,要是你没有死,好朋友,醒醒吧!

拉山德　(醒)我愿为着你赴汤蹈火,玲珑剔透的海丽娜!上天在你身上显出他的本领,使我能在你的胸前看透你的心。狄米特律斯在哪里?嘿!那个难听的名字让他死在我的剑下多么合适!

海丽娜　不要这样说,拉山德!不要这样说!即使他爱你的赫米娅又有什么关系?上帝!那又有什么关系?赫米娅仍旧是爱着你的,所以你应该心满意足了。

拉山德　跟赫米娅心满意足吗?不,我真悔恨和她在一起度着的那些可厌的时辰。我不爱赫米娅,我爱的是海丽娜;谁不愿意把一只乌鸦换一头白鸽呢?男人的意志是被理性所支配的,理性告诉我你比她更值得敬爱。凡是生长的东西,不到季节,总不会成熟:我过去由于年轻,我的理性也不曾成熟;但是现在我的智慧已经充分成长,理性指挥着我的意志,把我引到了你的眼前;在你的眼睛里我可以读到写在最丰美的爱情的经典上的故事。

海丽娜　我怎么忍受得下这种尖刻的嘲笑呢?我什么时候得罪了你,使你这样讥讽我呢?我从来不曾得到过,也永远不会得到,狄米特律斯的一瞥爱怜的眼光,难道那还不够,难道那还不够,年轻人,你必须再这样挖苦我的短处吗?真的,你侮辱了我;真的,用这种卑鄙的样子向我献假殷勤。但是再会吧!我还以为你是个较有教养的上流人哩。唉!一个女子受到了这一个男人的摈拒,还得忍受那一个男子的揶揄。(下。)

拉山德　她没有看见赫米娅。赫米娅,睡你的吧,再不要走近拉山德
　　的身边了! 一个人吃饱了太多的甜食,能使胸胃中发生强烈的厌
　　恶,改信正教的人最是痛心疾首于以往欺骗他的异端邪说,你就
　　是我的甜食和异端邪说,让你被一切的人所憎恶吧,但没有别人
　　比我更憎恶你了。我的一切生命之力啊,用爱和力来尊崇海丽娜,
　　做她的忠实的骑士吧! (下。)

赫米娅　(醒)救救我,拉山德! 救救我! 用出你全身力量来,替我在
　　胸口上撵掉这条蠕动的蛇。哎呀,天哪! 做了怎样的梦! 拉山德,
　　瞧我怎样因害怕而颤抖着。我觉得仿佛一条蛇在嚼食我的心,
　　而你坐在一旁,瞧着它的残酷的肆虐微笑。拉山德! 怎么! 换了
　　地方了! 拉山德! 好人! 怎么! 听不见? 去了? 没有声音,不说
　　一句话? 唉! 你在哪儿? 要是你听见我,答应一声呀! 凭着一
　　切爱情的名义,说话呀! 我害怕得差不多要晕倒了,你仍旧一声
　　不响! 我明白你已不在近旁了;要是我寻不到你,我定将一命丧
　　亡! (下。)

第三幕

第一场　林中。提泰妮娅熟睡未醒

昆斯、斯纳格、波顿、弗鲁特、斯诺特、斯塔佛林上。

波　顿　咱们都会齐了吗？

昆　斯　妙极了，妙极了，这儿真是给咱们练戏用的一块再方便也没有的地方。这块草地可以做咱们的戏台。这一丛山楂树便是咱们的后台。咱们可以认真扮演一下；就像当着公爵殿下的面前一样。

波　顿　彼得·昆斯，——

昆　斯　你说什么，波顿好家伙？

波　顿　在这本《皮拉摩斯和提斯柏》的喜剧里，有几个地方准难叫人家满意。第一，皮拉摩斯该得拔出剑来结果自己的性命，这是太太小姐们受不了的。你说可对不对。

斯诺特　凭着圣母娘娘的名字，这可真的不是玩儿的事。

斯塔佛林　我说咱们把什么都做完了之后，这一段自杀可不用表演。

波　顿　不必，咱有一个好法子。给咱写一段开场诗，让这段开场诗大概这么说：咱们的剑是不会伤人的；实实在在皮拉摩斯并不真地把自己干掉了；顶好再那么声明一下，咱扮着皮拉摩斯的，并不是皮拉摩斯，实在是织工波顿：这么一下她们就不会受惊了。

昆　斯　好吧，就让咱们有这么一段开场诗，咱可以把它写成八六体①

---

① 八音节六音节相间的诗体。

。

波　顿　　把它再加上两个字,让它是八个字八个字那么的吧。

斯诺特　　太太小姐们见了狮子不会哆嗦吗?

斯塔佛林　咱担保她们一定会害怕。

波　顿　　列位,你们得好好想一想:把一头狮子——老天爷保佑咱
　　　　　们! ——带到太太小姐们的中间,还有比这更荒唐得可怕的事
　　　　　吗? 在野兽中间,狮子是再凶恶不过的,咱们可得考虑考虑。

斯诺特　　那么说,就得再写一段开场诗,说他并不是真狮子。

波　顿　　不,你应当把他的名字说出来,他的脸蛋的一半要露在狮子
　　　　　头颈的外边;他自己就该说着这样或者诸如此类的话:“太太小姐
　　　　　们,”或者说,“尊贵的太太小姐们,咱要求你们,”或者说,“咱请求
　　　　　你们,”或者说,“咱恳求你们,不用害怕,不用发抖;咱可以用生命
　　　　　给你们担保。要是你们想咱真是一头狮子,那咱才真是倒霉啦!
　　　　　不,咱完全不是这种东西;咱是跟别人一样的人。”这么着让他说
　　　　　出自己的名字来,明明白白地告诉她们,他是细工木匠斯纳格。

昆　斯　　好吧,就这么办。但是还有两件难事:第一,咱们要把月亮光
　　　　　搬进屋子里来;你们知道皮拉摩斯和提斯柏是在月亮底下相见的。

斯纳格　　咱们演戏的那天可有月亮吗?

波　顿　　拿历本来,拿历本来! 瞧历本上有没有月亮,有没有月亮。

昆　斯　　有的,那晚上有好月亮。

波　顿　　啊,那么你就可以把咱们演戏的大厅上的一扇窗打开,月亮
　　　　　就会打窗子里照进来啦。

昆　斯　　对了;否则就得叫一个人一手拿着柴枝,一手举起灯笼,登场
　　　　　说他是假扮或是代表着月亮。现在还有一件事,咱们在大厅里应
　　　　　该有一堵墙;因为故事上说,皮拉摩斯和提斯柏是彼此凑着一条
　　　　　墙缝讲话的。

斯纳格　你可不能把一堵墙搬进来。你怎么说,波顿?

波　顿　让什么人扮做墙头;让他身上涂着些灰泥黏土之类,表明他
　　　　是墙头!让他把手指举起作成那个样儿,皮拉摩斯和提斯柏就可
　　　　以在手指缝里低声谈话了。

昆　斯　那样的话,一切就都已齐全了。来,每个老娘的儿子都坐下
　　　　来,念着你们的台词。皮拉摩斯,你开头;你说完了之后,就走进
　　　　那簇树后;这样大家可以按着尾白①挨次说下去。

　　　　　　迫克自后上。

迫　克　那一群伧夫俗子胆敢在仙后卧榻之旁鼓唇弄舌?哈,在那儿
　　　　演戏!让我做一个听戏的吧;要是看到机会的话,也许我还要做
　　　　一个演员哩。

昆　斯　说吧,皮拉摩斯。提斯柏,站出来。

波　顿

　　　　　提斯柏,花儿开得十分腥——

昆　斯　十分香,十分香。

波　顿

　　　　　——开得十分香!
　　　　　你的气息,好人儿,也是一个样。
　　　　　听,那边有一个声音,你且等一等,
　　　　　一会儿咱再来和你诉衷情,(下。)

迫　克　请看皮拉摩斯变成了怪妖精。(下。)

弗鲁特　现在该咱说了吧?

———————

①　尾白,指一句特定的台词。第一个演员念到"尾白"时,第二个演员便开始接话。

昆　斯　是的,该你说。你得弄清楚,他是去瞧瞧什么声音去的,等一
　　　　会儿就要回来。

弗鲁特

　　　　最俊美的皮拉摩斯,脸孔红如红玫瑰。

　　　　　肌肤白得赛过纯白的百合花,

　　　　活泼的青年,最可爱的宝贝,

　　　　　忠心耿耿像一匹顶好的马。

　　　　皮拉摩斯,咱们在宁尼①的坟头相会。

昆　斯　"尼纳斯的坟头",老兄。你不要就把这句说出来,那是要你答
　　　　应皮拉摩斯的;你把要你说的话不管什么尾白不尾白都一股脑儿
　　　　说出来啦。皮拉摩斯,进来;你的尾白已经说过了,是"顶好的马"。

弗鲁特

　　　　噢,——忠心耿耿像一匹顶好的马。

　　　　　迫克重上;波顿戴驴头随上。

波　顿　美丽的提斯柏,咱是整个儿属于你的!

昆　斯　怪事!怪事!咱们见了鬼啦!列位,快逃!快逃!救命哪!

　　　　（众下。）

迫　克

　　　　我要把你们带领得团团乱转,

　　　　　经过一处处沼地、草莽和林薮;

　　　　有时我化作马,有时化作猎犬,

　　　　　化作野猪、没头的熊或是磷火;

————————

① 宁尼（Ninny）是尼纳斯（Ninus）之讹,古代尼尼微城的建立者。宁尼照字面讲有
　　"傻子"之意。

　　　　我要学马样嘶，犬样吠！猪样噪，

　　　　熊一样的咆哮，野火一样燃烧，（下。）

波　顿　　他们干嘛都跑走了呢？这准是他们的恶计，要把咱吓一跳。

　　　　　　斯诺特重上。

斯诺特　　啊！波顿！你变了样子啦！你头上是什么东西呀？

波　顿　　是什么东西？你瞧见你自己变成了一头蠢驴啦，是不是？（斯

　　　　诺特下。）

　　　　　　昆斯重上。

昆　斯　　天哪！波顿！天哪！你变啦！（下。）

波　顿　　咱看透他们的鬼把戏；他们要把咱当作一头蠢驴，想出法子

　　　　来吓咱。可是咱决不离开这块地方，瞧他们怎么办。咱要在这儿

　　　　跑来跑去；咱要唱个歌儿，让他们听见了知道咱可一点不怕。（唱）

　　　　山乌嘴巴黄沉沉，

　　　　　浑身长满黑羽毛，

　　　　画眉唱得顶认真，

　　　　　声音尖细是欧鹩。

提泰妮娅　（醒）什么天使使我从百花的卧榻上醒来呢？

波　顿

　　　　鹤鸼，麻雀，百灵鸟，

　　　　　还有杜鹃爱骂人，

　　　　大家听了心头恼，

　　　　　可是谁也不回声。[1]

───────────

[1]　杜鹃下卵于他鸟的巢中，故用以喻奸夫，但其后cuckold（由cuckoo化出）一字却用
　　作奸妇本夫的代名词。杜鹃的鸣声即为cuckoo，不啻骂人为"乌龟"但因闻者不能

真的,谁耐烦跟这么一头蠢鸟斗口舌呢? 即使它骂你是乌龟,谁
又高兴跟他争辩呢?

提泰妮娅　温柔的凡人,请你唱下去吧! 我的耳朵沉醉在你的歌声
里,我的眼睛又为你的状貌所迷惑;在第一次见面的时候,你的美
姿已使我不禁说出而且矢誓着我爱你了。

波　　顿　咱想,奶奶,您这可太没有理由。不过说老实话,现今世界上
理性可真难得跟爱情碰头;也没有哪位正直的邻居大叔给他俩撮
合撮合做朋友。真是抱歉得很。哈,我有时也会说说笑话。

提泰妮娅　你真是又聪明又美丽。

波　　顿　不见得,不见得。可是咱要是有本事跑出这座林子,那已经
很够了。

提泰妮娅　请不要跑出这座林子! 不论你愿不愿,你一定要留在这
里。我不是一个平常的精灵,夏天永远听从我的命令;我真是爱
你! 因此跟我去吧。我将使神仙们侍候你,他们会从海底里捞起
珍宝献给你;当你在花茵上睡去的时候,他们会给你歌唱;而且
我要给你洗涤去俗体的污垢,使你身轻得像个精灵一样。豆花!
蛛网! 飞蛾! 芥子!

　　　　　四神仙上。

豆　　花　有。

蛛　　网　有。

飞　　蛾　有。

芥　　子　有。

四　　仙　(合)差我们到什么地方去?

提泰妮娅

知其妻子是否贞洁,故虽恼而不敢作声。

> 恭恭敬敬地侍候这先生，
> 窜窜跳跳地追随他前行；
> 给他吃杏子、鹅莓和桑椹，
> 紫葡萄和无花果儿青青。
> 去把野蜂的蜜囊儿偷取，
> 剪下蜂股的蜂蜡做烛炬，
> 在流萤的火睛里点了火，
> 照着我的爱人晨兴夜卧；
> 再摘下彩蝶儿粉翼娇红，
> 搧去他眼上的月光溶溶。

来！向他鞠一个深深的躬。

豆　花　万福，凡人！

蛛　网　万福！

飞　蛾　万福！

芥　子　万福！

波　顿　请你们列位先生多多担待担待在下。请教大号是——？

蛛　网　蛛网。

波　顿　很希望跟您交个朋友！好蛛网先生。要是咱指头儿割破了的话，咱要大胆用用您，^①善良的先生，您的尊号是——？

豆　花　豆花。

波　顿　啊，请多多给咱向您令堂豆荚奶奶和令尊豆壳先生致意。好豆花先生，咱也很希望跟您交个朋友。先生，您的雅号是——？

芥　子　芥子。

---

① 俗云蛛丝能止血。

波　顿　好芥子先生,咱知道您是个饱历艰辛的人;那块庞大无比的牛肉曾经把您家里好多人都吞去了。不瞒您说,您的亲戚们方才还害得我掉下几滴苦泪呢。咱希望跟您交个朋友,好芥子先生。

提泰妮娅

　　　来,侍候着他,引路到我的闺房。

　　　月亮今夜有一颗多泪的眼睛;

　　　小花们也都陪着她眼泪汪汪,

　　　悲悼横遭强暴而失去的童贞。

　　　吩咐那好人静静走不许作声。(同下。)

第二场　林中的另一处

　　　奥布朗上。

奥布朗　不知道提泰妮娅有没有醒来;她一醒来,就要热烈地爱上了她第一眼看到的无论什么东西了。这边来的是我的使者。

　　　迫克上。

奥布朗　啊,疯狂的精灵! 在这座夜的魔林里现在有什么事情发生?

迫　克　姑娘爱上了一个怪物了。当她昏昏睡熟的时候,在她的隐秘的神圣的卧室之旁,来了一群村汉;他们都是在雅典市集上作工过活的粗鲁的手艺人,聚集在一起练着戏,预备在忒修斯结婚的那天表演! 在这一群蠢货的中间,一个最蠢的蠢材扮演着皮拉摩斯;当他退场走进一簇丛林里去的时候,我就抓住了这个好机会,给他的头上罩上一只死驴的头壳。一会儿为了答应他的提斯柏,这位好伶人又出来了。他们一看见了他,就像雁子望见了蹑足行近的猎人,又像一大群灰鸦听见了枪声轰然飞起乱叫、四散着横扫过天空一样,大家没命逃走了;又因为我们的跳舞震动了地面,一个个横仆竖倒,嘴里乱喊着救命。他们本来就是那么糊涂,这回吓得完全丧失了神智,没有知觉的东西也都来欺侮他们了:野茨和荆棘抓破了他们的衣服;有的失去了袖子,有的落掉了帽子,败军之将,无论什么东西都是予取予求的。在这种惊惶中我领着他们走去,把变了样子的可爱的皮拉摩斯孤单单地留下;就在那时候,提泰妮娅醒了转来,立刻爱上了一头驴子了。

奥布朗　这比我所能想得到的计策还好。但是你有没有依照我的吩咐,把那爱汁滴在那个雅典人的眼上呢?

迫　克　那我也已经趁他睡熟的时候办好了。那个雅典女人就在他的身边,因此他一醒来,一定便会看见她。

　　　　　狄米特律斯及赫米娅上。

奥布朗　站过来些,这就是那个雅典人。

迫　克　这女人一点不错;那男人可不是。

狄米特律斯　唉!为什么你这样骂着深爱你的人呢?那种毒骂是应该加在你仇敌身上的。

赫米娅　现在我不过把你数说数说罢了;我应该更厉害地对付你,因为我相信你是可咒诅的。要是你已经趁着拉山德睡着的时候把他杀了,那么把我也杀了吧;已经两脚踏在血泊中,索性让杀人的血淹没你的膝盖吧。太阳对于白昼,也没有像他对于我那样的忠心。当赫米娅睡熟的时候,他会悄悄地离开她吗?我宁愿相信地球的中心可以穿成孔道,月亮会从里面钻了过去,在地球的那一端跟她的兄长白昼捣乱。一定是你已经把他杀死了;因为只有杀人的凶徒,脸上才会这样惨白而可怖。

狄米特律斯　被杀者的脸色应该是这样的,你的残酷已经洞穿我的心,因此我应该有那样的脸色;但是你这杀人的,瞧上去却仍然是那么辉煌莹洁,就像那边天上闪耀着的金星一样。

赫米娅　你这种话跟我的拉山德有什么关系？他在哪里呀？啊,好狄米特律斯,把他还给了我吧！

狄米特律斯　我宁愿把他的尸体喂我的猎犬。

赫米娅　滚开,贱狗！滚开,恶狗！你使我失去姑娘家的柔顺,再也忍不住了。你真的把他杀了吗？从此之后,别再把你算作人吧！啊,看在我的面上,老老实实告诉我,告诉我,你,一个清醒的人,看见他睡着,而把他杀了吗？哎哟,真勇敢！一条蛇、一条毒蛇,都比不上你！因为它的分叉的毒舌,还不及你的毒心更毒！

狄米特律斯　你的脾气发得好没来由。我并没有杀死拉山德,他也并没有死,照我所知道的。

赫米娅　那么请你告诉我他很安全。

狄米特律斯　要是我告诉你,我将得到什么好处呢？

赫米娅　你可以得到永远不再看见我的权利。我从此离开你那可憎的脸;无论他死也罢活也罢,你再不要和我相见。(下。)

狄米特律斯　在她这样盛怒之中,我还是不要跟着她。让我在这儿暂时停留一会儿。

　　　　睡眠欠下了沉忧的债,

　　　　心头加重了沉忧的担;

　　　　我且把黑甜乡暂时寻访,

　　　　还了些还不尽的湖涂账。(卧下睡去。)

奥布朗　你干了些什么事呢？你已经大大地弄错了,把爱汁去滴在一个真心的恋人的眼上。为了这次错误,本来忠实的将要改变心肠,而不忠实的仍旧和以前一样。

迫　克　一切都是命运在作主;保持着忠心的不过一个人;变心的,

把盟誓起了一个毁了一个的,却有百万个人。

奥布朗　　比风还快地到林中各处去访寻名叫海丽娜的雅典女郎吧。
　　　　她是全然为爱情而憔悴的,痴心的叹息耗去了她脸上的血色。用
　　　　一些幻象把她引到这儿来:我将在这个人的眼睛上施上魔法,准
　　　　备他们的见面。

迫　　克　　我去,我去,瞧我一会儿便失了踪迹;鞑靼人的飞箭都赶不上
　　　　我的迅疾。(下。)

奥布朗

　　　　　　这一朵紫色的小花,
　　　　　　尚留着爱神的箭疤,
　　　　　　让它那灵液的力量,
　　　　　　渗进他眸子的中央。
　　　　　　当他看见她的时光,
　　　　　　让她显出庄严妙相,
　　　　　　如同金星照亮天庭,
　　　　　　让他向她婉转求情。

　　　　　　迫克重上。

迫　　克

　　　　　　报告神仙界的头脑,
　　　　　　海丽娜已被我带到,
　　　　　　她后面随着那少年,
　　　　　　正在哀求着她眷怜。
　　　　　　瞧瞧那痴愚的形状,
　　　　　　人们真蠢得没法想!

奥布朗　　站开些，他们的声音将要惊醒睡着的人。

迫　克

　　　　两男合爱着一女，
　　　　这把戏真够有趣；
　　　　最妙是颠颠倒倒，
　　　　看着才叫人发笑。

　　　　　　拉山德及海丽娜上。

拉山德　　为什么你要以为我的求爱不过是向你嘲笑呢？嘲笑和戏谑
　　　　是永不会伴着眼泪而来的；瞧，我在起誓的时候是怎样感泣着！
　　　　这样的誓言是不会被人认作虚诳的。明明有着可以证明是千真
　　　　万确的标记，为什么你会以为我这一切都是出于姗笑呢？

海丽娜　　你越来越俏皮了。要是人们所说的真话都是互相矛盾的，那
　　　　么神圣的真话将成了一篇鬼话。这些誓言都是应当向赫米娅说
　　　　的；难道你把她丢弃了吗？把你对她和对我的誓言放在两个秤盘
　　　　里，一定称不出轻重来，因为都是像空话那样虚浮。

拉山德　　当我向她起誓的时候，我实在一点见识都没有。

海丽娜　　照我想起来，你现在把她丢弃了，也不像是有见识的。

拉山德　　狄米特律斯爱着她，但他不爱你。

狄米特律斯　（醒）啊，海伦①！完美的女神！圣洁的仙子！我要用什么
　　　　来比并你的秀眼呢，我的爱人？水晶是太昏暗了。啊，你的嘴唇，
　　　　那吻人的樱桃，瞧上去是多么成熟，多么诱人！你一举起你那洁
　　　　白的妙手，被东风吹着的陶洛斯高山上的积雪，就显得像乌鸦那
　　　　么黯黑了。让我吻一吻那纯白的女王，这幸福的象征吧！

---

①　海伦是海丽娜的爱称。

海丽娜　　唉,倒霉! 该死! 我明白你们都在拿我取笑;假如你们是懂
　　　　得礼貌和有教养的人,一定不会这样侮辱我。我知道你们都讨
　　　　厌着我,那么就讨厌我好了,为什么还要联合起来讥讽我呢? 你
　　　　们瞧上去都像堂堂男子,如果真是堂堂男子,就不该这样对待一
　　　　个有身份的妇女 :发着誓,赌着咒,过誉着我的好处,但我可以
　　　　断定你们的心里却在讨厌我。你们俩人是情敌,一同爱着赫米
　　　　娅,现在转过身来一同把海丽娜嘲笑,真是大丈夫的行为,干得
　　　　真漂亮,为着取笑的缘故逼一个可怜的女人流泪! 高尚的人绝
　　　　不会这样轻侮一个闺女,逼到她忍无可忍,只是因为给你们寻寻
　　　　开心。

拉山德　　你太残忍,狄米特律斯,不要这样 :因为你爱着赫米娅,这你
　　　　知道我是十分明白的。现在我用全心和好意把我在赫米娅的爱
　　　　情中的地位让给你 ;但你也得把海丽娜的爱情让给我,因为我爱
　　　　她,并且将要爱她到死。

海丽娜　　从来不曾有过嘲笑者浪费过这样无聊的口舌。

狄米特律斯　　拉山德,保留着你的赫米娅吧,我不要 ;要是我曾经爱过
　　　　她,那爱情现在也已经消失了。我的爱不过像过客一样暂时驻留
　　　　在她的身上,现在它已经回到它的永远的家,海丽娜的身边,再不
　　　　到别处去了。

拉山德　　海伦,他的话是假的。

狄米特律斯　　不要侮蔑你所不知道的真理,否则你将以生命的危险重
　　　　重补偿你的过失。瞧! 你的爱人来了 ;那边才是你的爱人。

　　　　　　赫米娅上。

赫米娅　　黑夜使眼睛失去它的作用,但却使耳朵的听觉更为灵敏,它
　　　　虽然妨碍了视觉的活动,却给予听觉加倍的补偿。我的眼睛不能
　　　　寻到你,拉山德 ;但多谢我的耳朵,使我能听见你的声音。你为什

么那样忍心地离开了我呢？

拉山德　爱情驱着一个人走的时候，为什么他要滞留呢？

赫米娅　哪一种爱情能把拉山德驱开我的身边？

拉山德　拉山德的爱情使他一刻也不能停留，美丽的海丽娜，她照耀着夜天，使一切明亮的繁星黯然无色。为什么你要来寻找我呢？难道这还不能使你知道我因为厌恶你的缘故，才这样离开你吗？

赫米娅　你说的不是真话；那不会是真的。

海丽娜　瞧！她也是他们的一党。现在我明白了他们三个人一起联合了用这种恶戏欺凌我。欺人的赫米娅！最没有良心的丫头，你竟然和这种人一同算计着向我开这种卑鄙的玩笑捉弄我吗？我们俩人从前的种种推心置腹，约为姊妹的盟誓，在一起怨恨嫉妒的时间这样快便把我们拆分的那种时光，啊！你难道都已经忘记了吗？我们在同学时的那种情谊，一切童年的天真，你都已经完全丢在脑后了吗？赫米娅，我们俩人曾经像两个巧手的神匠，在一起绣着同一朵花，描着同一个图样，我们同坐在一个椅垫上，齐声曼吟着同一个歌儿，就像我们的手、我们的身体、我们的声音、我们的思想，都是连在一起不可分的样子。我们这样生长在一起，正如并蒂的樱桃，看似两个，其实却连生在一起，我们是结在同一茎上的两颗可爱的果实，我们的身体虽然分开，我们的心却只有一个——原来我们的身子好比两个互通婚姻的名门，我们的心好比男家女家的纹章合而为一。难道你竟把我们从前的友好丢弃不顾，而和男人们联合着嘲弄你的可怜的朋友吗？这种行为太没有朋友的情谊，而且也不合一个少女的身份！不单是我，我们全体女人都可以攻击你，虽然受到委屈的只是我一个。

赫米娅　你这种愤激的话真使我惊奇。我并没有嘲弄你；似乎你在嘲弄我哩。

海丽娜　你不曾唆使拉山德跟随我,假意称赞我的眼睛和面孔吗? 你那另一个爱人,狄米特律斯,不久之前还曾要用他的脚踢开我,你不曾使他称我为女神、仙子,神圣而希有的、珍贵的、超乎一切的人吗? 为什么他要向他所讨厌的人说这种话呢,拉山德的灵魂里是充满了你的爱的,为什么他反而要摈斥你,却要把他的热情奉献给我,倘不是因为你的指使,因为你们曾经预先商量好,即使我不像你那样有人爱怜,那样被人追求不舍,那样走好运,即使我是那样倒霉,得不到我所爱的人的爱情,那和你又有什么关系呢? 你应该可怜我才是,不应该反而来侮蔑我。

赫米娅　我不懂你说这种话的意思。

海丽娜　好,尽管装腔下去,扮着这一副苦脸,等我一转背,就要向我作嘴脸了;大家彼此眨眨眼睛,把这个绝妙的玩笑尽管开下去吧,将来会记载在历史上的。假如你们是有同情心,懂得礼貌的,就不该把我当作这样的笑柄。再会吧;一半也是我自己不好,死别或生离不久便可以补赎我的错误。

拉山德　不要走,温柔的海丽娜! 听我解释。我的爱! 我的生命! 我的灵魂! 美丽的海丽娜!

海丽娜　多好听的话!

赫米娅　亲爱的,不要那样嘲笑她。

狄米特律斯　要是她的恳求不能使你不说那种话,我将强迫你闭住你的嘴。

拉山德　她想恳求我,你想强迫我,可是都无济于事,你的威胁正和她的软弱的祈告同样没有力量。海伦,我爱你! 凭着我的生命起誓,我爱你! 谁说我不爱你的,我愿意用我的生命证明他说谎;为了你我是乐意把生命捐弃的。

狄米特律斯　我说我比他更要爱你得多。

拉山德　要是你这样说,那么把剑拔出来证明一下吧。

狄米特律斯　好,快些,来!

赫米娅　拉山德,这一切究竟是怎么一回事呢?

拉山德　走开,你这黑鬼①!

狄米特律斯　不,不——你可不能骗我而自己逃走;假意说着来来,却在准备乘机溜去。你是个不中用的汉子,来吧!

拉山德　（向赫米娅）放开手,你这猫!你这牛蒡子!贱东西,放开手!否则我要像摔掉身上一条蛇那样摔掉你了。

赫米娅　为什么你变得这样凶暴?究竟是什么缘故呢,爱人?

拉山德　你的爱人!走开,黑鞑子!走开!可厌的毒物,叫人恶心的东西,给我滚吧!

赫米娅　你还是在开玩笑吗?

海丽娜　是的,你也是在开玩笑。

拉山德　狄米特律斯,我一定不失信于你。

狄米特律斯　你的话可有些不能算数,因为人家的柔情在牵系住你。我可信不过你的话。

拉山德　什么!难道要我伤害她、打她、杀死她吗?虽然我厌恨她,我还不至于这样残忍。

赫米娅　啊!还有什么事情比之你厌恨我更残忍呢?厌恨我!为什么呢?天哪?究竟是怎么一回事呢,我的好人?难道我不是赫米娅了吗?难道你不是拉山德了吗?我现在生得仍旧跟以前一个样子。就在这一夜里你还曾爱过我;但就在这一夜里你离开了我。那么你真的——唉,天哪!——存心离开我吗?

---

① 因赫米娅肤色微黑，故云。第二幕中有"把一只乌鸦换一头白鸽"之语，亦此意；海丽娜肤色白皙，故云白鸽也。

拉山德　一点不错,而且再不要看见你的脸了;因此你可以断了念头,
　　　不必疑心,我的话是千真万确的:我厌恨你,我爱海丽娜,一点不
　　　是开玩笑。

赫米娅　天啊! 你这骗子! 你这花中的蛀虫! 你这爱情的贼! 哼!
　　　你趁着黑夜,悄悄地把我的爱人的心偷了去吗?

海丽娜　真好! 难道你一点女人家的羞耻都没有,一点不晓得难为
　　　情,不晓得自重了吗? 哼! 你一定要引得我破口说出难听的
　　　话来吗? 哼! 哼! 你这装腔作势的人! 你这给人家愚弄的小
　　　玩偶!

赫米娅　小玩偶! 噢,原来如此。现在我才明白了她为什么把她的身
　　　材跟我的比较;她自夸她生得长,用她那身材,那高高的身材,赢
　　　得了他的心! 因为我生得矮小,所以他便把你看得高不可及了
　　　吗? 我是怎样一个矮法? 你这涂脂抹粉的花棒儿! 请你说,我是
　　　怎样矮法? 矮虽矮,我的指爪还挖得着你的眼珠哩!

海丽娜　先生们,虽然你们都在嘲弄我,但我求你们别让她伤害我。
　　　我从来不曾使过性子;我也完全不懂得怎样跟人家闹架儿;我是
　　　一个胆小怕事的女子。不要让她打我。也许因为她比我矮些,你
　　　们就以为我打得过她吧。

赫米娅　生得矮些! 听,又来了!

海丽娜　好赫米娅,不要对我这样凶! 我一直是爱你的,赫米娅,有什
　　　么事总跟你商量,从来不曾对你做过欺心的事;除了这次,出于狄
　　　米特律斯的爱情的缘故,我把你私奔到这座林中的事告诉了他。
　　　他追踪着你;为了爱,我又追踪着他,但他一直是斥骂着我,威吓
　　　着我说要打我、踢我,甚至于要杀死我。现在你让我悄悄地走了
　　　吧;我愿带着我的愚蠢回到雅典去,不再跟着你们了。让我走;
　　　你瞧我是多么傻多么痴心!

赫米娅　好,你走就走吧,谁在拦你?

海丽娜　一颗发痴的心,但我把它丢弃在这里了。

赫米娅　噢,给了拉山德了是不是?

海丽娜　不,给了狄米特律斯。

拉山德　不要怕,她不会伤害你的,海丽娜。

狄米特律斯　当然不会的,先生;即使你帮着她也不要紧。

海丽娜　啊,她一发起怒来,真是又凶又狠。在学校里她就是出名的
　　　　雌老虎;很小的时候便那么凶了。

赫米娅　又是"很小"!老是矮啊小啊的说个不住!为什么你让她这
　　　　样讥笑我呢?让我跟她拼命去。

拉山德　滚开,你这矮子!你这发育不全的三寸丁!你这小珠子!你
　　　　这小青豆.

狄米特律斯　她用不着你帮忙,因此不必那样乱献殷勤。让她去;不
　　　　许你嘴里再提到海丽娜,不要你来给她撑腰。要是你再向她略献
　　　　殷勤!就请你当心着吧!

拉山德　现在她已经不再拉住我了;你要是有胆子,跟我来吧,我们倒
　　　　要试试看究竟海丽娜该属于谁。

狄米特律斯　跟你来!嘿!我要和你并着肩走呢。(拉山德、狄米特律斯
　　　　二人下。)

赫米娅　你,小姐,这一切的纷扰都是因为你的缘故。哎,别逃啊!

海丽娜　我怕你,我不敢跟脾气这么大的你在一起。打起架来,你的
　　　　手比我快得多;但我的腿比你长些!逃起来你追不上我。(下。)

赫米娅　我简直莫名其妙,不知道说些什么话好。(下。)

奥布朗　这是你的大意所致;要不是你弄错了,一定是你故意在捣蛋。

迫　克　相信我,仙王,是我弄错了。你不是对我说只要认清楚那人
　　　　穿着雅典人的衣裳?照这样说起来我完全不曾错,因为我是把花

汁滴在一个雅典人的眼上。事情会弄到这样我是蛮快活的,因为他们的吵闹看着怪有趣味。

奥布朗　你瞧这两个恋人找地方决斗去了,因此,罗宾,快去把夜天遮暗了;你就去用像冥河的水一样黑的浓雾盖住了星空,再引这两个声势汹汹的仇人迷失了路,不要让他们碰在一起。有时你学着拉山德的声音痛骂狄米特律斯,叫他气得直跳,有时学着狄米特律斯的样子斥责拉山德:用这种法子把他们两个分开,直到他们奔波得精疲力竭,死一样的睡眠拖着铅样沉重的腿和蝙蝠的翅膀爬上了他们的额上;然后你把这草挤出汁来涂在拉山德的眼睛上,它能够解去一切的错误,使他的眼睛恢复从前的眼光。等他们醒来之后,这一切的戏谑,就会像是一场梦景或是空虚的幻象;这一班恋人们便将回到雅典去,而且将订下白头到老、永无尽期的盟约,在我差遣你去做这件事的时候,我要去访问我的王后,向她讨那个印度孩子,然后我要解除她眼中所见的怪物的幻觉,一切事情都将和平解决。

迫　克
　　　　　这事我们必须赶早办好,主公,
　　　　　因为黑夜已经驾起他的飞龙;
　　　　　晨星,黎明的先驱,已照亮苍穹;
　　　　　一个个鬼魂四散地奔返殡宫:
　　　　　还有那横死的幽灵抱恨长终,
　　　　　道旁水底有他们的白骨成丛,
　　　　　为怕白昼揭露了丑恶的形容,
　　　　　早已向重泉归寝,相伴着蛆虫国;
　　　　　他们永远见不到日光的融融,
　　　　　只每夜在暗野里凭吊着凄风,

奥布朗

> 但你我可完全不能比并他们，
> 晨光中我惯和猎人一起游巡，
> 如同林居人一样踏访着丛林：
> 即使东方开启了火红的天门，
> 大海上照耀万道灿烂的光针，
> 青碧的大海化成了一片黄金。
> 但我们应该早早办好这事情，
> 最好别把它迁延着直到天明。（下。）

迫　克

> 奔到这边来，奔过那边去；
> 我要领他们，奔来又奔去；
> 林间和市上，无人不怕我；
> 我要领他们，走尽林中路。
> 这儿来了一个。

> 　　拉山德重上。

拉山德　你在哪里，骄傲的狄米特律斯？说出来！

迫　克　在这儿，恶徒！把你的剑拔出来准备着吧。你在哪里？

拉山德　我立刻就过来。

迫　克　那么跟我来吧，到平坦一点的地方。（拉山德随声音下。）

> 　　狄米特律斯重上。

狄米特律斯　拉山德，你再开口啊！你逃走了，你这懦夫！你逃走了吗？说话呀！躲在那一堆树丛里吗？你躲在哪里呀？

迫　克　你这懦夫！你在向星星们夸口，向树林子挑战，但是却不敢

过来吗？来，卑怯汉！来，你这小孩子！我要好好抽你一顿。谁
要跟你比剑才真倒霉！

狄米特律斯　呀，你在那边吗？

迫　克　跟我的声音来吧；这儿不是适宜我们战斗的地方。（同下。）

　　　　　　　拉山德重上。

拉山德　他走在我的前头，老是挑拨着我上前；一等我走到他叫喊着
　　　　的地方，他又早已不在。这个坏蛋比我脚步快得多，我追得快，他
　　　　可逃得更快，使我在黑暗崎岖的路上绊了一跤。让我在这儿休息
　　　　一下吧。（躺下）来吧，你仁心的白昼！只要你一露出你的一线灰
　　　　白的微光，我就可以看见狄米特律斯而洗雪这次仇恨了。（睡去。）

　　　　　　　迫克及狄米特律斯重上。

迫　克　哈！哈！哈！懦夫！你为什么不来？

狄米特律斯　要是你有胆量的话，等着我吧；我全然明白你跑在我前
　　　　面，从这儿窜到那儿，不敢站住，也不敢见我的面。你现在是在什
　　　　么地方？

迫　克　过来，我在这儿。

狄米特律斯　哼，在摆布我。要是天亮了我看见你的面孔，你好好地
　　　　留点儿神；现在，去你的吧！疲乏逼着我倒下在这寒冷的地上，等
　　　　候着白天的降临。（躺下睡去。）

　　　　　　　海丽娜重上。

海丽娜　疲乏的夜啊！冗长的夜啊！减少一些你的时辰吧！从东
　　　　方出来的安慰，快照耀起来吧！好让我借着晨光回到雅典去，
　　　　离开这一群人，他们大家都讨厌着可怜的我。慈悲的睡眠，有
　　　　时你闭上了悲伤的眼睛，求你暂时让我忘却了自己的存在吧！
　　　　（躺下睡去。）

迫　克

两男加两女，四个无错误；

三人已在此，一人在何处？

哈哈她来了，满脸愁云罩：

爱神真不好，惯惹人烦恼！

　　　　　赫米娅重上。

赫米娅　　从来不曾这样疲乏过，从来不曾这样伤心过！我的身上沾满了露水，我的衣裳被荆棘所抓破；我跑也跑不动，爬也爬不动了；我的两条腿再也不能听从我的心愿。让我在这儿休息一下以待天明。要是他们真要决斗的话，愿天保佑拉山德吧！（躺下睡去。）

迫　克

梦将残，睡方酣，

神仙药，祛幻觉，

百般迷梦全消却。（挤草汁于拉山德眼上。）

醒眼见，旧人脸，

乐满心，情不禁，

从此欢爱复深深。

一句俗语说得好，

各人各有各的宝，

等你醒来就知道：

哥儿爱姐儿，

两两无参差；

失马复得马，

一场大笑话！（下。）

第
四
幕

第一场　林　中

拉山德、狄米特律斯、海丽娜、赫米娅酣睡未醒。

提泰妮娅及波顿上，众仙随侍；奥布朗潜随其后。

提泰妮娅　来,坐下在这花床上。我要爱抚你的可爱的脸颊;我要把
　　　麝香玫瑰插在你柔软光滑的头颅上;我要吻你的美丽的大耳朵,
　　　我的温柔的宝贝!

波　顿　豆花呢?

豆　花　有。

波　顿　替咱把头搔搔,豆花儿。蛛网先生在哪儿?

蛛　网　有!

波　顿　蛛网先生,好先生,把您的刀拿好,替咱把那蓟草叶尖上的红
　　　屁股的野蜂儿杀了;然后,好先生,替咱把蜜囊儿拿来。干那事的
　　　时候可别太性急,先生;而且,好先生,当心别把蜜囊儿给弄破了,
　　　要是您在蜜囊里头淹死了,那咱可不很乐意,先生。芥子先生在
　　　哪儿?

芥　子　有。

波　顿　把您的小手儿给我,芥子先生。请您不要多礼吧,好
　　　先生。

芥　子　你有什么吩咐？

波　顿　没有什么，好先生，只是帮蛛网骑士替咱搔搔痒。咱一定得理发去，先生，因为咱觉得脸上毛得很。咱是一头感觉非常灵敏的驴子，要是一根毛把咱触痒了，咱就非得搔一下子不可。

提泰妮娅　你要不要听一些音乐，我的好人？

波　顿　咱很懂得一点儿音乐。咱们来一下子锣鼓吧。

提泰妮娅　好人，你要吃些什么呢？

波　顿　真的，来一堆刍秣吧；您要是有好的干麦秆，也可以给咱大嚼一顿。咱想，咱怪想吃那么一捆干草；好干草，美味的干草，什么也比不上它。

提泰妮娅　我有一个善于冒险的小神仙，可以给你到松鼠的仓里取些新鲜的榛栗来。

波　顿　咱宁可吃一把两把干豌豆。但是谢谢您，吩咐您那些人们别惊动咱吧，咱想要睡他妈的一觉。

提泰妮娅　睡吧，我要把你抱在我的臂中。神仙们，往各处散开去吧。（众仙下）菟丝也正是这样温柔地缠附着芬芳的金银花；萝也正是这样缱绻着榆树的皱折的臂枝。我是多么爱你！是多么热恋着你！（同睡去。）

　　　　迫克上。

奥布朗　（上前）欢迎，好罗宾！你见没见这种可爱的情景？我对于她的痴恋开始有点不忍了。刚才我在树林后面遇见她正在为这个可憎的蠢货找寻爱情的礼物，我就谴责她，跟她争吵起来，因为那时她把芬芳的鲜花制成花环，环绕着他那毛茸茸的额角；原来在嫩芯上晶莹饱满、如同东方的明珠一样的露水，如今却含在那一朵朵美艳的小花的眼中，像是盈盈欲泣的眼泪，痛心着它们所受的耻辱。我把她尽情嘲骂一番之后，她低声下气地请求我息怒，于是我便趁机向她索讨那个换儿；她立刻把他给了我，差她的仙侍把他送到了我的寝宫。现在我已经把这个孩子弄到手，我将解去她眼中这种可憎的迷惑。好迫克，你去把这雅典村夫头上的变形的头盖揭下，等他和大家一同醒来的时候，好让他回到雅典去，把这晚间发生的一切事情只当作一场梦魇。但是先让我给仙后解去了魔法吧。（以草触她的眼睛。）

> 回复你原来的本性，
> 解去你眼前的幻景，
> 这一朵女贞花采自月姊园庭，
> 它会使爱情的小卉失去功能。

喂，我的提泰妮娅，醒醒吧，我的好王后！

提泰妮娅　我的奥布朗！我看见了怎样的幻景！好像我爱上了一头驴子啦。

奥布朗　那边就是你的爱人。

提泰妮娅　这一切事情怎么会发生的呢？啊，现在我看见他的样子是多么惹气！

奥布朗　静一会儿。罗宾，把他的头壳揭下了。提泰妮娅，叫他们奏起音乐来吧，让这五个人睡得全然失去了知觉。

提泰妮娅　来，奏起催眠的乐声柔婉！（音乐。）

迫　克

> 等你一觉醒来，蠢汉，
> 用你的傻眼睛瞧看。

奥布朗　奏下去,音乐!来,我的王后,让我们携手同行,让我们的舞
　　　蹈震动这些人睡着的地面!现在我们已经言归于好,明天夜半
　　　将要一同到忒修斯公爵的府中跳着庄严的欢舞,祝福他家繁荣昌
　　　盛。这两对忠心的恋人也将在那里和忒修斯同时举行婚礼,大家
　　　心中充满了喜乐。

迫　克

　　　　仙王,仙王,留心听,
　　　　我听见云雀歌吟。

奥布朗

　　　　王后,让我们静静,
　　　　追随着夜的踪影,
　　　　我们环绕着地球,
　　　　快过明月的光流。

提泰妮娅

　　　　夫君,请你在一路,
　　　　告诉我一切缘故,
　　　　这些人来自何方,
　　　　当我熟睡的时光。(同下。幕内号角声。)

　　　　忒修斯、希波吕忒、伊吉斯及侍从等上。

忒修斯　你们中间谁去把猎奴唤来。我们已把五月节的仪式遵行,现
　　　在才只是清晨,我的爱人应当听一听猎犬的音乐。把它们放在西
　　　面的山谷里,快去把猎奴唤来。美丽的王后,让我们到山顶上去,
　　　领略着猎犬们的吠叫和山谷中的回声应和在一起的妙乐吧。

希波吕忒　我曾经同赫剌克勒斯和卡德摩斯①一起在克里特林中行猎，他们用斯巴达的猎犬追赶着巨熊，那种雄壮的吠声我真是第一次听到；除了丛林之外，天空和群山，以及一切附近的区域，似乎混成了一片交互的呐喊。我从来不曾听见过那样谐美的喧声，那样悦耳的雷鸣。

忒修斯　我的猎犬也是斯巴达种，一样的颊肉下垂，一样的黄沙的毛色；它们的头上垂着两片挥拂晨露的耳朵；它们的膝骨是弯曲的，并且像忒萨利亚种的公牛一样喉头长着垂肉，它们在追逐时不很迅速！但它们的吠声彼此高下相应！就像钟声那样合调。无论在克里特、斯巴达或是忒萨利亚，都不曾有过这么一队猎狗，应和着猎人的号角和呼召，吠得这样好；听，你听见了之后便可以自己判断。但是且慢！这些都是什么仙女？

伊吉斯　殿下，这儿躺着的是我的女儿；这是拉山德；这是狄米特律斯；这是海丽娜，奈达老人的女儿。我不知道他们怎么都在这儿。

忒修斯　他们一定早起守五月节，因为闻知了我们的意旨，所以赶到这儿来参加我们的典礼。但是，伊吉斯，今天不是赫米娅应该决定她的选择的日子吗？

伊吉斯　是的，殿下。

忒修斯　去，叫猎奴们吹起号角来惊醒他们。（幕内号角及呐喊声；拉山德、狄米特律斯、赫米娅、海丽娜四人惊醒跳起。）早安，朋友们！情人节早已过去了，你们这一辈林鸟到现在才配起对吗？②

拉山德　请殿下恕罪！（偕余人并跪下。）

忒修斯　请你们站起来吧。我知道你们俩人是对头冤家，怎么会

---

① 卡德摩斯（Cadmus）是希腊神话里忒拜城的建立者。

② 情人节（Sr, Ventine' sDay）在二月十四日，据说众鸟于是日择偶。

变得这样和气,大家睡在一块儿,没有一点猜忌,再不怕敌人了呢?

拉山德　殿下,我现在还是糊里糊涂!不知道应当怎样回答您的问话;但是我敢发誓说我真的不知道怎么会在这儿;但是我想——我要说老实话,我现在记起来了,一点不错,我是和赫米娅一同到这儿来的;我们想要逃出雅典,避过了雅典法律的峻严,我们便可以——

伊吉斯　够了,够了,殿下;话已经说得够了。我要求依法,依法惩办他。他们打算,他们打算逃走,狄米特律斯,他们打算用那种手段欺弄我们,使你的妻子落空,使我给你的允许也落空。

狄米特律斯　殿下,海丽娜告诉了我他们的出奔,告诉了我他们到这儿林中来的目的;我在盛怒之下追踪他们,同时海丽娜因为痴心的缘故也追踪着我。但是,殿下,我不知道什么一种力量——但一定是有一种力量——使我对于赫米娅的爱情会像霜雪一样溶解,现在想起来,就像回忆一段童年时所爱好的一件玩物一样;我一切的忠信、一切的心思、一切乐意的眼光,都是属于海丽娜一个人了。我在没有认识赫米娅之前,殿下,就已经和她订过盟约;但正如一个人在生病的时候一样,我厌弃着这一道珍馐,等到健康恢复,就会回复正常的胃口。现在我希求着她,珍爱着她,思慕着她,将要永远忠心于她。

忒修斯　俊美的恋人们,我们相遇得很巧;等会儿我们便可以再听你们把这段话讲下去。伊吉斯,你的意志只好屈服一下了;这两对少年不久便将跟我们一起在神庙中缔结永久的鸳盟。现在清晨即将过去,我们本来准备的行猎只好中止。跟我们一起到雅典去吧;三三成对地,我们将要大张盛宴。来,希波吕忒。(忒修斯、希波吕忒、伊吉斯及侍从下。)

狄米特律斯　这些事情似乎微细而无从捉摸,好像化为云雾的远山
　　　一样。

赫米娅　我觉得好像这些事情我都用昏花的眼睛看着,一切都化作了
　　　层叠的两重似的。

海丽娜　我也是这样想。我得到了狄米特律斯,像是得到了一颗宝石,
　　　好像是我自己的,又好像不是我自己的。

狄米特律斯　你们真能断定我们现在是醒着吗?我觉得我们还是
　　　在睡着做梦。你们是不是以为公爵方才在这儿,叫我们跟他
　　　走吗?

赫米娅　是的,我的父亲也在。

海丽娜　还有希波吕忒。

拉山德　他确曾叫我们跟他到神庙里去。

狄米特律斯　那么我们真的已经醒了。让我们跟着他走;一路上讲着
　　　我们的梦。(同下。)

波　顿　(醒)到咱说尾白的时候,请你们叫咱一声,咱就会答应;下
　　　面的一句是:"美丽的皮拉摩斯。"喂!喂!彼得·昆斯!弗鲁
　　　特,修风箱的!斯诺特,补锅子的!斯塔佛林!他妈的!悄悄
　　　地溜走了,把咱撇下在这儿一个人睡觉吗?咱看见了一个奇怪
　　　得了不得的幻象,咱做了一个梦。没有人说得出那是怎样的一
　　　个梦,要是谁想把这个梦解释一下,那他一定是一头驴子。咱
　　　好像是——没有人说得出那是什么东西,咱好像是——咱好像
　　　有——但要是谁敢说出来咱好像有什么东西,那他一定是一个
　　　蠢材。咱那个梦啊,人们的眼睛从来没有听到过,人们的耳朵从
　　　来没有看见过,人们的手也尝不出来是什么味道,人们的舌头也
　　　想不出来是什么道理,人们的心也说不出来究竟那是怎样的一
　　　个梦。咱要叫彼得·昆斯给咱写一首歌儿咏一下这个梦。题目

就叫作"波顿的梦",因为这个梦可没有个底儿①;咱要在演完戏之后当着公爵大人的面前唱这个歌——或者更好些,还是等咱死了之后再唱吧。(下。)

第二场 雅典。昆斯家中

昆斯、弗鲁特、斯诺特、斯塔佛林上。

昆 斯 你们差人到波顿家里去过了吗? 他还没有回家吗?

斯塔佛林 一点消息都没有。他准是给妖精拐了去了。

弗鲁特 要是他不回来,那么咱们的戏就要搁起来啦;它不能再演下去,是不是?

昆 斯 那当然演不下去罗;整个雅典城里除了他之外就没有第二个人可以演皮拉摩斯。

弗鲁特 谁也演不了;他在雅典手艺人中间简直是最聪明的一个。

昆 斯 对,而且也是顶好的人;他有一副好喉咙,吊起膀子来真是顶呱呱的。

弗鲁特 你说错了,你应当说"吊嗓子"。吊膀子,老天爷! 那是一件难为情的事。

斯纳格上。

斯纳格 列位,公爵大人刚从神庙里出来,还有两三位贵人和小姐们也在同时结了婚。要是咱们的玩意儿能够干下去,咱们一定大家都有好处。

弗鲁特 哎呀,可爱的波顿好家伙! 他从此就不能再拿到六便士一天的恩俸了! 他准可以拿到六便士一天的! 咱可以赌咒公爵大人

---

① 波顿,原文Bottom,意为底;所以这里是一句双关语。

见了他扮演皮拉摩斯，一定会赏给他六便士一天。他应该可以拿到六便士一天的；扮演了皮拉摩斯，应该拿六便士一天，少一个子儿都不行。

波顿上。

波　顿　孩儿们在什么地方？心肝们在什么地方？

昆　斯　波顿！哎呀，顶好顶好的日子，顶吉利顶吉利的时辰！

波　顿　列位，咱要讲古怪事儿给你们听，可不许问咱什么事，要是咱对你们说了，咱不算是真的雅典人。咱要把一切全都告诉你们，一个字也不漏掉。

昆　斯　讲给咱们听吧，好波顿。

波　顿　关于咱自己的事可一个字也不能告诉你们。咱要报告给你们知道的是，公爵大人已经用过正餐了。把你们的行头收拾起来，胡须上要用坚牢的穿绳，舞靴上要结簇新的缎带；立刻在宫门前集合；各人温熟了自己的台词；总而言之一句话，咱们的戏已经送上去了。无论如何，可得叫提斯柏穿一件干净一点的衬衫；还有扮演狮子的那位别把指甲铰掉，因为那是要露出在外面当作狮子的脚爪的，顶要紧的，列位老板们，别吃洋葱和大蒜，因为咱们可不能把人家熏倒胃口；咱一定会听见他们说："这是一出香甜的喜剧。"完了，去吧！去吧！（同下。）

第
五
幕

第一场　雅典。忒修斯宫中

忒修斯、希波吕忒、菲劳斯特莱特及大臣侍从等上。

希波吕忒　忒修斯，这些恋人们所说的话真是奇怪得很。

忒修斯　奇怪得不像会是真实。我永不相信这种古怪的传说和胡
扯的神话，情人们和疯子们都富于纷乱的思想和成形的幻觉，
他们所理会到的永远不是冷静的理智所能充分了解。疯子、情
人和诗人，都是幻想的产儿：疯子眼中所见的鬼，多过于广大
的地狱所能容纳；情人，同样是那么疯狂，能从埃及人的黑脸
上看见海伦①的美貌；诗人的眼睛在神奇的狂放的一转中，便能
从天上看到地下。从地下看到天上，想象会把不知名的事物用
一种形式呈现出来，诗人的笔再使它们具有如实的形象，空虚
的无物也会有了居处和名字。强烈的想象往往具有这种本领，
只要一领略到一些快乐，就会相信那种快乐的背后有一个赐予
的人！夜间一转到恐惧的念头，一株灌木一下子便会变成一
头熊。

希波吕忒　但他们所说的一夜间全部的经历，以及他们大家心理上都
受到同样影响的一件事实，可以证明那不会是幻想。虽然那故事

---

① 海伦（Helen）是希腊神话里著名的美人，特洛伊战争就是由她引起的。

是怪异而惊人，却并不令人不能置信。

忒修斯　这一班恋人们高高兴兴地来了。

　　　　拉山德、狄米特律斯、赫米娅、海丽娜上。

忒修斯　恭喜，好朋友们！恭喜！愿你们心灵里永远享受着没有阴翳的爱情日子！

拉山德　愿更大的幸福永远追随着殿下的起居！

忒修斯　来，我们应当用什么假面剧或是舞蹈来消磨在尾餐和就寝之间的三点钟悠长的岁月呢？我们一向掌管戏乐的人在哪里？有哪几种余兴准备着？有没有一出戏剧可以祛除难捱的时辰里按捺不住的焦灼呢？叫菲劳斯特莱特过来。

菲劳斯特莱特　有，伟大的忒修斯。

忒修斯　说，你有些什么可以缩短这黄昏的节目？有些什么假面剧？有些什么音乐？要是一点娱乐都没有，我们怎么把这迟迟的时间消度过去呢？

菲劳斯特莱特　这儿是一张预备好的各种戏目的单子，请殿下自己拣选哪一项先来。（呈上单子。）

忒修斯　"与马人①作战，由一个雅典太监和竖琴而唱。"那个我们不要听；我已经告诉过我的爱人这一段表彰我的姻兄赫刺克勒斯武功的故事了。"醉酒者之狂暴，特刺刻歌人惨遭肢裂的始末。"②那是老调，当我上次征服忒拜凯旋回来的时候就已经表演过了。"九缪斯神③痛悼学术的沦亡。"那是一段犀利尖刻的讽刺，不适合于婚礼时的表演。"关于年轻的皮拉摩斯及其爱人提斯

---

① 马人（Centaurs）是希腊神话中一种半人半马的怪物，赫刺克勒斯曾战而胜之.

② 特刺刻歌人系指希腊神话中的著名歌手俄耳甫斯（Orpheus）；其歌声能感动百兽草木；后被酗酒妇人肢裂而死。

③ 九缪斯神（NineMuses）即司文学艺术的九女神。

柏的冗长的短戏,非常悲哀的趣剧。"悲哀的趣剧! 冗长的短
戏! 那简直是说灼热的冰,发烧的雪。这种矛盾怎么能调和起
来呢?

菲劳斯特莱特　殿下,一出一共只有十来个字那么长的戏,当然是再
短没有了;然而即使只有十个字,也会嫌太长,叫人看了厌倦;因
为在全剧之中,没有一个字是用得恰当的,没有一个演员是支配
得恰如其分的。那本戏的确很悲哀,殿下,因为皮拉摩斯在戏里
要把自己杀死。可是我看他们预演那一场的时候,我得承认确曾
使我的眼中充满了眼泪;但那些泪都是在纵声大笑的时候忍俊不
住而流下来的,再没有人流过比那更开心的泪水了。

忒修斯　扮演这戏的是些什么人呢?

菲劳斯特莱特　都是在这儿雅典城里做工过活的胖手胚足的汉子。
他们从来不曾用过头脑,今番为了准备参加殿下的婚礼,才辛辛
苦苦地把这本戏记诵起来。

忒修斯　好,就让我们听一下吧。

菲劳斯特莱特　不,殿下,那是不配烦渎您的耳朵的。我已经听完过
他们一次,简直一无足取;除非你嘉纳他们的一片诚心和苦苦背
诵的辛勤。

忒修斯　我要把那本戏听一次,因为纯朴和忠诚所呈献的礼物,总是
可取的。去把他们带来。各位夫人女士们,大家请坐下。(菲劳斯
特莱特下。)

希波吕忒　我不欢喜看见微贱的人做他们力量所不及的事,忠诚因为
努力的狂妄而变成毫无价值。

忒修斯　啊,亲爱的,你不会看见他们糟到那地步。

希波吕忒　他说他们根本不会演戏。

忒修斯　那更显得我们的宽宏大度,虽然他们的劳力毫无价值,他们

仍能得到我们的嘉纳。我们可以把他们的错误作为取笑的资料。我们不必较量他们那可怜的忠诚所不能达到的成就,而该重视他们的辛勤! 凡是我所到的地方,那些有学问的人都预先准备好欢迎辞迎接我;但是一看见了我,便发抖、脸色变白,句子没有说完便中途顿住,背熟了的话梗在喉中,吓得说不出来,结果是一句欢迎我的话都没有说。相信我,亲爱的,从这种无言中我却领受了他们一片欢迎的诚意;在诚惶诚恐的忠诚的畏怯上表示出来的意味,并不少于一条娓娓动听的辩舌和无所忌惮的口才。因此,爱人,照我所能观察到的,无言的纯朴所表示的情感,才是最丰富的。

　　　　　菲劳斯特莱特重上。

菲劳斯特莱特　　请殿下吩咐,念开场诗的预备登场了。

忒修斯　　让他上来吧。（喇叭奏花腔。）

　　　　　昆斯上,念开场诗。

昆　斯

　　　　　要是咱们,得罪了请原谅。

　　　　　　咱们本来是,一片的好意,

　　　　　想要显一显。薄薄的伎俩,

　　　　　　那才是咱们原来的本意。

　　　　　因此列位咱们到这儿来。

　　　　　　为的要让列位欢笑欢笑,

　　　　　否则就是不曾! 到这儿来,

　　　　　　如果咱们! 惹动列位气恼。

　　　　　一个个演员,都将,要登场,

　　　　　　你们可以仔细听个端详。①

---

① 此段句读完全错误。

忒修斯　这家伙简直乱来。

拉山德　他念他的开场诗就像骑一头顽劣的小马一样，乱冲乱撞，该
　　　　停的地方不停，不该停的地方偏偏停下。殿下，这是一个好教训：
　　　　单是会讲话不能算数，要讲话总该讲得像个路数。

希波吕忒　真的，他就像一个小孩子学吹笛，呜哩呜哩了一下，可是全
　　　　不入调！

忒修斯　他的话像是一段纠缠在一起的链索，并没有欠缺，可是全弄
　　　　乱了。跟着是谁登场呢？

　　　　　　　　皮拉摩斯及提斯柏、墙、月光、狮子上。

昆　　斯　列位大人，也许你们会奇怪这一班人跑出来干么。尽管奇怪吧，
　　　　自然而然地你们总会明白过来。这个人是皮拉摩斯，要是你们想要
　　　　知道的话；这位美丽的姑娘不用说便是提斯柏啦。这个人身上涂
　　　　着石灰和黏土，是代表墙头的，那堵隔开这两个情人的坏墙头；他们
　　　　这两个可怜的人只好在墙缝里低声谈话，这是要请大家明白的。这
　　　　个人提着灯笼，牵着犬，拿着柴枝，是代表月亮；因为你们要知道，这
　　　　两个情人觉得在月光底下到尼纳斯的坟头见面谈情倒也不坏。这
　　　　一头可怕的畜生名叫狮子，那晚上忠实的提斯柏先到约会的地方，
　　　　给它吓跑了，或者不如说是被它惊走了；她在逃走的时候脱落了她
　　　　的外套，那件外套因为给那恶狮子咬住在它那张血嘴里，所以沾满
　　　　了血斑。隔了不久，皮拉摩斯册，那个高个儿的美少年，也来了，一
　　　　见他那忠实的提斯柏的外套躺在地上死了，便赤楞楞地一声拔出一
　　　　把血淋淋的该死的剑来，对准他那热辣辣的胸脯里豁拉拉地刺了进
　　　　去。那时提斯柏却躲在桑树的树阴里，等到她发现了这回事，便把
　　　　他身上的剑拔出来，结果了她自己的性命。至于其余的一切，可以
　　　　让狮子、月光、墙头和两个情人详详细细地告诉你们，当他们上场的
　　　　时候。（昆斯及皮拉摩斯、提斯柏、狮子、月光同下。）

忒修斯　我不知道狮子要不要说话。

狄米特律斯　殿下，这可不用怀疑，要是一班驴子都会讲人话，狮子当然也会说话啦。

墙　小子斯诺特是也，在这本戏文里扮做墙头；须知此墙不是他墙，乃是一堵有裂缝的墙，凑着那条裂缝，皮拉摩斯和提斯柏两个情人常常偷偷地低声谈话。这一把石灰、这一撮黏土、这一块砖头，表明咱是一堵真正的墙头，并非滑头冒牌之流。这便是那条从右到左的缝儿，这两个胆小的情人就在那儿谈着知心话儿。

忒修斯　石灰和泥土筑成的东西，居然这样会说话，难得难得！

狄米特律斯　殿下，我从来也不曾听见过一堵墙居然能说出这样俏皮的话来。

忒修斯　皮拉摩斯走近墙边来了。静听！

　　　　　皮拉摩斯重上。

皮拉摩斯

　　　板着脸孔的夜啊！漆黑的夜啊！
　　　夜啊，白天一去，你就来啦！
　　　夜啊！夜啊！唉呀！唉呀！唉呀！
　　　咱担心咱的提斯柏要失约啦！
　　　墙啊！亲爱的、可爱的墙啊！
　　　你硬生生地隔开了咱们俩人的家！
　　　墙啊！亲爱的，可爱的墙啊！
　　　露出你的裂缝，让咱向里头瞧瞧吧！（墙举手叠指作裂缝状）
　　　谢谢你，殷勤的墙！上帝大大保佑你！
　　　但是咱瞧见些什么呢？咱瞧不见伊。
　　　刁恶的墙啊！不让咱瞧见可爱的伊；

愿你倒霉吧，因为你竟这样把咱欺！

忒修斯　这墙并不是没有知觉的，我想他应当反骂一下。

皮拉摩斯　没有的事，殿下，真的，他不能。"把咱欺"是该提斯柏接下
去的尾白；她现在就要上场啦，咱就要在墙缝里看她。你们瞧着吧，
下面做下去正跟咱告诉你们的完全一样。那边她来啦。

　　　　　提斯柏重上。

提斯柏

墙啊！你常常听得见咱的呻吟，
　　怨你生生把咱共他两两分拆！
咱的樱唇常跟你的砖石亲吻，
　　你那用泥泥胶得紧紧的砖石。

皮拉摩斯

咱瞧见一个声音；让咱去望望，
不知可能听见提斯柏的脸庞。
　　提斯柏！

提斯柏

你是咱的好人儿，咱想。

皮拉摩斯

尽你想吧，咱是你风流的情郎。
好像里芒德①，咱此心永无变更。

---

① 里芒德是里昂德之讹！爱恋少女希罗，游泳过河时淹死。下行扮演提斯柏的弗鲁特
误以海伦为希罗。

提斯柏

　　　　咱就像海伦，到死也决不变心。

皮拉摩斯

　　　　沙发勒斯对待普洛克勒斯不过如此①。

提斯柏

　　　　你就是普洛克勒斯，咱就是沙发勒斯。

皮拉摩斯

　　　　啊，在这堵万恶的墙缝中请给咱一吻！

提斯柏

　　　　咱吻着墙缝，可全然吻不到你的嘴唇。

皮拉摩斯

　　　　你肯不肯到宁尼的坟头去跟咱相聚？

提斯柏

　　　　活也好，死也好，咱一准立刻动身前去。（二人下。）

墙

　　　　现在咱已把墙头扮好，
　　　　因此咱便要拔脚跑了。（下。）

---

②　沙发勒斯为塞发勒斯（Ceplalus）之讹，为黎明女神所恋，但彼卒忠于其妻普洛克里
　　斯（Procris），此处误为普洛克勒斯。

忒修斯　现在隔在这两个人之间的墙头已经倒下了。

狄米特律斯　殿下,墙头要是都像这样随随便便偷听人家的谈话,可真没法好想。

希波吕忒　我从来没有听到过比这再蠢的东西。

忒修斯　最好的戏剧也不过是人生的一个缩影;最坏的只要用想象补足一下,也就不会坏到什么地方去。

希波吕忒　那该是靠你的想象,而不是靠他们的想象。

忒修斯　要是他们在我们的想象里并不比在他们自己的想象里。更坏,那么他们也可以算得顶好的人了。两个好东西登场了,一个是人,一个是狮子。

　　　　　狮子及月光重上。

狮　子　各位太太小姐们,你们那柔弱的心一见了地板上爬着的一头顶小的老鼠就会害怕,现在看见一头凶暴的狮子发狂地怒吼,多少要发起抖来吧?但是请你们放心,咱实在是细木工匠斯纳格,既不是凶猛的公狮,也不是一头母狮;要是咱真的是一头狮子冲到了这儿,那咱才大倒其霉!

忒修斯　一头非常善良的畜生,有一颗好良心。

狄米特律斯　殿下,这是我所看见过的最好的畜生了。

拉山德　这头狮子按勇气说只好算是一只狐狸。

忒修斯　对了,而且按他那小心翼翼的样子说起来倒像是一头鹅。

狄米特律斯　可不能那么说,殿下;因为他的"勇气"还敌不过他的"小心",可是一头狐狸却能把一头鹅拖了走。

忒修斯　我肯定说,他的"小心"推不动他的"勇气",就像一头鹅拖不动一头狐狸。好,别管他吧,让我们听月亮说话。

月　光

　　　　　这盏灯笼代表着角儿弯弯的新月；──

狄米特律斯　他应当把角装在头上。

忒修斯　他并不是新月,圆圆的哪里有个角儿?

月　光

　　　　　这盏灯笼代表着角儿弯弯的新月；咱好像就是月亮里的
　　　仙人。

忒修斯　这该是最大的错误了。应该把这个人放进灯笼里去;否则他
　　　怎么会是月亮里的仙人呢?

狄米特律斯　他因为怕烛火要恼火,所以不敢进去。

希波吕忒　这月亮真使我厌倦;他应该变化变化才好!

忒修斯　照他那昏昏沉沉的样子看起来,他大概是一个残月;但是为
　　　着礼貌和一切的理由,我们得忍耐一下。

拉山德　说下去,月亮。

月　光　总而言之,咱要告诉你们的是,这灯笼便是月亮;咱便是月亮
　　　里的仙人;这柴枝是咱的柴枝! 这狗是咱的狗。

狄米特律斯　嗨,这些都应该放进灯笼里去才对,因为它们都是在月
　　　亮里的。但是静些,提斯柏来了。

　　　　　　　提斯柏重上。

提斯柏

　　　　　这是宁尼老人的坟。咱的好人儿呢?

狮　子　(吼)呜! ──(提斯柏奔下。)

狄米特律斯　吼得好,狮子!

忒修斯　奔得好,提斯柏!

希波吕忒　照得好,月亮!真的,月亮照得姿势很好。(狮子撕破提斯柏的外套后下。)

忒修斯　撕得好,狮子!

狄米特律斯　于是皮拉摩斯来了。

拉山德　于是狮子不见了。

> 皮拉摩斯重上。

皮拉摩斯

> 可爱的月亮,咱多谢你的阳光;
> 　谢谢你,因为你照得这么皎洁!
> 靠着你那慈和的闪烁的金光,
> 　咱将要饱餐着提斯柏的秀色,
> 　但是且住,啊该死!
> 　瞧哪,可怜的骑士,
> 这是一场什么惨景!
> 　眼睛,你看不看见?
> 　这种事怎会出现?
> 可爱的宝贝啊,亲亲!
> 　你的好外套一件,
> 　怎么全都是血点?
> 过来吧,狰狞的凶神!
> 　快把生命的羁缠从此后一刀割断;
> 今朝咱了结了残生!

忒修斯　这一种情感再加上一个好朋友的死,很可以使一个人脸带愁容。

希波吕忒　该死!我倒真有点可怜这个人。

皮拉摩斯

苍天啊！你为什么要造下狮子，

　　让它在这里蹂躏了咱的爱人？

她在一切活着爱着的人中，

　　是一个最美最美最最美的美人。

　　　淋漓地流吧，眼泪！

　　　咱要把宝剑一挥，

　　当着咱的胸头划破：

　　　一剑刺过了左胸，

　　　叫心儿莫再跳动，

　　这样咱就死啰死啰！（以剑自刺。）

　　　现在咱已经身死，

　　　现在咱已经去世，

　　咱灵魂儿升到天堂；

　　　太阳！不要再照耀！

　　　月亮，给咱拔脚跑！（月光下。）

　　咱已一命、一命双亡。（死。）

狄米特律斯　不是双亡，是单亡，因为他是孤零零地死去。

拉山德　他现在死去，不但成不了双！而且成不了单；他已经变成"没有"啦。

忒修斯　要是就去请外科医生来，也许还可以把他医活转来，叫他做一头驴子。

希波吕忒　提斯柏还要回来找她的情人，月亮怎么这样性急，这会儿就走了呢？

忒修斯　她可以在星光底下看见他的，现在她来了。她再痛哭流涕一下子,戏文也就完了。

　　　　提斯柏重上。

希波吕忒　我想对于这样一个宝货皮拉摩斯,她可以不必浪费口舌;
　　我希望她说得短一点儿。

狄米特律斯　她跟皮拉摩斯较量起来真是半斤八两。上帝保佑我们
　　不要嫁到这种男人,也保佑我们不要娶着这种妻子!

拉山德　她那秋波已经看见他了。

狄米特律斯　是悲声而言曰:——

提斯柏

　　　　睡着了吗,好人儿?

　　　　　啊!死了,咱的鸽子?

　　　　皮拉摩斯啊,快醒醒!

　　　　　说呀!说呀!哑了吗?

　　　　　唉,死了!一堆黄沙,

　　　　将要盖住你的美睛。

　　　　　嘴唇像百合花开,

　　　　　鼻子像樱桃可爱,

　　　　黄花像是你的脸孔,

　　　　　一起消失,消失了,

　　　　　有情人同声哀悼!

　　　　他眼睛绿得像青葱。

　　　　　命运女神三姊妹,

　　　　　快快到我这里来,

　　　　伸出你玉手像白面,

　　　　　伸进血里泡一泡——

　　　　　既然咔嚓一剪刀,

> 你割断他的生命线。
>
> 舌头，不许再多言！
>
> 凭着这一柄好剑，
>
> 赶快把咱胸膛刺穿。（以剑自刺。）
>
> 再会，我的朋友们！
>
> 提斯柏已经毕命；
>
> 再见吧，再见吧，再见！（死。）

忒修斯　他们的葬事要让月亮和狮子来料理了吧？

狄米特律斯　是的，还有墙头。

波　顿　（跳起）不，咱对你们说，那堵隔开他们两家的墙早已经倒了。你们要不要瞧瞧收场诗，或者听一场咱们两个伙计的贝格摩①舞？

忒修斯　请把收场诗免了吧，因为你们的戏剧无须再请求人家原谅；扮戏的人一个个死了，我们还能责怪谁不成？真的，要是写那本戏的人自己来扮皮拉摩斯，把他自己吊死在提斯柏的袜带上，那倒真是一出绝妙的悲剧。实在你们这次演得很不错。现在把你们的收场诗搁在一旁！还是跳起你们的贝格摩舞来吧。（跳舞）夜钟已经敲过了十二点；恋人们，睡觉去吧！现在已经差不多是神仙们游戏的时间了，我担心我们明天早晨会起不来，因为今天晚上睡得太迟。这出粗劣的戏剧却使我们不觉把冗长的时间打发走了。好朋友们，去睡吧。我们要用半月工夫把这喜庆延续，夜夜有不同的欢乐，（众下。）

----

① 贝格摩（Bergamo）为米兰（Milan）东北地名，以产小丑著名。

第二场 同前

迫克上。

迫 克

> 饿狮在高声咆哮；
> 豺狼在向月长嗥；
> 农夫们鼾息沉沉，
> 完毕一天的辛勤。
> 火把还留着残红。

> 　鸱鸮叫得人胆战，
> 传进愁人的耳中，
> 　仿佛见殓衾飘飏。
> 现在夜已经深深，
> 　坟墓都裂开大口，
> 吐出了百千幽灵，
> 　荒野里四散奔走。
> 我们跟着赫卡忒[①]，
> 离开了阳光赫奕，
> 像一场梦景幽凄，
> 　追随黑暗的踪迹。
> 且把这吉屋打扫，
> 供大家一场欢闹；

---

① 赫卡忒（Hecate）为下界的女神，原文作"tripleHecate"，其像有时为三个身体三个
　头，有时为一个身体三个头，相背而立。

驱走扰人的小鼠，

还得揩干净门户。

奥布朗、提泰妮娅及侍从等上。

奥布朗

屋中消沉的火星，

微微地尚在闪耀，

跳跃着每个精灵，

像花枝上的小鸟；

随我唱一支曲调，

一齐轻轻地舞蹈。

提泰妮娅

先要把歌儿练熟，

每个字玉润珠圆；

然后齐声唱祝福，

手携手缥缈回旋。（歌舞。）

奥布朗

趁东方尚未发白，

让我们满屋蹓跶；

先去看一看新床，

祝福它吉利祯祥。

这三对新婚伉俪，

愿他们永无离贰；

生下男孩和女娃，

无妄无灾福气大；
一个个相貌堂堂，
没有一点儿破相；
不生黑痣不缺唇，
更没有半点疤痕。
凡是不祥的胎记，
不会在身上发现，
用这神圣的野露，
你们去浇洒门户，
祝福屋子的主人，
永享着福禄康宁。
快快去，莫犹豫；
天明时我们重聚。（除迫克外皆下。）

迫　克　（向观众）

要是我们这辈影子，
有拂了诸位的尊意，
就请你们这样思量，
一切便可得到补偿；
这种种幻景的显现，
不过是梦中的妄念；
这一段无聊的情节，
真同诞梦一样无力。
先生们，请不要见笑！
倘蒙原宥，定当补报。
万一我们幸而免脱

这一遭嘘嘘的指斥，
我们决不忘记大恩，
迫克生平不会骗人。
否则尽管骂我混蛋。
我迫克祝大家晚安。
再会了！肯赏个脸儿的话，
就请拍两下手，多谢多谢！（下。）